心理师

心理师 1

催眠
／
潜意识
／
潜入人心深处

心理学是工具，可以救人亦可以杀人

假死疑云

老甄 ／ 著

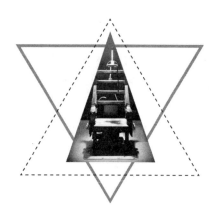

南方出版传媒
花城出版社
中国·广州

图书在版编目（ＣＩＰ）数据

心理师. 1，假死疑云 / 老甄著. -- 广州 ： 花城出版社，2018.5（2019.1重印）
ISBN 978-7-5360-8569-5

Ⅰ．①心… Ⅱ．①老… Ⅲ．①长篇小说－中国－当代 Ⅳ．①I247.5

中国版本图书馆CIP数据核字(2018)第002931号

出 版 人：詹秀敏
责任编辑：陈宾杰　杨淳子
技术编辑：薛伟民　凌春梅
封面设计：

————————————————————————

书　　名　心理师．1，假死疑云
　　　　　XIN LI SHI．1, JIA SI YI YUN
出版发行　花城出版社
　　　　　（广州市环市东路水荫路 11 号）
经　　销　全国新华书店
印　　刷　佛山市浩文彩色印刷有限公司
　　　　　（广东省佛山市南海区狮山科技工业园 A 区）
开　　本　787 毫米 × 1092 毫米　16 开
印　　张　18　1 插页
字　　数　298,000 字
版　　次　2018 年 5 月第 1 版　2019 年 1 月第 2 次印刷
定　　价　39.80 元

————————————————————————

如发现印装质量问题，请直接与印刷厂联系调换。
购书热线：020 - 37604658　37602954
花城出版社网站：http://www.fcph.com.cn

目 录
CONTENTS

|第一章| 惹来警察

"砰砰砰！"外面响起急促的敲门声，我躺在床上实在懒得爬起来，昨天喝了太多的酒。没错，我自己一个人喝的，因为那个女人——结婚的消息。

看着朋友圈里她在大洋彼岸的某个院子里亲昵地挽着那个英俊挺拔的身影，身着美丽的婚纱越发娇媚动人的她，满脸洋溢着幸福的笑，我就忍不住心里刺刺地疼……

本来以为赖在床上假装家里没人，敲门声自己就会消失，结果敲门声又催命似的响了起来。我只好套上衬衫、裤子，把门打开，让我大吃一惊的是，居然有两个警察在外面："孟新建是吗？我们找你了解些情况。"

没错，我叫孟新建。这个名字得益于我那叫孟国庆的老爸，他在新建集团工作，然后就自豪地把他的国企名字给了我，小时候还不觉得什么，但是随着各种和"贱"同音的字都有了喜剧效果之后，我的名字就成了身边人时时刻刻的欢乐之源，一般他们都亲切地叫我"小贱贱"……

头疼得要死，但是对警察却不敢怠慢。我把两个警察让进屋里坐下，等着警察询问。其中一个看起来三十岁左右的警察拿证件在我面前晃了晃，我瞥了一眼，这个警察名字叫秦剑，一脸正气，浓眉大眼，一米八左右，非常典型的样板戏里的正面形象。

我喝了太多酒，脑子还是发蒙的。这时候，那个叫秦剑的家伙先是打量了我一番，然后开口询问道："孟新建？你昨天，也就是2013年4月1日在什么地方？在做什么？"

我说我在家喝了一整天的酒，就在家里，没出门，并且指了指地上的酒瓶和

桌子上的各种冷菜给他们看。

他们互相看了一眼，然后继续问我："孟新建，你和李静秋是什么关系？"

"李静秋？谁是李静秋？我从不认识叫这个名字的人。"

"李静秋，2013年3月31日，也就是前天晚上，开了假日酒店的房间，然后你去她的房间里待了三个小时才出来。你居然不知道她是谁？我们找到了你的手机号和开房记录。"

原来是那件事，可是我还是很麻烦。因为这件事太难解释明白了。我喜欢心理学，并且在网上开了个心理咨询网店，有个女网友在酒店开了房间要我给她做心理咨询和治疗。但是在这个欲望横流的时代和都市，你说你和一个女网友在酒店房间里见面，没有发生什么男女之间的事情，鬼才相信！

而且我也确实并不知道网名叫作"静静的秋水"的家伙，真名叫作李静秋。可是警察我还得面对，而且解释得越多就越麻烦，所以我打定了主意，不多话，只回答问题。

"我只知道她的网名叫作'静静的秋水'，那天是她开好的房间，然后让我直接去房间找她的，但是我并不知道她叫李静秋。"

"监控显示，你是晚上七点钟去的房间，晚上十点钟离开的，这三个小时你们都做了什么？"

"我们讨论心理学，她找我是因为她觉得她家里的氛围太压抑，然后鼓起勇气来找我咨询的。其他的，并没有什么。秦警官，她出什么事了么？"

那个秦剑突然用眼睛紧盯着我："她死了，昨天，而且全家都死了！"

"什么？这和我可没关系，我只是和她聊心理来着，我刚拿到心理咨询师证书，和她在网上聊了有一个多月，本来想着拿她的案例练手的。"

秦剑盯着我看了一会儿："昨天一整天的时间，你说你在家里，有人能证明么？"

"我就是自己在家里喝酒，没人证明，送外卖的能证明么？我叫过两次外卖。"

"你们都聊了什么？"

"主要聊的就是她家里的事情，她总觉得她老公从半年前开始突然变得神神道道的，而且看她的眼神也怪怪的，她又不好意思去医院问医生，就在网上找人倾诉，然后看我挺懂心理学的，就找我来说了。"

秦剑看暂时也问不出别的什么消息来，起身递给我一张名片："这样吧，孟先生，这段时间，你不能离开本市，我有什么需要找你了解的还得找你。另外，你想起什么来了也给我打个电话。"

送走警察，我惊出一身冷汗，给人做个心理咨询怎么还和命案沾上关系了？

我洗了洗脸，想起辞职半年，除了赶上一波牛市炒股票赚了点小钱之外，貌似靠心理学还没开过张赚到钱啊。而在心理学论坛里厮混半年多，碰见的那些寂寞少妇、迷茫少女貌似都对我说的风水啊、星座啊兴趣更大，搞得我都想转行做神棍了。

看着这个六十平方米的小房子，想起和我一起走过五年的欧阳芳菲，心里还是有点疼……

电话突然响起，我一看，居然是楚楚，那个小师妹，在我大四开学的时候，刚好迎接新生就遇到她，帮她搬了搬行李，后来就熟络起来。楚楚大学毕业后，到了都市报报社工作，专做法制大案专栏。

她倒是对心理学极感兴趣，每逢这个超级大城市里出了变态色魔、公车流氓一类的新闻，都要找我做男性犯罪者的心理学分析，然后加在自己的专栏里，并且根据我对犯罪者做的形象阐述，在专栏里提醒广大女性看到这类男人要保护好自己。

"喂？楚楚？"

"贱师兄，你起床没啊？我在你楼下买了好多好吃的，到你家吃饭啊。嘿嘿嘿……快下来帮我提东西，好重。正好本师妹有事相求！"

我不由莞尔，这个小师妹，古灵精怪的。每次帮了她忙之后，她都会好心地帮我收拾整理下房间。

穿好衣服，一下楼便看见拎着两个大号食品袋的楚楚，穿着牛仔裤，蹬着小高跟，初春的天气里穿着一件鹅黄色的风衣，熠熠发光的眸子镶嵌在精致小巧的脸庞上，刚做了头发，还是大波浪卷的，在快到中午的阳光下，还真有点人如其名——"楚楚动人"的感觉了。

把楚楚迎进屋里，楚楚果然又开始了她招牌式的动作，捏住鼻子，把我的酒瓶子捡起来，扔到门外，然后对我开始批判："贱师兄，你的猪窝怎么总是这样，你就不能注意一点吗？而且我这么个大美女到你家做客，你也不收拾干净。"

我只有在一旁嘿嘿笑着，无法接茬。

"不过看在你成了昨天灭门惨案的嫌疑人之一的分上，我就原谅你一次咯！"

"灭门惨案？嫌疑人？什么情况啊？"

|第二章| 师妹来访

"少装傻，刚才是不是有两个警察找你啊，其中一个还叫秦剑。"

"你怎么知道？"

"呵呵，那个秦剑说起来和咱俩还是校友呢，他还跟你一个系的呢，都是学法律的，我学的是新闻。我专门跑这方面的新闻啊，两句师兄一叫，就和他混熟了，我刚在路上堵着他问案情呢，正好瞥到卷宗，就跑过来买了好吃的安慰你那颗受惊的小心脏啊。你这个贱师兄，我帮你收拾你的猪窝，你还不谢我！"

"谢谢，谢谢楚楚师妹，一千个一万个感谢。"

我对前天晚上印象最深的就是，李静秋和我说过这样一句话，她觉得她老公像换了个人似的，看她的眼神让她心里发毛，而且老是自言自语……

思绪间，楚楚已经把餐桌收拾好了。其实，我这个六十平方米的房子，本来是有客厅的，还有一个小小的角落可以放个小餐桌，其余的空间是一个半开放式小厨房，一个洗手间以及一个卧室。但是，我性子孤僻，和人来往不多，自从欧阳芳菲离开我之后，就更加不愿意与人面对面地交往。所以，我把整个客厅做成了我的多功能餐厅，放了一张两米乘以一米的餐桌，欧式的。这个餐桌的一半是我的书桌，配套的八把餐椅，分列餐桌两边，一边对着挂在墙上的电视，一边放满了我的脏衣服。只有一把椅子用来吃饭和方便我在门口穿鞋。楚楚来之前，另一半餐桌上已经堆满了酒瓶、方便面盒和吃了一半的面包，还有各种外卖盒子。

其实可以这么说，楚楚是欧阳芳菲和我妈之外，唯一来过我家的女孩子。而且，她愿意帮我收拾。有时候看着她把各种垃圾都一扫而空，然后让我的多功能餐桌终于恢复它本来的作用的时候，我心里也会涌起一阵暖暖的细流。

"收拾好了，我去洗洗手。今天我给你带了你最爱吃的泡椒凤爪，还有你爱喝的白酒。不过中午可不能喝酒，下午你得……你开车陪我出去一下，那地方太远了，还偏僻，没地铁，也不好打车，你得送我过去，正好咱俩在路上好好聊聊那个案子。"

楚楚一边帮我把脏衣服扔到洗衣机里，一边挑动秀眉，开始了南方女子的唠叨大法："你让我说你什么好！师兄，你要不要这么不讲卫生……"

我只好赔笑："好了，楚楚，你看，生气了就不漂亮了。"然后转移话题道，"师妹大驾光临，光顾着帮我收拾房间了，到底有什么事情找我啊，是不是又发生了末班车色狼案，警察找不到人，然后让我推测色狼的年龄、长相啊？"

没错，这就是我的能力，我可以根据一个人的照片来推测他的职业、学历、生活状态，通过一个人的言行来判断他的性格、情感、爱好，甚至还可以通过别人对陌生人的描述，来推测这个人的外貌特征，说话和行动特点。这不是妖法，这是心理学。

虽然我大学读的是法律，但是我对心理学有着魔般的痴迷，所以大部分法律的课，我都逃了，却追随着心理学的一个年轻老师，去听他的课，认真记笔记，甚至正式地拜师学艺，因为他擅长的领域之一是——传说中的催眠术。

人的任何行为都是意识支配的，意识包括显意识和潜意识。

显意识支配的行为是我们自己明确知道的行为，我知道我要做什么，和我知道我做了什么；而潜意识所支配的行为，我们是被动的，就是经常不知道我要做什么，或者不知道我做了什么，很多心理疾病都是某些潜意识控制了患者的行为造成的。

我跟随了那个老师学习心理学之后，在我内心深处，他成了我的心灵导师。他使我对潜意识有了更深层的认知，这种认知也给我带来了不少实打实的财富。

人的潜意识是很容易被影响和操纵的。因为人的潜意识的形成包含了非常多的自我保护本能，例如，当我们受到伤害的暗示时，就会本能地做出反应，哪怕这种伤害是并没有真实发生的。比如说，我们看到熊熊烈火的时候，哪怕是在电视里看到的，也会有不同程度的灼热感；当我们看到恐怖分子砍头杀害人质的镜头时，有很多人在人质被砍头的那一刻，不由自主地缩下脖子。

苏联也曾报道过类似的事例：有一个人被无意中关进了冷藏车。第二天早上，人们打开冷藏车，发现他已死在里面，身体呈现出冻死的各种状态。但是奇

怪的是，这辆冷藏车的冷冻机并没有打开制冷，车中的温度同外面的温度差不多，以这种温度是绝对不可能冻死人的。后来心理学家分析认为，这位死者被关进冷藏车之后，因为不断担心自己要被冻死，然后在即将被冻死的潜意识的刺激下，身体真的发生了被冻死的各种症状，直到最终死了。

此外，潜意识还有欺骗我们自身的功能，有一个很经典的案例——死刑犯放血案例。

心理学中有一个实验，以一个死刑犯为样本，对他说："我们执行死刑的方式是将你放血至死，这是你对人类做的一点有益的事情。"这位犯人表示愿意这样做。

实验在手术室里进行，犯人在一个小间里躺在床上，一只手伸到隔壁的一个隔间，并且完全看不到隔间里的情况。他听到隔壁的护士与医生在忙碌着，准备对他放血。

护士问医生："放血瓶准备五个够吗？"医生回答："不够，这个人块头大，要准备七个。"护士在他的手臂上用刀尖点一下，算是开始放血，并在他手臂上方用一根细管子放热水，水顺着手臂一滴一滴地滴进瓶子里。

犯人只觉得自己的血在一滴一滴地流出。滴了三瓶，他已经休克，滴了五瓶他已经死亡，与因放血而死的症状一模一样。但实际上他一滴血也没有流。

我正在回想着学习心理学的时光，就听到楚楚喊道："师兄，你在干吗？还不赶紧过来吃东西！"

不知怎的，每次看到这个小师妹的时候，我总是在走神。还好走神的时候，不是直勾勾地看着小师妹，不然就麻烦了……

一边吃着楚楚从超市熟食部里拼凑出来的美食，一边听楚楚跟我说起李静秋家的案子。

我在与李静秋断断续续聊天的过程中，知道一些她家的情况，师妹楚楚的到来给我带来了更翔实的细节，让我对李静秋的认知更加立体全面了。

李静秋是北京姑娘，素以爽朗局气（"局气"为北京方言，仗义大方豪爽之意）著称。李静秋的老公王超是北京老城区长大的孩子，托父母的运气，家里头加起来大概五十平方米的半个院子，赶上了拆迁，那个院子后来改成了北京大剧院，所以他们获得了巨额的补偿款。除了补偿款，还在天通苑经适房小区得了一套房子。

李静秋老公本人原本还开出租车养家糊口，家里拆迁暴富之后，就辞了职。李静秋高中学历，没上过大学，在超市里做收银员，和她老公王超生了个儿子，现在三岁，和婆婆住在一起。

李静秋婆婆是个非常强势的女人，祖籍吉林，婆婆的父亲是当初东北野战军战士，进入北京后因为一次偶然的机缘便留在了这里做警察。李静秋公公早死，婆婆在家里能干强势，说一不二。李静秋老公是独子，平时沉默寡言，与北京爷们云山雾罩、能侃到联合国的形象完全不同。她老公平时没事干的时候，偶尔会用他们家的私家车做做黑车，既赚点零花钱，也是自己出去寻开心。当然，据说，还有其他的际遇——有时候也会遇到风骚的女人，发生艳遇。

昨天，也就是4月1日愚人节，李静秋家邻居，平时经常和李静秋一起带孩子去早教中心的一个年轻母亲，在找李静秋的时候，发现李静秋家里门虚掩着没锁，推开门发现地面上大摊的血迹和倒在门口、身上还插着把尖刀的老太太。这个邻居在吓蒙了一会儿之后，迸出了惊人的尖叫，叫声引来了更多的邻居，之后有人报了警。

警方发现除了王超之外，李静秋、李静秋婆婆和李静秋的三岁大的儿子都死了。李静秋死在卧室，被一把刀割断了喉咙，没有被性侵的迹象。李静秋婆婆死在了门口，一把刀从前胸刺了她三下，从背后砍了她一下，最后插在了她的背上。小孩子被勒死在老人的卧室里。现场没有财物被翻找丢失的痕迹。李静秋老公王超本人也失去联系，手机关机，生死不明，下落不知。

而我知道的细节是，3月31日凌晨，李静秋给我微信里发了很多消息，说她老公和她婆婆在非常激烈地争吵，她儿子害怕得钻到她怀里才能入睡。

听着楚楚给我透露的案件内情，我开始明白了警察为什么会找到我。李静秋的苹果手机系统有定位功能，能精确到你什么时间去过哪里待了多久，警察必然检查过她的手机通话记录还有她的行动轨迹，然后查到了李静秋3月31日在假日酒店的轨迹，顺藤摸瓜找到了酒店，查到了李静秋的开房记录，然后同时也找到了我去过李静秋房间的信息。

警方侦办杀人案件有三个基本办案方向：仇杀、情杀和为财杀人。

我和李静秋在晚上于酒店见面，首先能够排除我对李静秋进行仇杀的可能性，剩下的就是情杀和为财杀人了。

情杀的话一般很少会连老人和孩子都杀掉，而为财杀人的话，现场却又没有

发现有任何财物丢失的痕迹。所以，警察经过判断，认为我杀人的嫌疑不大，因为我没有杀人动机，但是我有可能知道一些线索，因此找到我家里来对我询问。

除此之外，李静秋的老公王超也是有嫌疑的，但是就李静秋的婆婆和儿子也都被杀这一点来说，又很矛盾。因此，对于警察来说，当务之急就是先找到王超！

"对于警察来说，我只是个可能有些线索的小人物，但是找到王超才是当务之急。"我吃完饭，一边喝着沙县小吃的猪脑汤一边和楚楚说。

"秦剑也是这么说的。秦剑现在特别想破获这个案子，这对他升职有帮助！所以他们才跑过来吓唬吓唬你，看看有没有什么线索。"楚楚道。

"原来那个秦剑是个官迷！哈哈哈！"还好我没被他唬住。

"你可不要小看他，他可能干呢。我在他还在派出所干活的时候就熟悉他了，他做人做事还是挺着调的。不比你这个贱师兄，好好的工作辞职了，非要做什么心理咨询师！"

"我不喜欢坐班啊，你是了解我的。吃完了没啊，吃完了赶紧走吧。我要是没辞职，怎么可能工作日的大下午，什么都不干，开车送你啊，你说是吧？不过你要去什么地方啊，那么偏僻？不会是要去杀人案现场吧？你害怕不害怕啊？"

"不是去那里，是去房山区的一个地方。那里有人爆料说，有人在那边开了一个叫作灵修班的培训班，然后要信徒把自己的全部财产都交给导师，这样能获得灵魂的自由。有个老人说自己的儿媳妇信了这个之后，孩子不管，工作不做，还要把房子卖了捐给导师。找到警察，警方说后果还没发生，没办法介入。那个老人就又找到了报社，要求报社提供帮助。

"这不领导让我跟了这个案子。我可是费了九牛二虎之力，才说通那个儿媳妇带我去见识见识她们的灵修班，本来上午打算和她搭伴儿一起去的，但是因为这个灭门案又耽搁了。下午再过去的话，我到了就得晚上了，所以就来找师兄咯。而且师兄你在大学时期，可不就是有名的神棍嘛！靠着心理学骗得不少小师妹神魂颠倒，有你跟着我，我就不担心也被洗脑咯！嘿嘿嘿。"

"什么神棍！是心理师！心理学是门科学，什么叫骗小师妹，还不少！我那会儿全部身心都在欧阳……"不由自主地和楚楚斗嘴，但是又无法回避地说起欧阳芳菲，心里又开始一丝丝地疼。欧阳芳菲，你真是老子心里的刺……

看到我说起欧阳芳菲又开始落寞的神情，楚楚知趣地打住，不过还是忍不住劝我道："师兄，芳菲师姐都出国两年多了，我知道她刚刚嫁了人了，你还没放下吗？唉，算了，不说了，咱们赶紧出发吧！"

楚楚赶紧拉着我出门，到了停车场，启动我的马自达6，趁着中午北京的路况还好，一路狂飙地向着房山区驶去。

|第三章| 神秘灵修

　　行车路上，楚楚问我，为什么会那么晚在假日酒店和李静秋会面。我说："我和李静秋是在一个QQ群认识的，李静秋的网名叫'静静的秋水'。我在群里卖弄自己的心理学知识来着，她看到我会一些心理学知识之后就主动来找我聊天，告诉我她老公这半年来不太对劲，本来平时就不太爱和家人交流，现在不单不和别人说话，还喜欢自言自语了，而且看她和她婆婆的眼神就像看陌生人一样，所以来咨询我。不过这个你不要告诉秦剑，我还不想给自己找更多的麻烦。"

　　"好，我心里有分寸。"楚楚说。

　　"我的第一反应是她老公王超可能患有多重人格症。在病人心里，住着另外的一个'他'，这个'他'开始和他对话，并且影响他的行为，但是这个分裂出来的'他'其实是他本人为了逃避某种痛苦或者某些错误而创造出来的。'他'的出现，做了什么事情，他是不知情的，所以他不用对此负责。"

　　"什么他，他他他的，到底谁是谁啊？"楚楚嘟起了小嘴。看着坐在副驾驶的楚楚娇嗔的样子，我的心里总会唤起一丝快乐。

　　"就是说王超自己创造了另一个自己，另一个人格，你可以命名为王超1，这个王超1可能是王超青少年时期的创伤引起的。在王超1身上，王超平时恐惧、不敢面对的事情，都可以逃过了，王超1是他内心深处可以正常生活的那个人。

　　"心理学方面有很多关于多重人格的经典案例。有一个叫玛丽的女孩生于英国，四岁随父母迁至美国，在宾夕法尼亚州定居。长大后她成了一个虔奉宗教、性格孤独和心情抑郁的女孩子。

　　"十八岁开始她常常受到一种莫名其妙的疾病的袭击，其中一次使得她接连几个星期视力和听力全部丧失。后来又有一次发作使她一度完全丧失了记忆，人格也发生了巨大的变化：她成了一个性情开朗、喜爱交际和常在户外活动的女子。

"可五个星期后，她突然陷入沉睡之中，醒来时，她又重新恢复到过去的状态，而且竟然对自己身上曾发生过的巨大变化一无所知。就这样这两种人格在她身上不定期地交替出现，直到三十六岁，她的第二种人格才占据绝对优势，并一直伴随她到生命的结束。

"而王超的各种神神道道的反应，实际上是王超1的人格试图吞噬王超人格的一种体现。那天晚上李静秋找我，其实也是给我看样东西——王超初中时候的日记，他父亲去世的那一年的日记。李静秋是在王超一直不肯丢掉的旧书包里找到的，日记上还上了锁，她也不敢看，因为她觉得日记里有事。"

"那本日记现在在哪儿？"楚楚问。

"在我这里。"我回答道。那天晚上，李静秋跟我详细诉说了她心理压力的来源，那就是家庭的沉默暴力。沉默暴力，冷暴力的一种，发生在家庭中，家庭成员关系紧张，通过互不理睬的方式来表达不满，这样的家庭是压抑的、沉闷的。

李静秋的婆婆性格强势，经常在家里对王超和李静秋动辄要闹，寻死觅活。李静秋的反应就是听着不反驳，王超的反应就是听完了出门开黑车，老太太会因此变得更加气愤。

再加上王超和李静秋也不交流，结果就是长期处在压抑的家庭环境下，她需要渠道交流和释放。王超和李静秋基本上没有夫妻生活了：最早开始只要他们有夫妻生活，李静秋婆婆就在门外碰盆摔碗，直接导致后来王超在李静秋面前完全没有生理反应了。

李静秋和我说得最多的一句话就是，她都快感觉不到她是活着的了。她嫁到王家五年，她的感受就是，要不是因为儿子，她都要觉得自己是个死人了。

"师兄，师兄，你觉得这个案子是怎么回事？"

"我目前的推断是，她们都是王超杀的，但是具体是不是王超杀的，一切都得找到王超再说。"

王超、李静秋，你们都是心灵的弱者，最终王超在软弱的极限中选择了杀人，李静秋则在软弱中死在了自己丈夫手里。我心里默默地想着。

"什么？你的意思是，王超连自己的亲妈和儿子也都杀了，那他还是人吗？

这怎么可能！"楚楚惊道。

"这怎么不可能？因为王超杀人的时候，并不是王超，而是王超自己创造出来的王超1，王超和王超1诉说自己在家庭中的痛苦、自己的软弱，就会展现出强大决绝的那一面，王超1用杀人的方式解决掉了王超的烦恼。等王超1杀人之后，王超醒来，只有亡命逃走。所以，找到王超之后，就会知道很多答案了。

"我大略翻看了王超的日记，其中有很多他要杀死恶魔之类的内容，只不过还没等我给李静秋说起，让李静秋小心防备，她就死了。唉，我有种怀疑，那个恶魔，非常可能是王超的母亲或者父亲。

"如果恶魔指代的是王超的母亲的话，在自我长期潜意识的暗示之下，王超1就会选择杀掉恶魔——王超的母亲来解决掉王超的恐惧；如果恶魔指代的是王超的父亲，那么就还得去查证王超的父亲是什么时候死的，以及是怎么死的。此外，还有其他的可能性的存在啊。

"人的内心活动丰富复杂，如同一个纷繁的世界。在这个世界里，你的心支配着你的判断、你的意识、你的行为。王超的内心深处根深蒂固地住着个恶魔，这个恶魔是他的父母养成的，只是他的父母性格偏执强硬而不自知。"

"您的目的地就在您的右侧一百米，导航就此结束！"说着说着已经到了，导航的结束提示音响起。

停好车，来到房山区一个镇的小路边的一个院子外，院子看起来还不错，小路周边有一个小超市，旁边是一个小美发屋，两个穿着紧身衣的小伙子正在门口抽烟，路上基本上没什么行人。剩下的都是常见的城乡接合部的老宅院。

我们要去的那个院子，院墙上贴着瓷砖，院子里居然是一套二层小楼，在整片区域里显得很突出，看来院子的主人是这个村子里比较早富起来的那一批人。

楚楚着急得就打算敲门进去，我拉住楚楚："咱们得先探清情况，找好退路，万一遇到危险，能够及时脱身求救才成！"

楚楚努嘴一笑："还是师兄考虑周全，要是我自己来的话，就傻乎乎地先进去了！"

"你那么多次冒险，能够全身而退，真是福大命大啊。你难道忘了你上次去色情KTV卧底，差点被客人非礼的事情了？"

"贱师兄你讨厌，"楚楚轻打我一下，"不过话说回来，我还欠着秦剑一个人情呢，要不是他那次及时赶去救我，后果不堪设想。"

正在这时，有个中年妇人拎着两袋垃圾出来，想倒到路口的垃圾桶里，我赶紧过去搭讪："大姐，您知道这个院子是谁的吗？我们公司想在这边给员工租个宿舍，我看这个院子够大，封闭，又是二层小楼，正合适。在这跟您冒昧打听一下。"

那个妇女上下打量我几眼："你们公司是干什么的啊，要在这里租宿舍，上班远不远啊？"

"我们公司做物流的，就在前面镇中心做个物流中转站，老板挺厉害，打算养几辆车运货所以让我找个地方。"

"哦。"大姐一副明白了的表情，做出这个表情基本上就暴露出其实她什么都没听懂，但是相信了我说的话。很多人都习惯不懂装懂，但是还是要多问几句，免得被认为自己很容易被哄骗。殊不知，对我来说，说得越多，表情越多，就暴露得越多。

"这院子你们可租赁不着了，说起来啊，这院子还是我那叔伯哥哥家的呢！"大姐的表情开始变成了说悄悄话的样子，我赶紧把耳朵凑过去，一般来说，人们喜欢对不知道信息的人炫耀自己知道的信息，虽然对信息有修改夸张的本能，但是出于炫耀的目的，反而会透露更多信息出来。

"我那叔伯哥哥前些日子信了个什么导师，也不知道是哪路神仙，不但家里让人家占着，天天学什么神神道道的东西，还拉我去信呢！我本来听着还挺有道理的，不过后来那导师说起来什么什么来着……噢，对，她说人只有灵魂才是自己的，亲人啊，财富啊都是妨碍灵魂净化的负担，只有把这些都不要了，灵魂才能纯净，人才感觉好！我一听，嘿，这他妈不是放屁吗？合着我钱都不要了，亲人也不要了，然后我就感觉好了是吗？也不知道我那叔伯哥哥被那大仙灌了什么迷魂汤了，不但把房子给人家用，还连家里人都快不认了！"

那大姐刚要絮絮叨叨地继续说下去，这会儿院子门打开了，出来两个穿着还算体面的女子，其中一个还对楚楚招手，应该是那个约了楚楚过来的儿媳妇。大姐看到后，赶紧停止表达，跟我说："小伙子，你们可小心着点，这伙人神神秘秘的，也不知道到底是怎么回事，这公安局也不管管他们，我得赶紧走了。你自己小心啊！"然后大姐就飞快地逃回了巷子口。人们做出具体指向的批判评价之后，会本能地惧怕被批判对象知道之后的情绪，以及可能不好的后果。

楚楚和那个儿媳妇正在说着什么，估计是在介绍我，想让我和她一起混进去。我走过去，楚楚一边给我使眼色让我不要说话，一边和那两个女人解释：

"我这个师兄最喜欢追求灵魂自由了，他自己平时就喜欢学习这个，平时就打坐，有时候还辟谷。而且他认识人多、脉广，他的朋友大多数都信他。"我怎么觉得楚楚在传销似的，把我形容得比那传销还邪乎。

这时候，那两个女人互相交换个眼色，然后对楚楚说进去问问导师，看看这堂课能不能加两个人来修行。我和楚楚只好说好。

趁着她们两个又进了院子的空当，我把打探出来的消息告诉楚楚，同时打量整个院子的结构，心说万一被困到院子里还得提前找好逃跑路线才成。

正在打量，那个儿媳妇出来，对我们说："导师说你们两个都可以进来，但是不能提问，你们就先听导师讲课就可以了。"然后还特意叮嘱楚楚道，"我带你们来，可是说了好话的，本来导师都要单独给我开顶了，你们可不要影响我。"

我赶紧问，什么叫开顶。那个儿媳妇答："开顶就是导师用她的灵力给你提升你的修行，要比你自己领悟快得多！"我正打算接着问怎么才能得到导师的开顶待遇，就已经走进了院子。那个儿媳妇嘘了一声，就不再作答了。

走进院子，迎面而来的是个假山石，绕过假山石，就是那栋二层小楼，两边皆有厢房，窗棂门框都包着木皮，看起来有点古色古香的感觉，不过仍然掩饰不住仿古装饰粗制滥造的特点。墙角种着几棵竹子，看起来叶子绿得并不真实，窗根摆着几盆鸿运当头，倒是生得茂盛。我注意到院子没有后门，看来出入只有前门一个门户，就更加留心起来。

我们走到小楼门口，听到小楼一楼客厅之中，正在播放轻柔的音乐。看来这个灵修班，也懂得声音暗示之法。音乐本身就是催眠的辅助道具，能够干扰人的潜意识，降低人的判断力的敏感性。催眠师一般会运用轻柔的音乐来舒缓病人的神经，减少病人潜意识抵抗的程度。而很多卖场则会播放节奏鲜明急促的音乐，来促使人减少思考时间，尽快交易。

我看到门口各种鞋子摆得整整齐齐，有七八双之多，看来是要脱鞋穿袜进去。趁着脱鞋的工夫，我瞥见客厅之中每个人都席地跪坐，有个看起来面色超然，身着白色锦缎的中年女子正在讲说："鸡鸭鱼肉为亲朋，堂下来客皆仇雠，奶奶嫁得孙儿媳，父母来历为马牛。"

跪坐能够让人精神集中，也能够因为肉体的疲惫转移思考的抗性，让人更容易接受外界的信息。这个灵修班不是我想得那么简单。

我和楚楚脱鞋进屋，讲话的导师停顿了一下，打量了我和楚楚一眼，眸子中闪烁出钩子一样的光明，似乎要通过眼神，看透我和楚楚的来意。楚楚低下头去，我则报以微笑，将眼神中的光彩隐去。

一个人的眼神，最容易暴露这个人的目的，楚楚不敢和人对视，就是心虚的表现，心虚就是别有目的。楚楚低头这个动作，基本上就把别有目的暴露给了那个灵修导师。

|第四章| 灵修导师

楚楚的低头回避引来了灵修导师更多探寻的眼光，不过她目前主要的工作是给这些灵修学员进行讲演和洗脑，所以观察了几下之后也就继续讲课了，不再理会我们。

我则趁机观察起来，客厅的面积大概有四十平方米的样子，房子空间较高，大概有三点五米左右的高度。家具只剩下两个柜子，沙发茶几什么的都搬出去了，屋子空旷敞亮。朝阳的两扇大窗，采光很好，地上铺了软木地板，可以直接坐卧的。

屋里温度适宜，除了我和楚楚，其他学员都统一着装，穿着红色的T恤，导师则穿着白色的有点像唐装一样的上衣，左手袖口处隐隐约约地有个黑色的火焰图案标记。

就颜色来看，白色让人心情放松，而黑色有令人集中精神的作用，但是黑色肃穆，不能让人放松，并不是催眠中很实用的颜色。听课的人统一服装，能够使人在群体中有更强的群体身份认同感，而红色能够让人亢奋。

也就是说，服装的颜色设计，是为了让听课的人在看到彼此、感受到彼此兴奋的情况下听取灵修的知识，但是看到着白色衣裳的导师之后，又能够因为心情放松而降低潜意识的抵抗，再加上周边和缓的音乐背景，听到导师的讲演就更加是娓娓道来的感觉，这样让人接受导师说的内容更加容易，也降低了听课学员自我意识对外来信息的抵抗性。而且屋子空旷，声音会聚拢，我感觉这么布置房间是在模拟教堂寺庙的空间作用。

观察完房间，我便听了听灵修导师讲的内容，讲的是一个佛家故事：

"这是宋元时期的旧事，农村大户人家在办喜事，宾客满堂，鸡鸭鱼肉满桌摆，猪马牛羊满院藏，年轻小伙十七八，小小新娘正二八。

"喜事正办，突然有一个游方的和尚来化缘。这个和尚本是得道的罗汉，在凡间点化愚民，宣扬佛法。办喜事的大户老爷平时就笃信佛道，每日三炷香，时刻祈祷满天神佛都保佑他的家族土地。和尚来了，自然不敢怠慢，赶紧请和尚进来喝杯素酒沾沾喜气。

"和尚也很高兴，遂与主人家纵谈佛法，说起三生转世，因果轮回。说起今生关系，本都是前世纠葛，今生恩怨，又注定了来世因果。

"大户老爷啧啧称奇，对和尚越发敬重，酒水喝多，便央求和尚施展神通，看看今日酒席上的因果轮回。和尚施展神通看罢，便说了那四句偈语：'鸡鸭鱼肉为亲朋，堂下来客皆仇雠，奶奶嫁得孙儿媳，父母来历为马牛。'说完之后，和尚酒足饭饱飘然而去，再也不肯泄露轮回天机。

"这则佛教故事，说的是，新郎的新娘子本来是新郎的亲生奶奶转世，只因这个新郎官为奶奶膝下独苗，老人家撒手人寰之际仍然放心不下，故而一丝执念未消，转世来做他的妻子继续照顾他；桌子上的满桌鸡鸭鱼肉，前世本为此户人家的亲朋好友，不过此户人家乐善好施，这些亲朋得了好处，未曾回报，此生就成了席面上的鸡鸭鱼肉来偿还宿债；堂下喝酒吃肉，前来道喜的亲朋好友，此生之所以纠葛不开，乃是前世互为仇雠，互相中伤伤害，所以今生纠葛不开，反倒成了亲朋好友；此户的老爷太太，前世本为新郎官家中的牛马之属，但是因为以前畜道轮回，却救过新郎官前世一命，故而今生成为新郎官的父母，新郎官要对父母尽孝心，供奉养老，以报前世之恩。"

灵修导师讲到这里，停顿了一下，开始了互动环节："哪位学员说说，这个故事要让大家领悟到什么？"

那七个学员互相看了看，沉默了一会儿，这时候灵修导师目光扫过我和楚楚之后，定在了那个儿媳妇身上。看来，这段时间，这个女子是这个灵修班中的积极分子，所以灵修导师要和她互动。"于佳，你说一下，我看看你的悟性。"

原来这个女子叫于佳，刚才还一直没顾上问楚楚她的姓名。

于佳跪直身体，直视灵修导师，说道："导师，我的理解是，无论我们现在和亲人朋友是什么关系，关系好坏，都是前世的纠葛造成的，我们如果想来生不再纠缠这些情感，最好今生就斩断这些关系，这些关系都是我们心灵的负担，这

也是佛家出家修行的精义，所谓'跳出三界外，不在五行中'。修心修灵，就是尽可能减少心灵的负担，让心灵放下负担之后，才有可能修行。"

难怪这个于佳说她要被灵修导师"开顶"了，果然悟性较高，不过看她眉宇间暗藏愁容，心事重重，且言语表达之中把亲人朋友都定位成负担。如果排除于佳这么说是为了附和灵修导师的原因的话，那么她的家庭关系肯定积累了太多矛盾，不过于佳没有选择找心理师干预疏导，反而选择了神棍式的灵修班来解决心结。

正所谓自心生魔障，鬼怪便相侵。

于佳的家庭矛盾给她的精神造成了极大压力，这种痛苦之下，要是有人刻意引导，自然就会选择盲目信从。

引导的方式无非积极的引导和消极的引导。积极的引导就是通过主客观的分析来让压力大之人面对问题，并且理智地解决问题；而消极的做法则是要此人逃避问题，甚至用极端的方式解决问题。人在压力、痛苦之下，灵台混沌，心乱如麻，就很容易受人蛊惑，步入歧途。

如果蛊惑之人再别有用心，后果会怎样，就更加难以控制了。

听到于佳的回答，灵修导师很是赞许，脸上浮现出了满意的鼓励的神色。于佳看到这种表情，愁眉渐开，也有了开心的状态。

人需要在认可、鼓励的氛围中获得行为确认。看来于佳平时受到的更多的是否定评价，所以会对导师表现出来的肯定评价感受到极大的快乐。

灵修导师又开始询问："还有没有学员要参与讨论？"因为有了于佳的开头，而且受到了肯定和鼓励，所以学员们陆陆续续地表达了自己的观点。

这时有一个四十岁左右的中年男子提出了异议："导师，刚才于佳说只有放下亲人朋友，我们才能修心修灵，亲人朋友的关系都是心灵的负担。我有些不明白，如果我们连亲人都不爱，我们的心怎么修行呢。修行不就是由小爱到大爱，我们先爱自己，再爱亲人，然后对所有的人都表达同类的爱？不然我们把自己修行得与世隔绝了，心不就黑暗了，还怎么光明？我认为修心就是修爱。"

这个男人中等身材，国字脸，目光有神，看起来生活很好，并没有什么烦恼的样子。

他提出这样的异议，本质上说明他的内心深处能够面对和处理世事烦扰。他处理问题的方式就是中国人传统的与人为善，那他为什么要参加灵修班呢？

灵修导师听完，并没有着急作答，而是示意大家安静，等大家又跪坐好之后，又开始模仿得道高僧的语气说起话来。

宗教讲法，本就运用了心理学中利用声音感染听众甚至催眠听众的原理。

世界诸多宗教，信众众多，绵延不绝，除了教会和政权结合这一本质意愿之外，这些宗教的传教仪式其实都是有共同点的，而这些共同点，也都暗合心理学的原理。

首先是群体传教，集体之中，不允许个体提出异议；然后辅以庄严的音律，让信众相互影响，达到集体洗脑的目的；宗教都会建设能放大声音效果且结构科学的教会场所，在这种空间下有节奏的声音和语言表达本身就会让人在感官上产生人神相通、天人合一的幻觉，更加有利于信仰的加固。

而对于讲法者来说，他确信自己讲的内容是真理、是天理，是必然正确的，所以语气上气势磅礴，措辞上居高临下，内容上不容置疑。对于信众来讲，不论讲的内容是什么，只要讲法者在气场上表现出极高的态势来，盲从的受众者众多，有异议者若是没有足够强大的内心和严谨的理论支持，在这种氛围里非常容易自己怀疑自己，然后其他人众再表达对异议者的愤怒情绪，惩罚恐吓，就更会加大异议者的心理负担。

灵修导师一字一顿地说道："我们的心灵是天地的，是自然的，不能自私地认为是属于我们自己的，更不能浅薄地认为是属于我们的亲友的。心灵有质而无形，绝不是我们的脏器那么简单。心灵的力量也非常强大，我们因为自身被日常生活烦扰，把自己的心灵困住了，所以我们才不能发挥心灵的强大力量。

"心灵强大的力量也叫意念力，科学证明，人的单个意念力充分爆发出来甚至能够隔空移物，人的群体意念力爆发出来都能够改变历史事件的走向。所以，陈明同学，你愿意放弃这神奇的意念力而沉迷在你的亲友小爱之中吗？我们灵修班的目的，就是通过修行我们的心灵，开发我们的意念力，意念力修炼成功之后，我们能爆发出来的力量是我们自己都难以想象的！"

听到这里，我可以肯定这个什么灵修师用的是邪教常用的洗脑办法！不过这个灵修导师，倒是个应用心理学的高手。刻意穿着的服饰，特意安排的色彩，空间的布置，还有声音效果的运用，这个灵修班还真是费尽心机。

开头的话用了两个否定性词语"自私"和"浅薄"，基本上已经把那个叫陈明的男人的异议钉上了错误的标签。然后开始转移话题和偷换概念，用看起来规模宏大的概念来覆盖脚踏实地的生活。再之后，还给自己的理论加上了科学的标

签，科学昌明时代，科学二字就可以削弱人的思维防卫，更好地将伪科学概念植入人的潜意识之中。

一旦人被意识植入，这个人几乎可以被意识植入者予取予夺还浑然不觉。意念力的概念倒是存在，但是绝不可能是这么解释和运用的。这个灵修班导师将真真假假的概念混在一起，用于迷惑麻痹听众，当受众意识沦陷的时候，再伪装自己的目的来驱使受众，来达到自己不可告人的目的。

灵修导师还在长篇大论地介绍意念力的强大，我观察到陈明的神色已经开始慢慢变化。从开始的质疑到后来的兴致盎然，直到最后自然地流露出了对"心灵意念力"的向往。

下午五点左右，灵修导师结束了今天的授课。宣布结束之后，其余几位成员都分别去换衣服，准备离去，于佳则示意我和楚楚去见灵修导师。

我和楚楚站起来，走了过去。这个跪坐姿势，时间久了，还真是腰酸腿痛，不由得感慨我这个死宅男真是太缺乏运动了。我走到了灵修导师跟前，近距离地观察起这个表现得超然物外的女人。她脸型长圆，眼睛狭长，鼻梁高起，嘴不大，薄嘴唇，细齿，脖子修长，身材适中，略微丰满。身材丰满，脸型长圆，容易让人信任，这样形态的人不具有攻击性；眼睛狭长，此人天性狡黠；鼻梁高起，聪明；小嘴唇薄，语言能力强；脖子修长，看起来漂亮些……

楚楚则充分地表现出了女记者长袖善舞的社交本领："尚老师，刚才听了您的讲课，真是让我茅塞顿开，感觉看到了一个新的世界一样，我听于佳说不论生活工作中有什么压力烦恼，只要听了您的课就都烟消云散了！今天来蹭课一听，果不其然，感觉真是好棒啊！哎呀，净顾着和您说话了，都没自我介绍呢。我叫楚小楚，您叫我小楚就好啦！我在一家外贸公司做行政；这个是我师兄，其实是我男朋友啦，叫孟小建，您叫他小贱就好了……"好吧，楚楚像小燕子似的叽叽喳喳个不停，我就正好可以用赔笑的表情来伪装自己，让自己尽可能少说话，因为表达得越多，就会暴露得越多。

楚楚也运用了心理学的一个技巧，就是自曝私隐，因为私隐话题往往让人更愿意相信，而不顾及其他的内容是真是假。把我的身份加成男朋友，也表达出这个灵修班的事宜都是楚楚做主，这丫头，真是个机灵鬼。不过，男朋友？还叫小贱？我的天啊！楚楚说起男朋友的时候，还夸张地挽了挽我的胳膊。

灵修导师姓尚，看来楚楚也早就打探清楚。这时那个尚导师突然将目光看向我，然后问我："孟先生对心灵学的课程感觉如何？我看您还挺有兴趣的样子。"好一个语言钩子，直接问我的评价，一个人对任何人、事、物的评价都能暴露出很多信息，模棱两可的评价说明此人漠不关心，夸张的正面评价说明此人迎合客气，直接否定的评价说明此人受过被评价事物的伤害，客观中肯的评价说明此人了解明白……

　　我略作思考，决定如此作答："尚老师果然观察细致，难怪能成为灵修导师。不知道于佳有没有和您介绍过我的情况，我平时也喜欢修行法门，也试过苦修甚至辟谷，但是始终不得要领，无法开悟。今天听了尚老师半堂课，感觉能摸到些门道了，但是模模糊糊的还说不清楚，估计还要尚老师多加指点才能初窥门径。"我说的意思绕开了评价，表达了对她本人的推崇，目的是降低她的潜意识防卫，减少她的戒备心理，以此获得更多的信息。

　　果不其然，千穿万穿，马屁不穿。听我初来乍到，如此推崇她本人，这个尚导师开始给我介绍灵修课的作用，并且拿出了一个宣传册子给我，告诉我这是第几期的学员。我看这个灵修班每期十人，满七人则开课。七到十人，刚好适合做小型群体洗脑。

　　楚楚继续发挥女人的交流优势，和灵修导师持续套着近乎。而那个看起来高高在上超然物外的姓尚的灵修导师，在人情世故面前俨然是人精一枚，不断地通过交谈来刺探我们的职业背景、个人身份和来访目的。我则在一边翻看往期灵修班成员合影。翻到上一期成员的时候，赫然发现也有个叫王超的人，身材消瘦，面色忧郁，在合影中都没有笑容。我心念一动，心说这个王超不会是李静秋老公王超吧，趁人不注意，我假装用手机看微信，把那张合影拍了下来。

　　这时，楚楚的手机响了，她站起来走向一旁接电话，尚老师又向我看过来，眼神中探寻的意味始终不肯散去。我听到楚楚断断续续地说："啊？什么？哦，我知道了，回头我联系你。"然后她就走过来，在我和尚老师第二次交谈之前过来作别，连说真是遗憾，本来想多多学习的，但是公司来电，有急事处理，还得加班。于是拉着我走。

　　到了车上，车子启动之后，楚楚收起了刚才应酬的笑脸，变得严肃起来："王超找到了，不过已经死了！在山区的一条沟里面发现的，在他家车里服用安眠药后，汽车尾气中毒而死。秦剑打来的电话，说现在正在查探是自杀还是他杀。"

|第五章| 王超已死

　　"王超死了？"我也惊讶了，"不过我推断王超自杀的可能性比较大。按照我原来推断的，王超和他母亲在3月31日晚上发生争执，往日王超对他母亲的反应就是沉默的隐忍而已，那天晚上发生争执的时候应该是王超1的人格，王超1无法忍受其母亲给他造就的压力，就杀了他母亲。但是为什么还要杀老婆孩子呢？这个问题还真是让人头疼。王超1杀了他自己一家人之后，在逃路过程中，王超醒来，发现大错铸成，选择杀死王超1，也就是自己来结束内心深处的负罪感和悔意。"

　　"按照你的推断，王超杀死了自己全家，然后自杀是吗？可是证据呢？原因呢？心理学虽然可以揣摩当事人的思维想法，但是怎么证明你的推断是对的呢？"楚楚质疑道。

　　"我先回去好好研究下王超的日记，你再去问问秦剑，看看有没有新的发现吧。"

　　"要不这样，我约秦剑一起吃个饭，咱也算校友聚会了，你能认识个警察朋友对你也好，万一你犯了事，不至于被整得太惨。"楚楚开玩笑道，"以后你再和女网友去开房，我就给你举报，然后让秦剑去抓你！哈哈哈！"

　　"少来，我是去做正经事好吧。而且我怎么会犯事，我一学法律的守法好公民！"我回道。

　　"知道知道，贱师兄是正经地去做不正经的事情去了，好像您大学的时候那绰号七仙女的七个干妹妹是凭空来的似的，亏得你整天做出一副对欧阳师姐一往情深的样子……"

　　听到欧阳两字，心里又是一阵抽搐。这个女人，唉，注定了是我这辈子心里的痛了。大学里七个干妹妹的事情倒是真的，其实那会儿傻乎乎的，对有好感的女孩子，但是又不能成为女朋友的，就都一股脑儿认成干妹妹了。不过有一点很奇怪，我和楚楚也挺熟的，怎么就没有认她当干妹妹呢。好像我很多事情里都有楚楚的影子，哎，这个小丫头。我这时意识到，她大学阶段一直没有谈恋爱，一直没有男朋友。

看到我脸色有变化，楚楚语气温柔了下来："好了好了，现在还不能和你提师姐了，今天你这么辛苦地陪我去卧底采访，为了表达我对你的感谢，你请我吃晚饭吧！"

"嗯？怎么你感谢我，还我请你吃晚饭？"我把心里的刺压了下去，打趣楚楚来转移心情，"而且你这个大记者，收入那么高，还不肯出钱，攒钱做嫁妆吗？"

"你讨厌！我要攒钱买房子，这辈子不嫁了！哼，追求本小姐的男孩子多了去了，可是本小姐就是看不上！"楚楚娇嗔地嘟起嘴。

"没错没错，追求楚楚小姐的男孩子排队都从天安门排到地安门了！哈哈哈！排队排得累了的都得在百花深处（北京一个胡同名字）歇脚了！哈哈……啊！疼！放手！"我笑道。

果然我的笑声还没落下，楚楚的九阴白骨爪就捏到了我的胳膊上。

"看你还敢不敢嘲笑我，你这个贱人坏师兄！"楚楚一边用力，一边抗议。

"快松手，开车呢，危险！楚大师妹，我错了！我请你吃晚饭，满足你感谢我的愿望。"我只好求饶。

"这还差不多，疼了没？疼了我给你揉揉吹吹。"楚楚倒是转换得快，九阴白骨爪立刻变身按摩红拂手。

"哎——呀，真——舒服！"我故作夸张地拉长腔调。

这时，楚楚的电话响了："喂，秦警官你好，找我这个小记者有什么事啊？嗯？你要请我吃饭？那我可不可以再带个人过去啊？谁啊？你见过的啊！给你留个悬念，你见到就知道了。嘿嘿！"

"你的饭钱省了，那个秦剑要请我吃饭，正好咱们一起过去。"挂了电话，楚楚道。

"秦剑是不是喜欢你，追求你啊？我就不过去凑热闹了吧，而且我上午还是嫌疑人被讯问，下午就和讯问我的警察一起吃饭，这不好吧。不过正巧，给你

看个东西，"我在红灯间隙把偷拍的有王超名字的学员合影照片微信发给楚楚，"这个是我偷拍来的，你核实下这个王超是不是那个李静秋的老公王超。"

"啊，师兄，你还真是狡猾！我看你还叫什么心理师孟新建啊，改叫名侦探孟新建算了！快去饭店吧，秦剑找了个私房菜小馆，他和老板熟才有位子的，而且是那个小饭店唯一的包间哦。正好方便咱们密谈。嘿嘿！"楚楚一边说着，一边开启导航。

"日记的事情你先别告诉秦剑，我备份了再给警方。"

"好的，我知道了师兄。你看吃饭的地方还挺近，前面两个路口就到了。"

说笑中，我们到了南城的一个私房小馆，找到传说中的包间之后，我终于明白为什么说很私密了，因为这个小馆子是老四合院的门面。面积并不大，这个小院总共有八间房，老板在这个院子占了其中四间房，一间自己住，一间做饭堂，一间是厨房，一间就是这个雅间了。雅间和大堂隔了两个小房间，而且还是别人的。房间不大，也就是五平方米的样子，最多坐五个人，房间里的摆设也很简单，普通的圆桌，木头椅子。不过据楚楚说，来这里吃饭吃的是味道，不是环境。他家的合菜是北京头把交椅。

我们到的时候，秦剑还没有到，楚楚毫不客气地把菜点好了。我坐在硬邦邦的木凳子上，一口茶没有咽下，秦剑就走了进来，不过穿着便装。秦剑看到我，态度明显冷了一下，然后说出这么一番话来："孟新建，你的嫌疑没有了，不用找人来探听消息了，我们找你就是了解了解情况来着，要是认定你是嫌疑犯，早把你请到局子里去了。哎，你怎么认识楚楚的？"

我还没说话，楚楚的快嘴就开始介绍了："秦剑，孟新建和我，咱们三个都是校友呢，你俩还是一个系一年的，居然不认识！"

"秦剑，你应该知道新建师兄啊，他可是大名鼎鼎的有七个干妹妹的家伙，全年级都知道这个不上课还能拿奖学金的家伙的。我们班女生有三分之一找他看过星座生肖，还有相过面看过手相的。"楚楚继续聊起大学生活。

"噗……"我嘴里的那口茶水好悬没喷出来，合着我的名声就是这个啊！

"啊？原来是你，难怪我对你的名字很陌生。因为我们提起你来都是你的外号，你外号叫大贱韦小宝，后来我们给你外号简化了，都叫你贱宝，说起你七个干妹妹，七仙女嘛！还各个学院都有，下课都有其他专业的女生来找你看相的。你的女朋友是个复姓，叫什么来着……对，欧阳芳菲，系花呢！我们当时都在说，欧阳准是中邪了，怎么看上那个贱人了！哈哈哈哈……"

"这个这个……"好吧，好歹知道了另外一个绰号，叫贱宝。我说我大学四年怎么没什么兄弟，原来男生都那么讨厌我来着！

"哎呀，师兄，原来你还有贱宝这么可爱的外号啊，我才知道，原来只知道健力宝！"楚楚继续打趣。

我瞬间无言以对。好在秦剑拉开椅子坐下的时候，菜也开始上了。由于我和秦剑两个男人都要开车，所以就喝饮料来聚会了。

明显看得出来秦剑很喜欢楚楚，也明显看得出来楚楚对秦剑的感觉很一般，看着秦剑那张浓眉大眼的脸赔着笑脸去和楚楚聊天，我有时候都忍不住笑出声来。

聊着聊着终于聊到正题上，秦剑说："基本上能确认王超是自杀的，车里没有第三人的指纹，王超把车密闭起来，把车的排气管堵住，而且还发现王超事先吃了大量安眠药。

"更为重要的证据是，车里发现了王超的遗书，遗书经鉴定显示是王超本人的笔迹。遗书内容是关于一家人的死的，王超那天因为和母亲发生争吵，母亲和王超说觉得李静秋偷了汉子，给他戴了绿帽子。理由是李静秋有几个晚上有事出门，半夜才回来的。王超母亲让他看住自己媳妇，王超本就心情不好，忍不住和母亲辩白几句。结果却被母亲痛斥娶了媳妇之后，就不认亲妈了。

"王超带着气回到卧室，看着媳妇正哄着儿子睡觉，心里却不知为什么有个声音告诉他，要是她们都死了的话，自己就不用面对这些麻烦和痛苦了，于是去厨房找出剔骨刀，对着媳妇的咽喉就割了下去，好像他媳妇还睁开眼叫了一下，然后就没了动静。王超儿子醒过来，看到之后，吓得哭了，王超害怕之下，掐住儿子的脖子，心里想的是，他妈死了，自己也要死了，儿子没人照管，也会很可怜，就干脆把儿子也掐死了。

"这个时候王超妈妈被孙子哭声惊醒，跑过来查看，看到杀人现场，第一反应居然还是叫骂王超，我叫你管媳妇，你却杀了她，你真是随了你爹了。王超心里的声音再次出现，然后王超就用剔骨刀刺了亲妈三次，老太太身子结实，还转身求救，王超在后背又来了一刀。

"杀完人后，王超感到心里一阵轻松，等反应过来，开始害怕，就驾车逃跑。逃到半路，心里开始愧疚和后悔，就在车里自杀，自杀之前，留下了这封如同日记的遗书。遗书的最后一句话是：'今生的纠葛我已经斩断，愿来世再不相

见。'"

听完秦剑的描述，我总觉得这句话和今天下午去灵修班听的内容很像，不由得想起灵修班那个也叫王超的学员。我给楚楚发了个微信，让楚楚问问秦剑，核实一下是不是同一个人。楚楚看到后，便拿手机让秦剑辨认。秦剑看后，说："这张照片你们从哪里弄来的，就是这个王超，没错！"我心中一凛，心说果然如此。但是目前只是猜想，还需要证据支撑，也就暂时没有说出疑问。

楚楚问："那这个案子是不是就算结案了？"秦剑回答："如果没有其他情况出现的话，就算结案了，杀人者自杀谢罪，通知家属处理后事就可以了。"

我问秦剑："王超的父亲在他初中的时候死了，怎么死的知道吗？"秦剑奇怪地看我一眼："你怎么知道的？"

"是李静秋告诉我的，我从心理学的角度分析，王超父亲的死和王超这次杀死自己所有的亲人可能有关联，但是我不知道具体情况，所以就问问你知不知道。"秦剑说："你今天还问着了，我在走访王超发小的时候发现了这个，也有些疑点，但是嫌犯自杀死了，我也就没有给领导汇报，毕竟和这个案子关系不大。"然后就给我讲了他调查的情况。

王超父亲叫王大庆，母亲叫张素兰。王大庆是王超十五岁的时候在回家路上被人用一把水果刀捅伤脾脏，出血过多而死的，案子一直没破。不过王超发小说，初中的时候，王超问他他起生理反应的时候，他妈什么反应。王超发小说，他妈说臭小子长大了，然后就没再理会。王超说，张素兰说的却是：你也变流氓了，你爸是个大流氓，你也变成个小流氓了。

从那过后不久，王大庆就死了，按理说亲爹死了，王超应该难过才对，但是发小却发现王超好像很放松的感觉。他把这些事情告诉自己爹妈之后，自己爹妈就不让他和王超玩了，后来就基本上没什么联系了，没想到他全家都被杀了。王超发小虽然没明说，但是话里话外都表达出王超性格怪异。

听到这个情况，我就没再提王超日记本的事，打算回去自己将日记仔细看看之后再做打算。

饭后，秦剑执意送楚楚回家，号称顺路，我自然成人之美。回到我的窝之后，将日记本找出来，认真看了起来。

|第六章| 王超日记

　　王超的日记本上带个小锁，锁头用螺丝刀一撬就掉了。这种锁本身是封锁自己内心世界的象征，既要记录下来，又不想让别人发现。看来王超在父亲去世那年的经历，既有他不得不说又有不肯为外人知道的地方。这种压力之下，难怪王超面色忧郁，形容沉闷。

　　日记本的封皮是黑色，黑色除了沉稳之外，还象征死亡。打开日记本，基本上用的笔都是黑色的笔。一个用黑色为基调来记日记，并且用隐喻来记事的男孩子，究竟发生了什么事情？我心底里有所判断却又希望不是所想的那样。

　　挺厚的本子，除了一些流水账式的日记之外，有十三篇对我来说是有意义的。

　　［第一篇］

　　1998年1月28日　星期三　晴

　　今天过年，外面雪还没化，好冷，不过长安街上的积雪早早地就被环卫工人清扫干净了，他们可真辛苦。

　　张素兰和王大庆又吵起来了，过年也吵，我本来想去爷爷奶奶家，张素兰也不让我去。王大庆在张素兰面前就是个懦夫，懦弱得连过年都不敢回去看望自己爹妈！

　　不知道为什么张素兰说我是小流氓了，流氓不是坏男人吗！我一直听她的话，怎么也是流氓了？

　　看着自己的小兄弟，觉得还不如没有的好，张素兰说，这个东西是个坏东西，就会欺负女人。

［第二篇］

1998年2月13日　星期五　晴

真讨厌，明后天是周末，今天却非要返校，说是要打扫卫生。

不过也挺盼望上学的，因为对着张素兰的时候，我都觉得自己不应该活着。王大庆昨天晚上肯定又想对张素兰耍流氓来着，半夜被张素兰踢出去了。

李一州说，明天是情人节，他要送班里最好看的女生刘晓晓玫瑰花。真是个大流氓，这么小就会勾搭小女生了！要是刘晓晓要了，刘晓晓就也不是好东西！不过，我看到刘晓晓的时候，流氓就要出来了。刘晓晓长得真好看，眼睛黑漆漆的真漂亮，看着像洋娃娃似的，但是刘晓晓比我还高，胸脯也鼓起来了，我觉得她看不上我。

［第三篇］

1998年2月26日　星期四　雪

又下雪了，真冷，我还得去外面上厕所。

那天好像看见王大庆在胡同角落抱着胡同里大张杨他妈亲嘴了。

大张杨他爸打架把人捅死了，听说是判了个无期，估计这辈子出不来了，难怪王大庆这么窝囊的人都不害怕了。

刘晓晓好像和李一州好了，她肯定是在情人节的时候收了人家的玫瑰花，也是个女流氓！唉，张素兰还不知道王大庆的事呢。不知道张素兰知道了会怎么样。

［第四篇］

1998年3月11日　星期三　阴天

张素兰和王大庆正在外面吵呢，而且张素兰还把大张杨他妈的脸挠花了，大张杨也不跟我玩了，其实也没人喜欢跟我玩，他们都说我整天板着一副死人脸。

张素兰说王大庆为了那点流氓，想不要我和她了，说王大庆就是个浑蛋大流氓，说大张杨他妈就是个骚货狐狸精。张素兰气急了，说王大庆要是养大张杨娘俩了，问我怎么办？我不知道该回答什么，然后她就扇了我两耳光，跟我说，要是王大庆敢不要咱们娘俩，你就捅死他这个王八蛋！我怕挨打，只有跟着张素兰说，要是王大庆不要咱们了，我就捅死他个王八蛋。结果被王大庆听见了，王大庆把喝水的杯子摔碎了就走了。

［第五篇］

1998年3月13日　星期五　多云

今天王大庆回来了，回来后居然拉着我照着镜子好好端详了半天。看完了，也不叫儿子了，居然说："兔崽子，你他妈哪儿长得像我啊？"

我正莫名其妙呢，张素兰回来了，张素兰刚好听到这句话，就开始和王大庆吵："臭流氓，你怎么说我儿子呢？"王大庆说："还真是就是你儿？"难道我不是王大庆亲生的吗？不过我看着王大庆生气的脸，怎么觉得他像个恶魔呢？

张素兰说："王大庆，你这话什么意思？"王大庆把我拉到他跟前："你看看这兔崽子哪儿长得像我？我今天才打听出来，你嫁给我之前，被一个流氓强奸过，我说怎么我家条件那么差，你这个警察女儿居然下嫁给我，而且你嫁给我才九个月，这兔崽子就出生了，你还和我说是早产！老子养个野种养了十五年！"

张素兰居然没骂得更凶，反而哭了起来，难道我真是野种？王大庆骂完之后，就走了，张素兰自己哭了半宿。

我想了想，张素兰除了凶点，其实对我也挺好的。

［第六篇］

1998年3月15日　星期天　下雨了

王大庆今天回来了，还把地上踩得都是脚印。张素兰两天没说话了，我有点害怕了。

王大庆进来就开始翻箱倒柜，并且问张素兰存折在哪里，很像电影里的日本鬼子来抢老百姓。张素兰说："你滚！你以后别回这个家！"王大庆说："老子才不回来！老子是拿回老子自己的钱，赶紧给我！你这个破鞋！"

听到"破鞋"这两个字，张素兰嗷了一声就扑到王大庆身上，把王大庆的脸都挠破了，把我也吓到了。王大庆以前打不过张素兰，但是今天居然抓住张素兰的头发摁住她的头往地上磕。我看到张素兰都流血了，就过去拉王大庆，没想到王大庆一把把我推开，我的头碰到桌子，磕了个大包出来，疼死了。王大庆说："小杂种，你果然向着这个贱货！"之后王大庆找到了存折，就走了。

地上有血，有泥，张素兰躺在地上，好半天没动静。我都担心她是不是死了。我过去看着张素兰。张素兰却把我搂进怀里，跟我说，妈只有你了。

我觉得我应该是个男子汉了，我都十五了！

[第七篇]

1998年4月13日　星期一　晴

我刚放学回家，发现王大庆也在，还有大张杨他妈。

王大庆让我和张素兰搬出去，因为这是他的房子，王大庆当着大张杨他妈的面说："你这个贱货带着这个小杂种一个星期之内搬出去，不然老子直接把你们东西扔出去，把房门锁上！"说完了，大张杨他妈还说张素兰："张素兰，你不是骂我贱货么，原来你才是大贱货，还养了个野种，让大庆给你养了十五年！亏得这些年你对大庆整天打骂，还不让大庆碰，原来是想着强奸你的那个野男人吧！"张素兰冲上去和大张杨他妈打起来，结果王大庆一脚把张素兰踹倒了，我想起张素兰的话来，跑到厨房拿起菜刀冲出去，王大庆他们已经走了，只有张素兰在地上哭。我从没见过张素兰那么哭过。

[第八篇]

1998年4月14日　星期二

那个魔鬼让我和张素兰一个星期内搬出去，搬出去我们住哪儿啊，总不能住大街上。张素兰好像傻了，也不说怎么办。我也很害怕。

[第九篇]

1998年4月15日　星期三

今天同学们说我是野种，是杂种，肯定是大张杨那孙子嚷嚷的，这下他就不用被骂是小杀人犯了！大张杨说他爸和人打架的时候是用磨尖了的自行车辐条捅的。

[第十篇]

1998年4月16日　星期四

我在路上捡到了个自行车辐条。我把它磨尖了。

[第十一篇]

1998年4月17日　星期五

我找了块猪肉试了试，发现根本捅不动，大张杨这个小杀人犯就是吹牛呢！

我找了把尖刀，还是这个好使。

[第十二篇]

1998年4月18日　星期六

恶魔死了，流了好多血。张素兰看见我的校服上的血了，她把我校服烧了。

[第十三篇]

1998年5月29日　星期五　晴

我都想不起来王大庆长什么样了。大张杨和他妈搬走了。同学们还是会叫我野种，街坊说王大庆很倒霉。刘晓晓和李一州亲嘴了，奸夫淫妇……

我看完这本日记，可以推断出来，王超杀了他父亲王大庆。一般来说，有过用杀人处理问题的经历的人，会选择第二次杀人。不过当事人都死了，而且陈年悬案，警察也未必有动力去查；这本日记也不能证明什么，因为物证早就被毁掉了，犯罪者也已经死了，死无对证。可怜的就是李静秋，因为父母贪图王超家拆迁款，把她嫁给了王超，结果把自己的命也丢了。

看看手机，都已经凌晨三点了，我躺在床上沉沉睡去。虽然心底深处还是认为，王超杀李静秋，还有一些疑点没有解开。但是倦意起来，也就睡去了。

睡得正香，电话响起，是楚楚的。楚楚说，秦剑告诉她，王超一家剩下的亲人是王超的姑姑，王超姑姑处理后事的时候遇到了一个房地产中介，中介带着个人来找他们来了：王超杀人前一周，把他们的房子卖了。而且王超姑姑还发现，王超银行卡里的钱都没了！本来老太太张素兰银行卡里的拆迁款还剩三百多万，得赔偿给李静秋父母两百万，剩下的不够退人家房款。

|第七章| 巨款去向

听完楚楚的电话，我从床上爬了起来，看看时间，都下午一点钟了。看来昨天搞得太晚，太累了。

起来洗了个澡，没多久，楚楚的电话又来了："贱师兄，你起床没有，你那有没有发现啊？我们领导让我把这个案子写个大案纪实。刚才秦剑那边说，王超的房子好像也被他抵押出去贷款了。秦剑正在和他们领导请示要不要再查一查。"

"我昨天把王超日记里的有关联的内容都整理出来了，一会儿拍照片发你微信。我可以确认，王超父亲王大庆是王超杀的。一般来说，家庭矛盾中，因为家庭关系的特殊性，一旦发生冲突，反而会更严重。你和陌生人发生冲突，转身离开，可能这辈子都不会再遇到，所以，你的愤怒只是一时，争吵甚至互殴都有可能，但是不会持续太久，除非发生非常大的伤害。但是和家庭成员之间，因为需要朝夕相处地生活，而且某些矛盾只能压抑在心底，在无法逃离的情况下，一旦爆发出来，就有可能走向极端。

"王超在十五岁的时候，属于对人伦两性，知道又不理解，明白又没体会的年龄阶段。他发现他并不是王大庆的亲生儿子，反而有可能是其母张素兰被强暴后所生，同时这件事又因为王大庆的愤怒而给王超的人际关系带来了巨大的压力。再加上王大庆要将张素兰母子从房子中赶走，王大庆就成了王超心中的恶魔，而王超解决这个恶魔的方式就是杀人。恶魔死了，他们法律关系上还能继承遗产，张素兰和王超就能继续生活下去了。

"但是奇怪的是，为什么警察没有怀疑过王大庆是被王超所杀？所以这个问题还得找秦剑帮忙，看看能否调阅卷宗。"我一边擦干身体，一边跟楚楚说话。

"我把你的推断告诉秦剑了，秦剑说你推测得还有些道理，但是都需要证据来验证。不过这事现在对我可重要了，要是这个案子还有这么多内情，我都可以发一篇长篇纪实连载了，至少一个月之内的版面任务都能完成！而且这么大的案子，要是加上你在心理学层面的分析评论，必然会引起公众关注，版面的广告费就上来了！所以啊，贱师兄，你可一定要帮我啊！多谢多谢咯！"

每个人的关注点都在自己的事情上，不论别人是否家破人亡、身死财尽，想的都是自己在这件事上能获得什么。

所以，楚楚对这个事情很热心，是为了自己的工作；秦剑对这个事情付出努力，是为了升职。那我为这个事情奔波劳碌是为了什么？辞职后暂时没事做是一方面，为了李静秋是一方面，最主要的，我总感觉王超一家的死以及消失的巨款都和那个灵修班有关系。利用心理学骗财骗色，甚至骗得人家破人亡，在我内心深处，他们几乎就是我的敌人！心理学虽然玄奥，而且行之有效，但要是被心怀叵测的人利用起来，操控人心，后果极为可怕。而且，你还没有证据证明他们应该对各种惨剧负责。

"楚楚，我总觉得王超一家的灭门惨案和那个灵修班有关系，所以，能否查出王超在灵修班都发生了什么？你看那张照片，看看能不能找到其他学员，我们想办法调查一下，这个肯定得秦剑帮忙，毕竟他的警察身份查起案子更为方便一些；第二，王超父亲王大庆的死，也需要调查，这个还得秦剑帮忙。"我在电话里和楚楚说道。

"要是能证明是灵修班这种机构造成了灭门惨案，这个案子估计就轰动了。不过不知道能不能报道出来这个，毕竟容易引起恐慌。我可以去和领导申请一笔采访经费，分师兄一点吧，谁让师兄最近没有工作，都要饿肚子了呢！"楚楚在电话另一头利诱我。

"哈哈哈，好吧，楚大记者先把我的油费报销了吧。"我打趣道。

"没问题，没问题！我先约上秦剑，看看秦剑那边情况怎么样了。我们主编找我，我先挂了，师兄准备好，晚上咱们碰一面。"电话那头立刻挂断了。

我看着洗手间的镜子，居然产生了恍惚感。这个房子的装修，除了客厅之外，都是欧阳芳菲的选择，从洗手间的墙砖、地砖、吊顶，到灯具、窗帘，还有卧室里的床，都带着欧阳芳菲的痕迹。床是欧式大床，床头包皮，看起来简单大

气；灯是欧式吊灯，有时候会让我以为进了欧洲古堡——欧阳芳菲总是在心里认为自己应该是生活在欧式宫廷里的公主，所以哪怕这么小面积的房子，她也要装修得看起来富丽堂皇；洗手间里的花洒都有金属造型，看起来如同喷泉；客厅还没有布置是因为她转来转去都没有遇到自己心仪的家具。

欧阳芳菲就是这样，宁可不要，也不迁就。我和欧阳芳菲谈了七年柏拉图式的恋爱。我在秦剑这些男生心里，简直是左拥右抱，风流不羁。但是其实，直到大学毕业工作半年后，我还是处男。欧阳芳菲认为男女亲热，需要一个盛大而浪漫的仪式才能开始，而我们还缺乏这个仪式的各项基础，所以我和欧阳芳菲的亲密接触都仅限于接吻抚触。

看着卫生间的装修，我恍惚间看到的居然不是欧阳芳菲，而是李静秋，间或是楚楚。我用冷水洗了洗脸，清醒了些。我得捋清为什么想到欧阳芳菲我会应激反应那么大。心理师首先得治好自己的疾病才成啊。

正在胡思乱想，楚楚的电话又打来了："师兄，你能不能到我报社来一下啊？我也约了秦剑，事情有了新的情况。我把你手里王超的日记内容告诉秦剑了，你带着那本日记啊！"

收拾好东西出门，大概用了半个小时到了楚楚报社所在大楼。我把车停到地库里，然后告诉楚楚我到了。楚楚把我领到了一个小会客室，让我先等一会儿，秦剑马上就到。

"师兄，于佳的婆婆告诉我，于佳和灵修导师约好了今天晚上去开顶，她不放心，也阻止不了，打算和她儿子一起悄悄跟着看看到底发生了什么事情，然后想我也跟着去。我打算跟着去，你也陪我去吧！一会儿看看秦剑能不能去啊，秦剑说他也觉得案子里透着古怪，他下午还调查了王超的资金去向，也有发现！"正说着，楚楚电话响起，"秦剑你到了是吗？我马上去门口接你。师兄已经到了。"

楚楚去报社门口接上秦剑，不大一会儿，两个人就都走了进来。估计秦剑判断出我对楚楚没有男女之意，对我的敌意消除大半。再加上身为校友，见到我之后，他露出了放松和信任的笑容："新建兄，还是谢谢您积极配合警方办案，你提供的日记本的线索帮我们解决了陈年旧案！"

"两位师兄，先坐下来，喝口水说吧。不知道秦剑师兄晚上有没有时间和我们夜探灵修班，看看开顶大法究竟是个什么东西？那家老太太和我约的时间是晚上八点到她家小区，我们悄悄跟踪过去。现在是下午四点，一会儿五点下班，咱们就在这里吃份便当，然后六点出发去老太太小区如何？"

"那个时间不是正好堵车？要不咱们先过去，在小区附近吃饭，在路上交换意见也是可以的。"我提议道。

"还是听新建兄的吧！我从局里借了一辆商务别克，正好容纳的人多，而且适合跟踪，一会儿我开车。"秦剑附议道。

"那好，就听从二位师兄安排，咱们这就出发！"楚楚嫣然一笑的瞬间，我看到秦剑都看得痴了，的确有点"巧笑倩兮，美目盼兮"的神韵了！这小丫头，上大学的时候还青涩得很，没想到工作两年之后，越发精致动人起来，看着她一身的职业装，气质端庄又干练，让人眼前一亮。

上了车，我先讲解了我的发现，楚楚则大概介绍了于佳的情况还有我们昨日探访灵修班的情况，秦剑最后和我们交换信息。

秦剑说道："我和领导汇报了我们的发现，领导说让我先跟着这个线索查查，如果王超真是被邪教蛊惑做出这样的大案的，那就要推翻已经定案的结论了。

"关于王超之父王大庆之死，我去调阅了1998年那个案子的卷宗，王大庆是下夜班途中，被人用尖刀刺中心脏死的。那会儿没有摄像头，而且刚好在那一年，有一个拦路抢劫杀人的连环案子。所以当时的刑警队认为，应该并案处理，侦破方向一开始就转向了。不过当时有个老刑警曾经提出，这个案子和那几起连环案件有些细节上的不同，其他案子中，嫌疑人都是一刀捅下，不管生死，抢了财物就走，这才符合抢劫犯案的特点。

"因为凶手的主要目标是抢劫，而不是杀人，所以他只要通过用刀刺伤、刺死受害人的方式，让受害人丧失反抗能力，就足够了。而且抢劫财物之后，抓紧时间逃离才是重点。但似乎王大庆遇害时，身上中了三刀，一刀在喉头，一刀在左胸，一刀在腹部。然而三刀都因为嫌疑人力量不够，并不致命，真正致死的原因是夜间没法求救，失血过多。嫌疑人的目的明显是杀人，而不是劫财。不过当时破案压力大，所以就没有另案处理。但是那个老警察保留了意见，写进了卷宗的案情讨论会议概要里，这个老警察就是我刚到派出所时的师傅。"

"这么说来，从伤口上看，杀人者显然力气不足，而且技巧不熟，所以才砍了三刀那么多，虽然处处砍向要害，但是也并没有杀死王大庆，反倒因为王大庆是深夜遇袭，没人看到，流血过多而死——那么袭击王大庆的人很可能是个未成

年人；再结合王超的日记，基本上可以推断确认王大庆是被王超杀死。可巧当时刑侦队的破案方向就没有怀疑到这个方面，所以王超安然过关。但是王超从此开始沉默寡言，这和杀人是有关系的。张素兰替王超处理了血衣和凶器，就再没有证据能够证明王超杀了王大庆了。"我接言道。

"我看了这个卷宗后，再加上楚楚告诉我的你看到的王超日记中的内容，就给我师傅打了电话。我师傅和我说，他当时也怀疑是个未成年人袭击了王大庆，但是当时破案思路确定之后，他也就没有坚持，只是因为心里一直保存怀疑，所以自己悄悄地去对王大庆生前的私生活做了调查，调查到王大庆的婚姻关系恶劣，而且和他人通奸的事情。从王大庆的伤口上看，这个被推断出的未成年人，如果是想杀了王大庆，又不抢劫财物，那么只有可能是王大庆儿子王超，或者李秀芬儿子张杨。

"儿子弑父的案子非常少，所以师傅把怀疑对象放到了张杨身上。张杨从小被母亲带大，如果恋母严重的话，对和他母亲发生关系的男人自然会产生仇恨；再加上王大庆死了后，李秀芬母子就搬走了，师傅就更加怀疑是张杨。只是当时队里没有把方向定在未成年人身上，凭借师傅自己的力量在茫茫人海里找出李秀芬母子几乎不可能，事情也就搁下了。师傅听了我提供的材料之后，当即判断，杀人的就是王超！现在王超已死，张素兰也死了，这个案子也就石沉海底了。并且当时已经定案，破案的人因为立功都已经受奖升迁，不可能再重翻旧案了。"

"如果确定王超杀死王大庆的话，那么他的心理成因就可以确定了，一个人杀过一次人来解决问题，就会习惯性选择第二次杀人来解决问题。因为杀人之后，恐惧与放松会并存在杀人者的情绪中，特别是王超的家庭关系一直都处于紧张状态中，王大庆死了，问题就解决了。

"另外，如果确定张素兰被强暴而生子的话，那么张素兰会因为被强暴而心理扭曲，一直将火气撒到王大庆身上，同时也将恨意转嫁到王超身上。但是王超毕竟是张素兰的亲生儿子，所以张素兰对王超属于很矛盾的心态，既爱且恨，爱的是亲生儿子，恨的是强暴自己的罪犯。王大庆死后，张素兰对王超的态度就是时而好，时而恶劣，不过恶劣的时候偏多。而且因为强暴阴影，张素兰对两性行为十分反感、暴躁，哪怕是亲生儿子正常的性生活都要破坏掉。她的行为就都能解释得通了。"我接着秦剑的分析说道。

"师兄，照你们这么说的话，王超因为经常受到其母张素兰的精神压迫，所以爆发出来，杀掉全家，然后自杀，以寻求心理解脱，整个案子就很完美地结束了！那么他卖房子获得的和手里的其他存款哪里去了？怎么后来王超姑姑那边又出了问题？"楚楚问道。

秦剑回答道："王超的房子出了问题，是因为他姑姑去处理后事的时候，被房产中介和买房子的买主堵住，要求他姑姑返还购房款，还是房款的百分之八十，大概两百六十万。而且中介带着买主去检验房产证的时候发现，房子已经被抵押给银行了，银行给王超发放贷款两百三十万。这些事情都是近半个月内发生的，看起来张素兰和李静秋并不知情。

"我去银行查过王超户头，王超原来有存款两百万，应该是分得的拆迁款，加上这四百九十万，一共六百九十万的款项。但是有六百五十万被王超汇给了一个叫心之境文化传播有限公司的户头。我找银行调出当时的监控录像，发现和王超一起汇款的还有另外一个人，是个女人，不过戴着墨镜，看不清脸。

"款是在3月29日汇出的，4月1日王超全家就发生了灭门惨案，这也是我来找你的原因。因为你怀疑王超是被人操控行为，那么搞清这笔钱的去向的话，至少证明与获得钱财的那个公司不无关联。不过要查那个公司的详细资料就得明天了，这会儿工商局已经下班，我们没法过去。"

楚楚道："六百五十万失踪！那么大笔钱不见了，而且钱消失之后，就发生了杀人案件，的确很是诡异！看来还得搞清楚王超这半个月来都和什么人接触了，贱师兄早就怀疑是不是这个叫灵修班的邪教中人操控王超，才造成了这场惨案。"

秦剑道："现在张素兰的遗产里还有三百万，王超的遗产里还有四十万，他们的房子抵押给银行，估计要先偿还银行贷款两百三十万；那个房子大概价值三百万，卖掉之后，还要退还房子之前那个买主两百六十万，那么应该剩下遗产只有一百五十万了，这笔钱还得赔给李静秋父母一部分。唉，看来王超一家死后，还得有民事官司要打了。真是家破人亡，死后都不得安宁！"

我说道："王超中少年时期，因为父母、身世，心灵创伤很大，再加上张素兰脾气暴躁，又老拿王超发泄情绪，王超的心灵创伤就没有痊愈过。他通过杀死王大庆，释放过一部分负面情绪，但是王大庆死已经十五年，王超和张素兰、李静秋在一起生活，必然还会积累很多心理压力和不良情绪；再加上王超和李静

秋没有性生活，长期性压抑，一旦有人抓住他心底的弱点，加以利用，是能够做到蛊惑王超杀人再自杀的，但是怎么做到让王超变卖家产，将钱款都转移出来，我还没有想透。"

"照这么说，我们下一步就是去调查那个转入款项的心之境文化有限公司了，"楚楚说道，"秦剑大警官，咱们三个一起去查好不好？"

秦剑回答："剩下的线索，反正是领导要我自己去摸，摸到重要的线索了再说，当然可以带楚大记者同去！至于新建兄，不知道需不需要上班，有没有时间啊？"

"有时间有时间！贱师兄现在无业游民一个，有的是时间！而且现在我用采访经费雇用他呢，他必须跟着我们跑一趟！是不是啊，贱师兄？嘻嘻。"

我还未表态，楚楚已经包揽下来了。我只有苦笑不语。

秦剑倒是有些失望地打探："怎么新建兄失业了吗？"

"我辞职有小半年了，想自己当心理师，不喜欢原来死板的生活，上个月刚把执照考下来，这半年的确是吃存款活着呢，不过我倒也还能活得不错。这个案子秦剑兄要是不嫌弃我碍手碍脚，我倒是可以参与，因为我觉得这个灵修班透着诡异，很可能再去害人。如果利用心理学害人，我就得想办法破解掉了！我感觉这个灵修班和王超一家惨死有着隐秘的联系，再加上李静秋好歹也是我第一个客户，我很想找出真相来。"我回道。

"那就这样说定了，明天上午九点，丰台区工商局门口，不见不散！"楚楚见话说到此处，拍板决定，秦剑也表示同意。

说着说着，我们已经到了石景山区的一个小区，看到小区对面有个商场，看看时间，已然快六点了。楚楚和于佳婆婆约的时间是晚上八点，我们就找了商场里的快餐店，吃了顿快餐，吃完之后，已然七点钟。我们回到车里，我让楚楚联系于佳婆婆，最好能提前准备，免得时间仓促。楚楚拿出手机，拨打了于佳婆婆的电话，结果那边挂断了。

我们正犹疑，过了两三分钟，手机响起，楚楚看是于佳婆婆回拨过来，就按了免提，一个老太太的声音从手机中传来："是楚记者吗？我是于佳婆婆，对，我姓李。"楚楚回："李阿姨您好！""哎呀，这孩子真会说话，刚才儿媳妇在家，我没敢接电话，怕暴露，现在假装出来遛弯，给你回的电话。你是到了我们这儿了是吗？你在哪儿？我这就找你去。"

|第八章| 跟踪于佳

　　在小区门口接到了于佳婆婆李阿姨，李阿姨穿着黑色运动鞋、黑色运动裤，上半身穿着一件黑色的短款棉袄，乍一看，和穿着夜行服似的。李阿姨人老成精，看出我们对她的穿着打扮感到吃惊，在和楚楚打过招呼之后，和我们解释了起来："咱们这不是去跟踪于佳嘛，我穿一身黑不是不容易被发现嘛！楚记者，还好你们来了两个男同志，我那儿子今天加班，还回不来，这要是你一个小姑娘和我这个老太婆跟着去，我还担心别出什么危险呢！你有这两个大小伙子跟着，那就什么都不用怕了，还是你们报社领导想得周到！我就寻思呢，肯定不能让你一个小姑娘孤身犯险！"

　　我们听完无可奈何地一笑，楚楚赶紧把李阿姨让进车里，然后介绍我们："这是我们报社的两个同志，开车的这个姓秦，旁边这个叫小贱，您就叫他们小秦、小贱就好了。"我晕，为什么介绍我就成了小贱，而不是小孟。唉，我这个亲爹给起的真有才的名字啊！

　　李阿姨人还挺热情，和我、秦剑分别握握手，然后说道："我们这个小区啊，就这一个出入口，一会儿我儿媳妇出来，肯定得从这儿过，估计她是打车过去。刚才我问她这大半夜的出去干什么，她跟我说，导师说凌晨子时才能开顶，因为这个时候人的精神最弱，意念力最容易激发出来。我听得毛骨悚然的，大半夜让个小媳妇过去，能安着什么好心哪！何况我那儿媳妇人长得又漂亮！不过儿媳妇看出我不放心来了，就跟我说，那个导师是个女的，让我别多想。你说我能不多想、不担心吗！我就在这瞅着，一会儿她出来了，咱们就跟上去。今天还真是辛苦你们三个孩子了，等今天事儿了了，阿姨给你们包饺子吃！"

我们表示同意，楚楚则和老太太攀谈起来，不到半小时的工夫基本上把老太太家里的情况都摸得七七八八了。我则心里清楚老太太儿子今天肯定不是加班，而是老太太故意把儿子支走的。如果于佳是去偷情，被于佳老公看到的话，年轻男人血气方刚，必然会发生冲突，要是冲突起来，还不一定谁死谁伤；要是于佳真的是信了邪教，老太太过去闹将起来，也未必能出什么事情，但是有个大小伙子发生冲突，也不好说会不会出意外。

现在有我们两个大男人保驾护航，老太太更加不用自己儿子以身犯险，但是还是会用话给我们打马虎眼搪塞过去。不然的话，李老太对自己儿媳妇犯疑心，却让自己儿子去加班，这得是多大的心啊！除非于佳和她老公的关系也有着非常大的裂痕，而如果有裂痕的话，于佳老公则更可能跟着过去，如果发现于佳不轨，正是分开的好理由。所以于佳老公没有出现，必然是李老太太为了自己儿子的人身安全，将儿子支开的结果。

我自然不会说破，只是在车里静静地等着于佳出来。

七点四十分左右，李老太太说，儿媳妇出来了。我们赶紧向小区门口望去，我和楚楚都见过于佳，看到夜色路灯下，于佳身着白风衣，一头长发垂到后背，高挑修长的身影在小区门口很是惹眼。于佳所在的小区，门口刚好是一条大路的辅路，所以于佳就在小区门口招手拦出租车。

不大一会，一辆尾号是5174的出租车停了下来，于佳上车，车开上路。秦剑不愧是警察出身，在我们还在观察的时候，我们的别克商务车已经游鱼般悄无声息地跟踪上去了。

出租车开得不快，而且很稳，几乎不变道行驶，所以我们跟踪并不费劲。不过奇怪的事情是，我原来以为于佳会去房山区那个上灵修班课程的小镇，结果却是向北去了北京西北长城的方向，而且上了高速路。我们一路紧紧跟随，大概开了一个小时，出租车下了高速，开到了昌平区的一个山区别墅社区的门口才停了下来。于佳下车，然后打起了电话，看样子是找人接她。

我心中想，该不会我们来夜探开顶究竟，最后却真是成了李老太捉奸助手了吧！李老太的脸上也起了狐疑，估计心里在想，要是真是成了捉奸闹剧，她就不好见人了。

我们各自狐疑之际，小区里出来一个女人，我定睛一看，正是我和楚楚上次在燕山镇灵修班见过的尚姓导师。我这才把心放到肚子里，看来今晚不但没有白来一趟，还发现了灵修班的另外一个据点。我偷眼看李老太的神色，也是放松了很多，开始从狐疑转为担心了。楚楚在后座拍了拍我的肩膀，示意她也看清了那个灵修班导师来接于佳，秦剑则一直盯着于佳，没有动作。

我们不能靠得太近，所以无法听到她们交谈的内容，但是能远远地看出，于佳很是兴奋激动，看来今晚开顶，必然对于佳有着很大的诱惑。尚姓导师带着于佳一前一后进了小区大门，秦剑和我们赶紧把车开到门口，小区保安出来拦住车辆，告诉秦剑非小区车辆不允许进入小区，除非小区的业主给他们通知进入。

秦剑示意我们下车跟踪。他停好车，我和楚楚还有李老太赶紧下车跟上去，李老太拿出一条围巾，把脸盖了起来，还对我们解释一句，她怕被于佳认出来不好！我心说，您老打扮成这样，更容易被认出来，更不好！楚楚则强忍住笑，小声给我说正事要紧。

没想到保安又拦住我们，说外来人员不许入内，眼看于佳和尚姓导师就要走过路口，脱离视线，秦剑拿出警官证晃了一晃，说我们是警察要执行任务，你不要碍事。小保安被唬住，放我们进去，不过看着李老太的神情甚是狐疑，估计在想这老太太也是警察？

我们赶紧跟踪过去，秦剑有着丰富的跟踪经验，走几步就停下，并且让我们在他身后，他小声和我们说另外那个女人用余光向后看，警惕性极高。我则隐隐约约听小保安用对讲机和人汇报说："有警察过来，跟着小区里的业主朋友。这事我不知道该怎么办？"不过忙着跟踪之际，也顾不了这许多，我们蹑手蹑脚地跟踪过去，发现于佳和尚姓导师进了小区靠边的一套三层别墅之中，我们的麻烦在于，外面看不到里面的情形，也无法掩盖身形。其实掩盖也没用，因为小区里遍布摄像头。

李老太着急起来，恨不得直闯进去；秦剑则剑眉紧锁，看来也是在思索怎么观察甚至进去。我和楚楚相视一望，也感觉无计可施，毕竟我们是盯梢而来，着实不宜破门闯入。但是这个房子的结构，又没办法在屋外观察到任何东西！

|第九章| 开顶邪法

正在我们一筹莫展之际，身后脚步声响起，大概五名身穿保安制服的青年走了过来，领头的正是门口那个保安。走到我们跟前之后，看门保安一指我们，和一个小头目样子的保安说道："队长，就是他们几个！"然后又移至秦剑，"就是他说他是警察，我也没看清他的证件。"那个保安队长听罢，直接找到秦剑，问道："您是警察，我能再看看您的证件吗？"

秦剑把证件递给保安队长，保安队长翻看之后，再问秦剑我们要做什么。秦剑说："这里不方便说话，很容易被我们跟踪的人发现，咱们到那边去说。"秦剑指了指另外路边的一个死角，并且要求保安队长派一个小保安看住这个别墅，一有风吹草动及时通知我们。

我不由得感慨警察身份在很多时候还真是好用，秦剑的处理方法也恰当得很，我们谁留在这里，都显得突兀，而且有可能被认出来。只有保安留在这里盯梢，才看起来自然。走到方便处，秦剑说："这个房子里的人可能是一群骗子，这位老人是受害人，我们现在处于调查阶段，没法直接抓人，所以请这位受害人和我们一起过来辨认。我们一路跟踪过来，却没法进去验证。不知道你有什么办法没有？让我们有办法看到屋子里面的人。"

看来警察更是心理学高手，三言两语就把保安队长拉到了我们这边，而且还让保安队长有了被重视的感觉和参与感。人在这两样感觉的支配下，工作会更有主动性，也更能发挥创造力。

果不其然，秦剑此话一说，保安队长脸上先是出现思索的神情，然后就露出了得意的神色。他和秦剑说道："还真有一个办法可以看到，不过不知道你们有没有望远镜。那座房子在整个小区里地势最低，它对面那个房子的三层露台刚好能看到那所房子的二楼房间，但是要是他们把窗帘拉死，就没法看到了。对面房子的业主是个退休的大学教授，我经常给他帮忙，熟悉得很，我可以带你们过去！"

秦剑说："太好了，我车后备厢有望远镜，我去取，我回来咱们就赶紧过去！"

不大一会儿，秦剑拿着望远镜回来，保安队长则带着我们一行人敲开了对面别墅的大门。一切都很顺利，那个文雅的退休大学教授还充分表达了对对面的业主的不满，声称早就看出那里的人深居简出，神神秘秘的不是好人，并且积极提供了他的天文望远镜供我们使用……

我们到了楼顶露台，果然如同保安队长所说，从这个角度看向别墅的二楼书房和一楼大厅清楚得很，万幸他们不知什么原因没有拉上窗帘。不过看不到于佳和尚姓导师的踪影。虽然心里仍然惴惴不安，可是也没有办法，只有暂时等待。经过这么久的折腾，时针已经快指向了十二点。这时，一直霸着天文望远镜的秦剑跟我们示意，让我们看去，我用秦剑的双筒望远镜看，楚楚则凑过去和秦剑一起看，李老太心里着急，却只能在旁边用肉眼看。楚楚看了一会儿，喊李老太过去凑到了天文望远镜旁。

这时候保安队长却拿出手机，点开一个软件。我一看，居然是监控摄像头的监控画面，监控正对着别墅二楼窗口！那个摄像头在路灯杆上，而且可以调整旋转，还是用手机控制。我心说，你有这么先进的设备，为什么让我们在这里用望远镜看呢！

这个时候，我们看到于佳似乎刚洗完澡，换了衣服，出现在了二楼书房。

保安队长将监控放大，一边看一边嘟囔："这个女骗子还挺漂亮的。唉，可惜了！"李老太听到后，本来想辩白两句，但是被楚楚做的"嘘"的表情定住了，只能继续观察下去。秦剑和楚楚屏气凝神，眼不眨地看着里面，可惜没法听到里面的交谈内容，无法判断灵修导师的目的和想法。该死的，还是得想办法听到声音！

我看到二楼书房——大落地飘窗很是方便看进去，除飘窗外的其余墙面上挂着六幅画，画是抽象风格，一时间难以破解。但我感觉也是影响人的判断心理用的道具。地面铺着暗绿色的地毯，放着两个白色的坐垫，除此之外，就是靠窗处

有一个精致的精油香炉，烟气缥缈，感觉意境空灵。房间里灯光暗弱，时半夜，人处于疲惫时段，刚好容易被催眠。

我们看到于佳换了白色袍服。灯光晃动之下，她的袍服里面似乎只有内衣，盘腿坐在屋子正中的坐垫之上。过了一会儿，一个身穿镶黑边白袍的人影走了进来，袍子上还有帽子，遮着脸，看不清楚，不过明显不是尚姓导师，因为看身形较为高大，从走路姿势和骨骼形态看感觉是个男人。

我正在观察，李老太也看出来一个男人走到了于佳跟前，明显要沉不住气。秦剑则示意李老太再观察一会儿，如果那人有什么对于佳不轨的行为，他会立刻赶过去救人。

保安队长看得嘴角浮起淫邪，还在嘟囔："这怎么跟演电视似的，这是要干啥，要演爱情动作片啊？我说怎么这个别墅隔三岔五的都来些男男女女，神神秘秘的。早知道还有这节目，我就好好看监控了！"

"这群人在这里住了多久了？"我和秦剑几乎同时揪住保安队长问道。保安队长被我俩吓了一跳，我和秦剑却互相对望一眼，彼此的眼神中透着赞赏。

"好像有小半年了吧，我在这儿从保安干成队长，待了三年了。他们是租的这个别墅，应该是半年前来的，然后就经常半夜接人进来，我们这里所有的保安都知道。警官，他们是不是卖淫团伙啊，而不是骗子团伙！不过来的人有男有女，应该不是卖淫团伙。"

"你们快看，那个男人在做什么！"楚楚打断我们对保安队长的盘问。

我拿过保安队长的手机，和秦剑一起通过监控探头看去，那个探头离得近，角度好，比我们用望远镜看的效果要好得多。我突然想起一件事来，赶紧跑过去用天文望远镜先看一眼，果然，那个黑边白袍男的袖口上，也绣着黑色火焰标志！我对楚楚说："你看，那个尚姓导师的袖口上绣着黑色火焰标志，现在这个黑边白袍男的袖口上也有同样的标志，我们得查出这个标志的意义来！"楚楚回答道："这个交给我！我先找人画出来，然后去用我们报社的图库检索看看情况。"

说话间，只见那个黑边白袍的男子围绕着于佳跳起了古怪的舞蹈。虽然听不见屋子里的声音，但是舞蹈的节拍却很明显，我怎么觉得这个节奏好像听过似的。而且二楼书房里摆放的香炉散发出来的烟雾也开始更浓了些，看来这个香炉是通过控制温度来控制精油挥发速度的那种。于佳双目闭合，尽管盘腿坐着，但是感觉她已经昏昏欲睡。

"嗒嗒，嗒，嗒……"黑边白袍男停止舞蹈，坐到了于佳对面。我想起来这个节拍了，这是催眠用的一种节奏！人进入睡眠需要心脏跳动放缓，这世上就存在一种节拍旋律，能够影响心跳速率，而达到催眠的效果。这个舞蹈和节拍应该是来源于非洲某部落的巫师舞蹈，后来在美国传播过程中被发现有催人入睡的作用，被心理学家研究一时。

同样的原理，在被催眠者眼前晃动怀表或者吊坠也是一样的作用：机械的景象不断重复，看着的人容易感到神经疲劳，从而进入睡眠状态。人在睡眠之时，特别是浅度睡眠的时候，是能够接收外界信息的，这个时候如果催眠师询问被催眠者各种有意识的问题，就可以探寻出被催眠的人内心深处的症结，然后通过下达指令，植入意识，来破坏被催眠人的心灵症结，解除病人的困扰。这也是有一段时间催眠疗法风靡一时的原因。

但是黑边白袍男为什么不选择常用的催眠手法，而是这么费事用巫师舞蹈来催眠呢？而且那个香炉里的烟雾应该是能够促睡甚至致幻的迷药！他坐到于佳对面，明显在说话，应该是在探寻于佳内心的隐秘进而下达指令。

这时，秦剑走过来问我："能不能看出些门道来？"

我说："我可以确定，所谓的开顶就是催眠。但是为什么不选择常用的催眠手法，而是用这么复杂的方法来做，我认为说明了两点：第一，这个黑边白袍男的催眠技术不高，所以还要借助迷药来促进；第二，故弄玄虚，掩盖催眠的实质。催眠之后，应该是进行意识植入，但是目前这个阶段我们无法知道植入了什么意识。再看看吧！"

李老太听到迷药两字，情绪开始恐慌起来，对我和秦剑说道："迷药？警察同志，于佳不会有危险吧！要不您调动大部队过来，包围这里，别让这群坏人跑掉！咱们就赶紧冲进去救人吧！"

"现在咱们冲进去就是非法侵入！我看今天他们的主要目的是通过催眠给于佳植入意识，并不想做什么。等一会儿于佳醒了就会出来，我建议您这几天观察下，于佳如果有什么反常举动的话立刻联系我们。"我赶紧拦住李老太。

话音未落，露台的门打开了，房主教授端着个托盘，盘子里有几杯咖啡："几位警察同志，你们辛苦了！我煮了咖啡，快喝了提提神，这是我女儿从南美给我带回来的咖啡豆煮出来的。发现什么线索没有？什么时候抓人？"

秦剑一边继续观察，一边说："谢谢您，老先生。我们今天发现了很重要的线索，但是还不能抓人，不过您得保密，现在还处于秘密侦查阶段！"

"那你们是要天天来吗？"老教授问道。

"那倒不用。"秦剑回答。

"那要不我来盯着他们？我老早就觉得他们不对劲，看起来就不像好人！"老教授看来还有做侦探的瘾头。

"我们保安队也可以！我们盯梢更方便，通过监控室看就好了。"保安队长也开始表态。

"老人家，您就不用费心了，还是让保安们来帮忙吧。也不用做什么，就是他们有什么异常举动及时告诉我们就可以了。"秦剑一边说一边找出一张名片给了保安队长。"对了，小伙子，你贵姓啊，我记下你电话。"

"我叫孙小虎，我电话是185×××××××××，我还是加下您微信，联系起来更方便。其实我也想当警察了，可惜不好好念书！唉……"保安队长孙小虎还要继续和秦剑套近乎。

"赶紧喝点咖啡，咖啡要趁热喝！"老教授插言道。

我们说话的过程中，对面别墅二楼的书房里，黑边白袍男应该已经完成了意识植入，或者说，于佳所兴奋渴望的开顶已经完成了。不过看她的状态，应该还处于催眠状态中，剩下的得有人把她叫醒。这个时候，只见那个黑边白袍男拍了下巴掌，于佳就缓缓睁开双眼，脸带迷茫之色。之后于佳和黑边白袍男说了些什么，应该是表示感谢之类的话语。

不久，黑边白袍男就退出了房间，于佳自己仍然在书房里盘坐，我感觉这是给于佳时间从催眠状态中恢复过来。一般来说，被催眠的人，醒过来之后都会有一种恍惚的感觉，就是感觉自己心里和人说过话，有事情，但是就是想不起来。高深的催眠师催眠之后，被催眠者是无法想起催眠状态下发生了什么的。但是被催眠者都会本能地努力回忆那段记忆，这是因为人的记忆有连续性的本能，如果中断，脑组织自发地就要找回这段记忆。

记忆本身就是生命中最玄奥的部分，我们的脑部记忆组织能够储存信息，而且信息还是各种各样的，有理性的，有感性的，有外界的形象信息，也有内心的情绪信息。

看到于佳应该没有什么人身危险，我们也都放松下来，就喝起了咖啡提神。

还别说，这种现磨咖啡，喝起来，口感——真他妈太苦了！

"哎呀，我忘了给你们拿方糖和牛奶了！老了，脑子不好用了。"老教授看着我们一副难以下咽的表情，反应过来，咖啡里忘了加甜味，赶紧向我们解释。

正在我们喝咖啡说话的时候，我看到了尚姓导师走进房间，和于佳交谈，应给是询问于佳的感觉和反应。于佳说了几句，无法探听，不久就离开了那个书房。看来于佳应该是结束了，要回家了。我赶紧放下杯子，准备离开这里。

秦剑反应也很机敏："老先生，谢谢您，您不要去拿了。我看我们要追踪的人要离开这里了，我们还得继续工作，这就出去了。今天非常感谢您提供的帮助！"

老教授本还想客气几句，但是见我们执意离开，也就不再挽留："那好，您几位同志先忙这事。那个，警官同志，您看能不能给我颁发个好市民奖之类的，我不要奖金，我就想要得个奖……"

"我回去给您向领导申请一个，您放心吧！我们赶紧走了，对了，小孙，我们先去外面车里，一会儿那个书房里的女人出来的时候，你给我发个微信说一下！"秦剑安抚了老教授，又给孙小虎下了指令。

我们离开的路上，李老太还在担心于佳会不会发生危险。楚楚说道："李阿姨，看这情形，于佳一会儿就得出来，要是出来看到您跟踪她，就不好了。咱们还是赶紧去车里，等着于佳出来，看看她是不是还去其他地方。而且您还得在于佳之前回去不是！"

"姑娘你说得也是，那咱就先走着。倒不用我先回去，我们住在一个小区里，但是是两套房子。现在的年轻人，谁愿意和老人一起住啊！不过我们也不愿意和他们一起住，互相硌硬得很！"李老太絮絮叨叨了一路。

我们到了商务别克上之后，我看了看时间，已经凌晨一点多。看来催眠的时间应该是一个小时左右，那么植入的意识，应该并不复杂，而是明确的指令。这个指令需要触发点才能起作用，得想办法找到于佳的触发点。

我正想着，就看见于佳出了小区，秦剑给我看了眼微信，大概五分钟前，孙小虎给他汇报说："那个女人出门，去小区门口了，你们藏好！"

尚姓导师把于佳送了出来，于佳看起来很满足的样子，在路边等了一会儿，一辆出租车开了过来，看来是提前叫好的出租车。

　　凌晨一点多钟，北京不再堵车了，我们一路跟随出租车狂奔进城，四十分钟左右就到了于佳和李老太所住小区。楚楚叮嘱李老太，于佳有什么反常行为一定要及时告诉她。老李太则对我们表示感谢后离去，并且叮嘱我们务必要好好休息，今晚太辛苦太麻烦了！

　　秦剑负责把我们送回家。路上，楚楚问我，有没有办法知道于佳刚才开顶发生的事情。我想了想说："有一个办法，就是对于佳再次催眠！"

　　这时秦剑说道："回去抓紧时间睡一会儿，明早还要探访工商局，给于佳催眠的事情不知道新建兄能否做到？"

　　我说："我可以试试，但是得想好理由。我没把握的地方，得问问我的师父。"

　　楚楚提议，已经凌晨两点，我们要是分头回家的话，到家就要三点多了，秦剑就不用睡了。反正大家也不拖家带口，还不如去丰台区工商局附近找个酒店开个房间，也避免明天堵车，费用楚楚来出，毕竟刚领了采访经费。

　　我和秦剑都表示赞同，于是秦剑油门踩起，一路狂奔驶向丰台区工商局。

|第十章| 空壳公司

到了丰台区工商局，我们在附近找了一家酒店。因为我们到的时候已经是凌晨了，结果只剩下一间套房，没有办法，只能三个人开一个房间了。房间里有一个客厅，客厅中有一张沙发，然后还有一个卧室，卧室里有一张大床。

楚楚表示她来睡沙发，让我和秦剑睡床，我和秦剑自然不能同意！然后楚楚开玩笑："要不你们两个猜拳，赢了的那个和我一起睡床，输的睡沙发。我去洗澡了，你们两个，不许偷看，不许进来！商量好再说。"留下我和秦剑，四目相对哭笑不得。

我和秦剑最终还是猜拳解决了问题，我赢了，睡沙发；秦剑输了，睡地板……

次日上午八点，楚楚把我们喊起来说："你们两个胆小鬼，让你们休息好而已，我还能吃了你们不成！赶紧起来吧，我们还要去做事呢！"

收拾停当，楚楚和秦剑分别给各自领导说明自己的工作安排，我这个无业游民就乐得自在了。

到了工商局，秦剑直接找到专门协助查阅的部门，调阅出了心之镜文化责任有限公司的各种资料。

我们发现，这个公司的注册地址是北京丰台区一个商住两用立项的小区里面的一个房间。注册资本三万元，法人代表叫吕青，身份证号：11010219420××××0025，此外还有公司的公户账号，是在中国银行开户的。

我们查到这些信息之后，赶紧跑去公司注册地址查探。找到了地址，发现根本没有公司办公的样子，倒是有一对小情侣住在了这个面积才二十平方米的房间

里。我们问起这个公司，里面的小情侣摇摇脑袋，茫然不知。秦剑用警察身份要了房东身份证复印件和电话号码，电话联系房东之后，房东说，这是中介公司每个月给他五百块钱租来用的注册地址，其他的一概不知道。

我们只好跑到银行调阅公司的账目往来。调出来之后，把我们吓了一大跳：公司短短半年时间，来往资金高达一亿两千万元！而且给公司账户汇入钱款的基本上都是自然人，每个人汇入的资金都是几百万上千万。一共是十五个人，王超的名字赫然在内。但是每笔钱几乎都到账不久就以货款的形式转到了一个叫联谊股份的深圳的公司去了。要查这条线索，难不成还要去深圳不成？

秦剑说，他可以通过深圳警方的熟人帮忙调查这个公司的背景，现在还可以去找法人代表调查。但是我们没法确认犯罪，还不能抓捕，只能去秘密侦查。这个叫吕青的法人代表的地址，就在西城区。

我们又赶紧跑到吕青的身份证地址所在，结果到了之后，发现是个大杂院。楚楚发现这个吕青的年龄已经七十一岁了，问问还在这里生活的老人没准能打听出来。我们正在寻找的时候，一个老太太，看起来有六十多岁，走了出来，我们赶紧过去，楚楚开口："大娘，我们和您打听个人，不知道您认不认识？"

"年轻的不认识，这一片租房子的太多了。"老太太回答。

"上年纪的，吕青，您听说过吗？是个男的，吕青大爷。"楚楚问道。

"吕青啊。不是旁边那院那老吕头？去年就死了啊，你们找他还有啥事？"老太太回答。

"啊？死了啊！哦，那我们回去和领导汇报吧！"楚楚赶紧逃避老太太探寻的眼神。

"看来，这伙人早有准备，找了个死人做法人代表，也不知道他们当初怎么把公司注册下来的！"楚楚和我们说道

"现在就只剩下一个线索了，就是那个汇入钱的南方公司。"

"还有一个线索，就是给心之镜公司汇款的那些人。"秦剑举起复印的资料，"我先回局里，和领导汇报下情况，然后托朋友查查这个联谊公司，看看有什么进展没有。"

"我回去把催眠的事项考虑清楚，做好准备，我估计要想破解灵修班，催眠于佳是必需的，正好和我的老师叙叙旧。"我提议。

"那我就回报社写稿子，而且也得和我们领导说一声了。"楚楚道，"嗯，

那就这样，咱们明天通个电话，看看情况。"我说不用，我们仨拉个微信群，及时沟通就好。

秦剑说要不送你们一程，我说："你送楚楚吧，我从这个地方坐地铁回趟母校，看看老师在不在，二十分钟就到了，这两天坐车坐得腰疼。"

楚楚笑道："贱师兄，你这个懒宅男，太缺乏运动了！"

我回以一个憨笑的表情，挥手作别，去坐地铁。

北京的4号线还是很方便，沟通南北，坐上直奔中关村的高校区。地铁里手机信号依然饱满，我就把楚楚和秦剑拉成群聊。

我：我坐上地铁了，这个钟点人也不少，才下午四点。

楚楚：师兄辛苦了！！！我也快到报社了。

秦剑（语音）：我在开车。不过新建兄，原来我还有点觉得你就是会用封建迷信的东西哄骗小女生，现在看来你还是有几把刷子。要是没你，我都看不出来那个书房里于佳身上发生了什么！

我：秦兄过奖，个人爱好而已。

楚楚（语音）：贱师兄可有才可厉害了！不然怎么大学的时候风靡万千少女呢！哈哈哈！

我：我说你俩就不能说我点别的吗，说得我好像除了勾搭姑娘那点事就没别的了……我可是精研心理学快十年了！

楚楚（语音）：就是就是，贱师兄的本事大着呢！上知天文，下知地理；文能安邦，武能定国；前知五百年，后知五百年！

秦剑（语音）：我怎么听着这评价这么耳熟呢，是说谁来着？

我：楚楚，你个小丫头，不打趣我就不开心是吧，合着我在你心里的印象就是男版凤姐啊！你怎么不说我是千年才子，今生投胎呢！

楚楚（语音）：哈哈哈，真好玩！

我：……

互相斗嘴的时候，让我不由得想起了校园的故事。那会儿楚楚参加社团，为了四处拉人，吸引人气，还找我去做了个讲座，讲的是星座性格学，然后来了好多小女生，都想让我看性格，最后搞成了报名参加社团的前十名才能获得我亲自占卜的待遇。

很快就到了校园里，湖边的柳树已经开始抽枝，红楼边上人来人往。看着校

园里那些稚嫩的脸庞，仿佛看到了自己青涩时的影子。不过看到湖边的条椅，不由得又想起了和欧阳芳菲在自习之后的夜色中，在长椅上亲吻缠绵……

顿了一会儿，想起来，老师的课五点四十下课，我快步走到教学楼，到了门口，正好赶上下课，学生们还是好学者众，即使下课了，不少同学也不急于离开，而是围着老师交流。

老师叫文俊峰，现在应该是四十三岁，外形儒雅，学术大家。我在人群外看到老师和同学侃侃而谈，讲起白鼠试验在心理学中的应用，一众好学同学听得心驰神往。我不禁感到心弦颤动，看着这熟悉的场景，恨不得自己永远也没有毕业，一直没有离开校园。思绪起来，眼眶都有些湿润。当然，我的回忆里，始终是无法跳过欧阳芳菲在校园里那个白衣飘飘的影子……

大概过了半个小时，交流的同学们终于散去，最后走的明显是对小情侣，手牵着手地离开了课堂。看着两个青涩的影子，如同小动物般亲昵在一起，我不禁莞尔。

文老师看到了我，还没认出来，毕竟毕业六年过去，我已经发胖不少。我赶紧过去："文老师，我是孟新建。好久没见您了，你现在看起来真是学者范儿十足，书卷气绕身，让我神往不已！"

文老师想起是我，哈哈大笑："是你啊，孟新建。当初你要是想走教学之路的话，我还真有心让你做我的研究生呢，可惜没有机缘！好几年没见了，你过得怎么样啊？今天过来，是无事不登三宝殿啊？还是路过学校，顺便看我？"

我说："说来话长，既是想念老师，也是有事相询。不知老师课后可有时间，学生请您吃饭，咱们边吃边聊！"

文老师一边收拾教案，一边说："好啊，我也很想听听你的近况，看看你对心理学有没有放下。今天晚上咱们师生就论论道，真是美事！"

|第十一章|　神奇催眠

　　和文老师去到学校里我们常去聚会的饭店，去了熟悉的包间。六年过去，这里居然还是老样子，厨师没换，服务员都有几个老面孔，而且他们看起来都没什么变化，连上的菜都感觉是六年前常吃的。这种熟悉而踏实的感觉真是太舒服了！

　　文老师看到我很高兴，我们师生有几年没见了。几杯酒下肚之后，文老师说："孟新建，你的衬衫是皱巴巴的，而且黑眼圈很严重，面容憔悴，肯定是奔波劳碌了之后过来找我，这肯定不是路过学校来看望我的架势，而是有事找我是不是？"

　　"老师果然观察敏锐，我的确有事需要咨询您！毕竟我当初不是心理学专业的科班毕业，很多知识并不成系统。"我寒暄几句，就把灵修班、王超家灭门惨案以及于佳可能被催眠并且被植入意识的事给文老师尽可能详尽地介绍了一遍。

　　文老师听完，思索了一会儿道："你知道，关于心理学，第一，心理学真正成为一门科学，是从引入实验开始的，科学实验能够验证心理学领域的推断是心理学科学化的基础；第二，心理学是人类自我认知的一门科学，心理活动并不是简单的人体器官活动，它有着太多太多我们目前还无法探索的奥秘。心理学这个词最早来源于希腊语，其本意就是灵魂。

　　"现在，我们来说说关于你对王超杀人且自杀的推断。这一点目前唯一的证据就是王超的遗书和他的日记，遗书是否是王超本人清醒状态下所写的仍需要证据验证，不过案子已经结案，也就难以再去找清真相；王超日记则可以确认是王超本人所写，这本日记所能体现出来的只是王超的杀人冲动，所以日记中提及的蛛丝马迹的线索，也并不能成为证据。

"所以，王超杀人及自杀，如果警方确定这两件事是事实的话，那么我们可以这样假设，王超本人长期处于内心痛苦压力之下，他打算通过杀死全家来释放痛苦。

"那么问题来了，人不是茹毛饮血的野兽，人只要生下来，在社会中成长，就必然会接受社会道德的影响，道德中非常重要的一条就是，不能滥杀无辜。从你们目前掌握的王超的心理状态来看，他痛苦和愤怒的来源应该是三点：

"一、无法确定是否生父的王大庆，但是可以推断不是其生父；

"二、王超的母亲张素兰，王超应该会有一段时间痛恨母亲为什么要把他生下来，给他带来了如此多的麻烦和困扰；

"三、王超的身世，真正让王超自我封闭和忧郁的就是他的身世，王超的身世是他与其他人交往的重大障碍。

"那么，在这个基础上，王超为什么要杀死妻子李静秋和孩子？对于王超来说，他们都是无辜的人才对。"

文老师的分析果然更加深入，我不由得点头表示赞同。

"还有一个关键问题，没有人会把遗书写得像日记，因为遗书是为了告诉别人结果，而不是告诉别人原因。王超都要自杀了，只需要在遗书中表达妻子、孩子、母亲都是他一时激愤杀死，他无法面对这一切，所以用命偿还就可以了。"

我问："难道遗书是伪造的，王超是别人杀死的？"

文老师说："遗书未必是伪造的，应该是王超自己写出来的，只是王超写这封遗书的时候，并没有醒悟自己犯下了滔天大罪。"

我说："我不太能理解，文老师。"

文老师说："这些是王超身上的疑点，现在来说你说的灵修班还有催眠的事情。首先我们得明确什么是催眠，催眠术最早起源于巫术，在中国，催眠本就具有悠久的历史，在《黄帝内经》的书中就有所提及，比如中国古代的'祝由术'、宗教中的一些仪式，还有像民间所谓的'跳大神'等都含有催眠的成分，只不过当时多被利用来行骗或者蛊惑人心。

"而在欧美，很早就有人倾力研究催眠。记录较早的是18世纪，巴黎有一位喜欢心理治疗的奥地利医生，他能够通过一套复杂的方法，用磁铁作为催眠工具，来治疗病人，并用神秘的动物磁气说来解释催眠机理，按现代理解那就是一种暗示力。

"但是并不是所有的人都是可以被催眠的，而且催眠的程度也会有所不同，这主要有两方面的条件：一是催眠师的素质和技能要高；二是被催眠者的情况，被催眠者如果受暗示性较强，对催眠术持信任态度，催眠即可进行。

"催眠的手段和方法有很多，你凌晨看到的那种，可以确认就是催眠。这些东西都是你亲身经历，亲眼所见的，所以可以确认真实。

"下一个问题就是：王超把自己巨额钱款转走和王超参加过灵修班之间是否有某种联系？

"我们先假定没有联系，那么王超肯定受到了某种程度的控制，这种控制可能是暴力胁迫、言语威胁以及感情笼络。举例说明，王超有可能是因为婚外情把钱转走，然后参加灵修班，只是希望通过灵修学习来释放压力和缓解痛苦。那么你和你的警察朋友的侦查方向就只有一条，就是那个转入钱款账户的公司。

"我们再假设存在联系，那么灵修班就是通过催眠控制学员来骗取巨额财富，而且蛊惑王超杀人，这一手段绝对不是只针对王超一人的，你所说的那十五个汇过款的人，都有可能被同样操控。那么你们的侦查方向就应该是查探其余的人是不是也参加过这个灵修班，这点确认了，就可以确定王超转钱和灵修班之间的逻辑关系。

"第三，如果上述逻辑关系确立的话，那么灵修班的催眠师想要控制王超，就一定找到了王超心中的启动点，这个点能够让他杀妻灭子，六亲不认，我怀疑这个点会是王超的身世。

"第四，如果其他汇过钱的人也发生了类似的事情，比如说攻击家人，那么灵修班的策略就是榨取钱财，杀人灭口；如果只是王超家发生了灭门惨案的话，那么王超家的灭门案肯定还有其他的隐秘没有被发现，这个隐秘威胁了灵修班的安全，所以王超家被灭门。

"从你目前提供的内容，我给你的分析就是这些。另外，我发现你的思维有个问题，你习惯在结果的基础上找理由来分析原因，而不是在已知的因素上去科学地假设几种可能性，然后用证据去排除错了的假设，你要清楚当所有错误的假设都被排除之后，剩下的唯一一个假设就是真相。"

"还是老师分析得精辟入微，我回去就按照您的思路去验证假设！那么关于于佳是否被催眠，以及是否被植入外来意识，我是否可以也通过催眠的方式去探查出来？但是催眠我从没自己做过，没有把握，也不知道怎么做比较稳妥。"文

老师就是文老师，科学谨慎，思维严谨，把我模糊的地方都分析出来，并且指出了解决办法。

"这个的确是你的问题，催眠并没有你想象得那么简单。你虽然和我学习过催眠，但是并没有实践过，你好像除了今天凌晨看到灵修班的巫舞催眠之外，甚至都没有真正看到过催眠的过程吧？"文老师笑道。

"是的，文老师您说对了，所以催眠于佳这件事情上，我心里真是没底！要是让我做的话，估计我也需要辅助药物，比如用阿米妥钠、硫喷妥钠这类麻醉药物，但是我又担心使用这些药物会不会有副作用，对身体有所损伤，还有药物的剂量如何把握，我都不清楚！"我回答道。

"使用药物辅助催眠，本身效果就会很差，因为使用药物本身就证明你无法掌握被催眠者，无法通过你去调动被催眠者进入半睡眠状态，更何况再探寻机密和植入意识了。"

"那我该怎么做呢，文老师？"我问道。

"你听说过瞬间催眠吗？"文老师不答反问。

"听说过，但是很怀疑，这世上真有人能做到瞬间催眠吗？"我表示怀疑。

"存在的，"文老师的笑容开始变得有点诡异，"你自己难道没发现什么不对劲吗？"

等等，的确有些不对劲，我好像忘了什么细节！我是怎么来到这个饭店的，而且饭店为什么六年了都没有变化，连服务员都没有变老？不对，啊！这些都不是真实的，这些都是我原来存储的记忆！天啊，我居然真的是被催眠了！刚才的感觉就如同在梦里一样，但是又非常有真实感。

这个时候，我看到文老师的笑容居然发生了波动。

"从和我交谈开始，你就已经被我瞬间催眠了。"文老师的脸以及周边的场景都开始变得模糊起来，然后居然都消失了。

我睁开眼皮，发现我还在教室里，看见文老师笑吟吟地看着我。我看看时间，时间显示是晚上七点钟，也就是我被文老师催眠了一个小时，可是刚才，我感觉都过去三个小时了！要不是文老师点醒我，我还醒不过来，文老师是怎么做到的？真是太神奇了！

文老师笑着说："你看，把你催眠之后多省事，如果和你一起吃饭喝酒再聊起来，需要三个小时才能弄清楚事情，但是催眠你之后，一个小时就搞定了！"

"文老师，这真是太神奇了！您是怎么做到的？我什么时候被催眠的？"我感觉刚才特别舒服，软绵绵的都从座位上站不起来了。

"哈哈哈！你进了教室，坐下的时候我就认出你来了，你小子当初就磨着我要学催眠术，我只是给你讲讲原理，但是并没有真的让你看见过，也并没有真的教给过你催眠术，因为那会你学得太杂，而且年轻好胜，我担心你学会催眠术之后误入歧途，用催眠术走上邪路。

"今天你这个狼狈的样子来找我，应该是遇到事情需要我帮忙了，你找我帮忙还能是什么事情，肯定是冲着我的催眠术来的！那么我就先把你催眠，看你到底想干什么，还节省时间。"

文老师喝了口水，继续说道："还好你被我催眠的时候，说出了很多心底隐秘，你表达出了对灵修班的憎恶，看来你经历几年历练，心底的正义感反而更强，这是对的，这样我才可能帮助你；要是你是为了不法目的来找我，我就会把你催眠后，让你自己出去了。等你被冷风吹醒，我已经回家了，哈哈哈！"

听到文老师说起这个，我感觉自己如同赤身裸体一样难堪，被催眠果然很可怕，在催眠者那里，几乎再无隐私而言！

我问道："文老师，您能不能告诉我，您到底是怎么做到瞬间催眠我的，这真是太神奇了！而且刚才我是在做梦吗，怎么有那么真实的感觉？"我赶紧转移话题，那些东西我告诉文老师了，我怎么没一点感觉呢？看来文老师把我催眠之后，问了这些隐私，还抹去了我部分的记忆，抹去记忆这个，文老师又是怎么做到的？

文老师哈哈大笑："你不是在催眠中请我吃饭吗，现在七点钟了，咱们还是去吃饭吧，边吃边聊，就去那个老馆子！"

我不禁也跟着笑了起来，连说："好的好的，这回我不是又被您催眠了吧？我一定得请您吃饭！"

"这回没有，快走吧，再晚一点人就多了。"

出了教室，一路迤逦，走去饭店，周边的景色真实而熟悉，不知道是不是被文老师催眠有了心理阴影，一路上我都摸摸树木、掐掐自己，感觉到疼痛，感觉到物体，感觉是真实的，才放下心来。

但是看着路上的年轻身影走过，又有了恍惚的感觉。"小新新，你看我新买的裙子漂亮吗！"欧阳芳菲欢快地在草坪旁边转圈。欧阳芳菲身材高挑，凹凸有

致，一款简单的连衣裙穿在她身上都让我感觉到美得光芒闪了眼。小新新是欧阳对我的专属称谓，总比小贱贱好听吧。我开始走神。

文老师拍了我一下："怎么，还在催眠状态呢，还是想起什么来了？肯定是初恋情人，你这表情都藏不住了！"

我无奈地笑笑，算是默认。

说笑间，已经到了那个饭店，进去之后，才发现，饭店重新装修过，包间也多了几个，瞬间放下心来。因为我知道，被催眠的时候看到的景象其实都是我记忆里的，现在饭店里的场景是我没见过的，那么我肯定没在催眠的状态里……等等，也不一定，也许这个场景是文老师给我创造出来的！

唉，估计不会是被催眠了，真是让文老师吓傻了。

文老师看我思索，跟我说道："快点菜吧，瞬间催眠虽然神奇，但是也不是什么时候都能用的，一会儿我告诉你瞬间催眠的要领，你就明白了！"

我呵呵赔笑，让文老师点菜，果然菜谱也换了新的。不一会儿酒菜送上，我和文老师先干了一杯，纪念我们编外师生的友谊。

放松下来之后，文老师开始给我传授道："瞬间催眠需要被催眠者本身就处在于疲倦、困顿、劳累的状态，因为人在这个状态下，很容易感到神经疲惫，进入浅度睡眠状态，而且催眠时间的长短和催眠者的技巧、被催眠者的身体状态都有关系。

"如果被催眠者处于神采奕奕的状态，你催眠他难度就非常大，这也是为什么于佳被催眠，催眠者选择了凌晨子时。那个时间，人的神经最为困顿，而且路途遥远，经过路上的颠簸之后，很容易进入睡眠状态。

"第二，就是在被催眠者没有意识防卫和抵抗的时候进行催眠，催眠技术和手法都是一样的。

"当一个人知道自己要被催眠的时候，会本能地有反抗的潜意识，所以你催眠他，要用到辅助的道具，比如舒服的床或者椅子、柔和的灯光、轻柔的音乐……但是如果被催眠者不知道你要催眠他，就相对容易得多，只需要通过手法让他感到神经疲惫，就很容易做到了。

"你从教室里走向我的时候，我和你说了两句话，然后不断重复地整理教案，你那会儿心里着急找我帮忙，巴不得我马上整理好教案，所以自然就盯着我整理教案的动作。

"而我有意地把这个动作做得规律而枯燥，果然没有几下，你本来就疲惫的身体和紧绷的神经就开始给你的身体下达了睡眠的指令，你的眼皮就开始睁不开，当你快站不稳的时候，还是我把你扶坐到椅子上的。"

文老师顿了顿，继续说道："你入睡之后，为了能让你在被催眠的状态下，你的意识防卫不起作用，我需要引导你进入你认为顺理成章的情景里。

"你来找我的时间刚好是下午课结束后，吃晚饭的时间，你见到我之后肯定就想邀我共进晚餐，所以，我给你设计了这个我们聚会过几次的饭店作为场景，这样，你的潜意识就会认为你和我是真的在饭店里谈心了。

"我故意模拟吃饭时聊天的语气，让你主动和我说出你的想法，这样就更加自然。很快，你就对我和盘托出你的来意。

"并且，我感觉到，你分析事物的思维模式，逻辑性还不够，所以给你顺水推舟地植入了一些思维方面的意识：'逻辑，假设，验证'；为了让你今后能够时刻保持本心，所以我又给你的意识中加重植入了两个字：'正义'！"

我仔细回想一下，感觉印象最深的还真是这四个关键词。不过文老师在我催眠状态下教导我的思维技巧，感觉比我正经上他的课得来的还要深刻！这感觉，真是恐怖又美妙！难道武侠小说里说的梦中传艺是可能的？不过是师傅将徒弟催眠之后，进行意识植入，要是这种方式能够大规模推广的话……我怎么有种会天下大乱的恐慌！

文老师说："至于你说起于佳被催眠的事例，灵修班的那个黑边白袍的催眠师，显然很熟悉催眠的要领，多半会在于佳的意识中植入防卫意识，以防止她被其他人催眠而泄露机密。"

"啊？那怎么办？防卫意识植入我听过，可是具体又是什么？"我不由自主问道。

文老师说："防卫意识，实际上是双层意识植入。比如我给你植入了思维逻辑，又给你植入了正义，那么如果有人催眠你，让你在被催眠的状态下，做非正义的思维逻辑推断，你的正义意识就会激活防卫作用，会阻止你继续，甚至会促使你醒来，就好比人做噩梦惊醒，往往是因为感觉梦中的情景不对劲了。"

我问："那如果要给于佳催眠，怎么识别防卫意识，又怎么破解防卫意识呢？"

文老师说："防卫意识的解除，必须是意识植入者本人来解除。比如说，你

的防卫意识是正义，这个是我给你植入的，那么解除这个防卫意识的催眠者给你的意识必须先暗示你他就是我，才能解除这些防卫意识。

"举例来说，就是在你被催眠的状态中，不能问你：'你知道些什么？'而是要问：'你还记得我告诉过你什么吧？'即如果你要破解其他催眠师的意识植入，就要伪装成那个催眠师来问问题。"

"还有一个问题，您是怎么抹除催眠中的一些记忆的？"我问道。

"抹除记忆，是催眠里常用的手法，很多人患上心理疾病的原因，就在于原来受过的创伤，一直无法释怀。而这个无法释怀的创伤记忆，当我们抽丝剥茧地找出来之后，会发现那个记忆只是关于某个关键场景和某个关键的人的记忆。

"那么催眠师要把这个记忆抹掉，就如同动手术切除病变的器官来让病人恢复身体健康一样，只不过心理医生是切除引发病变的记忆来治疗心理疾病，让病人恢复心理健康。

"抹除记忆的过程如同用手术刀做手术一样，不过我们的手术刀是语言，用语言在被催眠者催眠状态下来干扰他痛苦的记忆，直至擦除。

"第一个方法是，淡化你的这段记忆。你说出某些记忆的关键点之后，我转移别的话题，你还记得你被催眠的过程中我和你碰杯的情景吗？那个时候就是你说出隐私的时候，但是，我用喝酒和碰杯转移了这个话题，而且我对你的隐私不做回应，因为我的回应会加深你这方面的记忆，所以，我不做回应，你对这段记忆就会淡化。

"第二个方法是，对被催眠者的这段记忆进行覆盖。覆盖记忆是需要技巧的，比如说，我曾经给一个学生做过催眠治疗。这个学生小时候打碎过自己祖父的一个古董花瓶，他的祖父因为这个瓶子的破碎而病情加重去世了，他也受到了自己父母非常严厉的批评。

"这件事成为他心里的阴影之后，瓶子就成了他的噩梦，他不敢碰任何瓶子。我给他做催眠治疗之后，找出了这个已经成为他记忆里的恶性肿瘤的词汇——瓶子，我没有选择其他的治疗方式，而是选择用苹果来覆盖瓶子这个关键词。

"治疗之后，他对瓶子的恐惧感基本上消失了，但是对苹果的厌恶感非常强。"文老师道。

"嗯，不是说被催眠后，不记得自己被催眠的过程中的事情了吗，怎么我还记得？我要是给于佳催眠的话，自然不希望她知道自己被催眠的事情啊！"我又想起一点细节。没错，被催眠的人醒来之后的感觉应该是自己只是放松地睡着了，做了个梦，至于梦中的情景，就是想不起来。

可是我却记得很清楚，甚至每个细节都能回忆起来，除了被文老师抹掉的记忆……唉，我都不知道是不是把我的所有隐秘都说了出来，想起来感觉真是太可怕了，还好催眠我的是文老师！

"那是因为我有意让你知道自己被催眠了，这样你对催眠的认知才会是体会层面的，而不只是知识层面的。如果我不再催眠的时候，在那个最容易惊醒你的点上让你意识到自己是在梦中，你醒了之后，也只是觉得自己太累了，居然睡着了，甚至开始怀疑你有没有和我打招呼了。"文老师解释道。

我问道："我理解原理了，但是我没有催眠经验，能够催眠于佳吗？不知道文老师您有没有时间？"

文老师说："如果你想掌握催眠术的话，就必须开始，不能依赖。不过鉴于于佳的情况特殊，你可以在催眠于佳之前做些练习，原理我已经教给过你了，剩下的就要靠你自己实践和领悟了。"

我说："好吧，多谢文老师，有问题我再请教您，您用微信吗？"

文老师说："用啊，扫我的二维码加我。"

我说："对了，文老师，您知道我看到的那个黑色火焰的意思吗？我觉得那个标志特别古怪。"

文老师想了想，说："这种类型的符号肯定不是中国本土的，应该是传自国外，我也没有见过。这样吧，你找人画出来，我发给我国外的朋友，让他们帮忙看下。"

"好的，还真是谢谢文老师了！"

不知不觉，真的过了快三个小时，已经接近十点了，文老师看天色不早，就提议今天先聚到这里，有什么问题随时联络，他明日还有会议，需要回去准备下会议资料。我买单之后，与文老师挥手告别。正在这时，楚楚打来电话，告诉我我的车还在她报社地库停着，钥匙却在我手里，让我去取车，顺便接她一下，她一直加班到十点。我说我喝酒了，楚楚说她来开车，她上个月刚拿到驾照了。

瞬间我的酒醒了一半，拿了驾照一个月的司机，简直是专职马路杀手，而且还要开车拉着个喝了酒的家伙，真是危险啊！不过，楚楚一直加班到这么晚，还要开车，应该非常疲惫了，我倒是可以先拿楚楚练习一下。

打上出租车，在路上闭目养神，思考着如何根据老师说的原理来设计催眠楚楚的情景和方案，想起老师原来说过的话："一心一世界，一念一轮回。"

一心一世界，楚楚的内心世界多姿多彩，而我今晚，就要去探寻一番了，不知道这个小师妹的内心世界是什么颜色的？还有，她对我的想法究竟是怎样的？

每个人都很在乎别人对自我的评价，评价是人自我认知的重要因素，我也不能免俗。我隐隐约约地能感觉到楚楚师妹对我的感觉和情义，但是又不太敢确定，或许是畏惧确定之后如何面对的场景，更何况秦剑高大英俊，对楚楚又是颇为喜欢，他们两个倒是般配；我嘛，心里被欧阳芳菲塞得满满的，不愿意和楚楚有感情纠葛。

一念一轮回，我这个念头起了，而且还要去做，不知道楚楚知道我催眠过她，会怎么看待这个事情？这个念头引发的后果又会怎么一环一环地发展演变？

思绪间，出租车已经到了楚楚的报社大楼，我看看时间，已经十点半了。

再仔细推敲了瞬间催眠楚楚的步骤和方案，自己认为没有什么漏洞了，就给楚楚打了电话。楚楚在电话告诉我，大楼的电梯和正门已经关了，有个侧门可以直接走到地下停车场，她在十楼办公，一会儿走下来带我过去，要我去侧门门口等她。

昨夜熬夜，上午奔波，下午加班，现在还要走十层楼的楼梯，楚楚的身体状况必然疲惫不堪，正好适合瞬间催眠。

|第十二章| 小试牛刀

　　和楚楚接上头后，她带我穿过一个没有装修的备用楼梯走到了地下二层停车场。

　　听着楚楚气喘吁吁、劳累不堪的声音，我却想着要瞬间催眠楚楚，怎么觉得自己有点不厚道，还有点猥琐呢！

　　虽然我号称是为了练习催眠技术，但是其实骨子里，还是忍不住想知道楚楚的内心世界。唉，男人啊！面对美女的时候，总是会动些心思。

　　楚楚在前面走着，鞋跟发出"嗒嗒嗒"的声音，规律而机械。

　　我心里说："楚楚不会也会瞬间催眠吧，这是要催眠我的节奏吗？"

　　为了给楚楚瞬间催眠，我还在路上特意买了本《国家地理》杂志作为道具，试着模仿了一下文教授整理教案的翻书动作。在出租车上我练习了好久，感觉能够把杂志翻得机械而规律了。

　　"师兄，我今天感觉真是累死了，我觉得走在路上都能睡着了！本来还以为你车在我这里，你能送我回家呢，谁知道你喝酒了，还得我送你回家……唉，师兄一点都不会心疼人！"楚楚娇嗔道。

　　"唉，你这么一说，我都觉得还不如先打车回家，然后我明天再过来取车呢。"难道我被文老师瞬间催眠的心理阴影太大，怎么走在楚楚后面，看着楚楚摆动的腰肢，都感觉要被楚楚催眠得睡着了！

　　我怎么有种要被楚楚催眠的感觉！

　　楚楚腰细臀翘，双腿修长，身材真是很棒！一米六八的身高，穿着丝袜、短裙，再穿着三厘米的高跟鞋，在我的前面走起路来袅袅婷婷，身姿摆动，的确令

人浮想联翩。

但是我跟在楚楚身后，看着楚楚摆动的身子，更多的感觉却是我要被催眠了。为了避免自己犯困，我拿出了文教授给我提供的防备催眠用的道具——有突刺的戒指。我把戒指有突刺的那面转到手心里，然后紧紧握拳，感受到刺痛之后，清醒了许多。

清醒之后，我赶紧把眼神看向别处，不再盯着楚楚扭动的腰臀了，不过鼻子却抵不住楚楚身上的香味。

正在胡思乱想的时候，已经走到了车前，打开车门，楚楚坐到了驾驶位上，我长吁口气，心说，再跟着楚楚多走几步，我觉得都得二次被瞬间催眠了！还好还好……

顺便给自己鼓鼓劲，准备开始对楚楚瞬间催眠。

我坐到副驾驶里，楚楚不熟悉我的车的各个操作按钮，正在摸摸这个，按按那个。果然是新手司机，再配上她不熟悉的车，真是分分钟化身马路杀手的节奏啊！

我拿出那本《国家地理》，对楚楚说道："楚楚，你看，我看到这期《国家地理》杂志介绍的这个地方很是有趣。"然后赶紧有规律地翻起杂志来。

"师兄，你在干吗？我要开车呢，这可是人家第一次开车上路，你要好好辅导我开车才是！什么杂志啊，你先放到一边，等我把你送到家了再看就好了。"

楚楚看都没看我一眼，继续熟悉我的爱车："我怎么打不着火啊！师兄，你车是不是坏了？"

欸？这个……楚楚不看我的催眠道具，这该怎么办！

想起文老师的教导："瞬间催眠需要三个要素：一、被催眠者本身就很疲惫；二、使用被催眠者认为自然出现的道具做机械动作；三、顺着被催眠者本来的思路探取信息，植入意识。"

第一点，楚楚昨夜熬夜，上午奔波，下午加班，还走了十二层的楼梯，身体疲惫是肯定具备了，而且楚楚刚才就和我说过她简直累得走路的时候都可以睡着了。

第二点，使用楚楚认为自然出现的道具。那么在车里，杂志就是突兀的道具，而不是自然出现的道具，难怪楚楚根本看都不看一眼。

我被文老师催眠的时候，是因为文老师下课，整理教案是再自然不过的动作！而我心急文老师和我交流，本能地会盯着文老师整理教案的动作，希望文老师整理得更快一些，所以就着了文老师的道，被文老师瞬间催眠。

那么，在车里什么道具是自然出现而且可以机械摆动呢？

正想着，楚楚无意间把雨刷器打开了："师兄，这个雨刷器怎么关上，我不会啊，快来教教我啊！贱师兄，你在干吗？"

车里机械摆动的道具，车里机械摆动的道具……我正心里急得和热锅里的蚂蚁似的，心说不在车里催眠楚楚，难道到我家催眠楚楚？

孤男寡女共处一室，女的还被我这个大学绰号"大贱韦小宝"的家伙催眠了，那真是跳进黄河也洗不清了！等等……雨刷器，机械规律摆动……天啊！我找到了，我找到了！

我赶紧说道："啊，楚楚，我这个雨刷器有些毛病，你先不要乱动，你就看着它，我得去前机械盖那关掉！"

"好的，师兄，我看着呢，你关上了我告诉你！"这小丫头还真听话，不过，这么让楚楚盯着雨刷器不动，看着雨刷器机械摆动，也是非常自然的事情，我都为自己的机智佩服自己了！

"师兄，你怎么……还不……去……关……雨……"果然有效果！楚楚盯着雨刷器居然已经开始入睡了，瞬间催眠果然神奇！

我赶紧轻轻地扶住楚楚，然后把驾驶位的座椅放平，让楚楚躺下，睡得更舒服些，好开启瞬间催眠的第三点——顺着楚楚本来的思路探取信息，植入意识。

要是催眠师将被催眠者催眠后不及时和他交流的话，那么被催眠者就只有一种可能，就是睡着了，而且是由浅度睡眠进入深度睡眠。

我得赶紧开始我的"处女催眠秀"："楚楚，楚楚。"

楚楚说："嗯？"

我探了探楚楚的呼吸，发现呼吸缓慢平稳，是浅度睡眠的状态。浅度睡眠和醉酒有些相似，有意识，如同梦中，能够和外界互动，但是睁不开眼，感觉醒不过来。

我说："楚楚，咱们已经开车出地库了，保安在收停车费。"

楚楚说："我和他说一声，是报社的车。"

我说："好了，保安已经放行了，我们到了大路上，左转。"

楚楚说："好的……"楚楚的手居然同时做了转方向盘的动作。

我想到了文老师催眠我的时候，我梦见了喝酒，那不是自己也在做喝酒状？

我说："前面红灯，停车。"

楚楚说："好的，我踩刹车，怎么你的刹车这么轻，我都感觉不到。"楚楚一边说话，一边做出踩刹车的动作。

我说："你已经刹车了，咱们等一会儿，下个路口右转。"

楚楚说："嗯，师兄，你要给我看的是什么杂志？"

我说："就是上面写了一个地方，好像是你的家乡。你的家乡不是贵州的吗，看起来特别漂亮！"

楚楚说："是的，我的家乡可漂亮了！山是绿的，天是蓝的，水是甜的。哪像北京，整天雾霾严重！我到北京之后，都得鼻炎了，要不是……唉，不说了……不然我才不愿意在北京呢！"

"要不是""不说了""不然不愿意在北京"——今晚就探寻这个秘密了。

我继续引导楚楚："好了，变灯了，开车，现在路上没什么车了，你可以放心地开。嗯，这个路口右转。"

楚楚一边做动作转方向盘："好的，转弯了。"

我说："嗯，前面路口正门进去，右转进去，到了我家小区停车场了。"

楚楚继续做开车的动作："嗯，转过来了。我停不好车，师兄，你来停车吧。"

被催眠状态下还知道自己停车技术差，看来她这个意识是根深蒂固的。

我说："好的，我来停，车已经停好了。"

可是下一步该怎么办？楚楚是想先到我家，还是自己开车回去。

我赶紧思考起来，直接回去不可能，她这个新手二把刀，自己开车回去，太危险了；那去我家，这么晚，还回不回去！打车回去？那干吗还要开我的车送我回来！

正在我不知道该怎么继续的时候，楚楚又说话了："师兄，人家这么辛苦开车送你和车回来，你都不邀请我去你家休息一下吗？"

楚楚的想法居然是这么晚了到我家去？

她知道我和欧阳芳菲的事情，也知道欧阳芳菲已嫁作他人妇，我和欧阳芳菲几乎再无可能。我也能感觉出这小丫头对我应该是有好感的。难道今晚，楚楚会对我表白吗？

不过目前也只能先顺着楚楚的思路来继续下去，不然就可能催眠失败，让楚楚半路醒来。

我说："嘿嘿，师妹这么辛苦，当然得请师妹上去喝茶啊，今晚咱们秉烛夜谈！"

楚楚说："还夜谈？师兄，你精力好旺盛啊，我都要困死了！现在给我张床，我躺上去就能睡着……"

我说："好吧，咱们坐上电梯。"

楚楚配合着做了个按电梯楼层按键的动作。

我说："到了，来，坐，我去泡茶。"

楚楚："师兄，我来泡吧。你可能都不知道你家的茶叶在哪里呢？"

楚楚做出泡茶的一系列动作来。

过了一会儿，楚楚说道："师兄，我有些话想对你说。"

我心说，楚楚不是真的要对我表白吧？

楚楚说道："其实，我也不知道从何说起啊。全学校的女生都知道，你心里只有芳菲师姐……而且你还有七个干妹妹——七仙女，哪里轮得到我喜欢你，我就只有默默地在你旁边出现啊……

"现在芳菲师姐远嫁美国，你自己独自生活，也没个女孩子照顾你，我好心疼你！唉，来帮你收拾屋子，也不知道会不会招你烦呢……

"你说起我的家乡来，其实我爱我的家乡，也爱我的家。不过因为你在北京，我都要觉得北京才是我的家乡了！"

原来，楚楚是因为我才留在北京，这小丫头对我还真是有情。

楚楚稍微停了一会儿，对我说道："师兄……我有点冷，你能抱抱我吗？"

楚楚说完这句，就开始找我的手，要抓住我的手去抱她，我把手放过去。

我还在考虑我配合到什么程度，但是没容我多想，楚楚的胳膊已经勾住我的脖子，我要是不配合，估计楚楚就得醒过来，她醒过来，我们就更尴尬了！我只好凑过去，把她抱在怀里，还得轻手轻脚的。

|第十三章| 楚楚心声

楚楚说："师兄，你怀里真暖和，真想就这么被你一直抱着……师兄师兄，你心里是不是满满的都是芳菲师姐？一点空间都没有了？"

我……还真不知道该怎么回答！

楚楚说："师兄，你不说话了，我知道你没法回答……那现在芳菲师姐已经嫁人了，你能不能在你心里给我开个小缝，让我有一点点的位置！"

我……这个……

我只好说："楚楚，你累了……"这个意识可不能加强，我得转移话题和淡化意识！

我正在想办法转移话题，楚楚又对我说道："师兄，我想告诉你我的秘密，我只告诉你一个，你一定不能告诉别人！"

楚楚的秘密？如果今晚楚楚不是被我催眠了，还会告诉我这些吗？

楚楚说："其实，我家里特别穷，我上面还有个哥哥。我爸妈特别重男轻女，我小时候，本来我爸妈都不想让我上学了。只是因为我学校老师对我特别好，我的很多学杂费都是老师给我出的，我才在爸妈的抱怨中勉强上完了中学。我的哥哥特别不争气，好吃懒做，游手好闲。我爸妈本来打算让我高中毕业就出去打工赚钱，好给我哥哥娶媳妇。但是我考上了大学，我爸妈本来想阻止我来着，他们阻止我的方法就是不给我上大学的学费和生活费。可是他们忘了，我上高中的时候，他们就已经不给我钱了。后来，我高中班主任发动全年级同学悄悄地给我捐款，才凑齐了我上大学第一年的学费和生活费，都不敢让我父母知道，不然，连那笔上学的捐款都会被他们拿走的。"

我只知道楚楚上大学的时候，衣着特别朴素，我只是简单地认为她家里条件差，没想到居然是楚楚的亲生父母故意不给钱造成的。

楚楚抱我用力了一些："师兄，抱紧我一点，我特别累！"

我又把她抱紧了一些，用手紧紧握住楚楚的小手。果然柔荑若无骨，掌心绵若棉。

楚楚继续道："师兄，上大学那天我到学校报到，其实自己害怕得很。交完学费之后，自己身上也只剩一个月的生活费了，而且穿得土土的，特别害怕被别人看不起，被别人欺负……结果上天就让你出现了！你可能都不记得了，你那天的笑让我感觉特别温暖，你没有丝毫瞧我不起的神态，而且还帮我拎着用蛇皮袋装着的行李，我当时简直感觉心都要跳出去了！"

其实那天是我一个保研的哥们要去和女朋友约会，让我临时顶替的，芳菲又和我吵了架，我自己无聊才去干迎接师弟师妹的工作的。没想到，还有了认识楚楚这个机缘，我印象里觉得楚楚这小丫头黑瘦黑瘦的，就是那双眸子特别大，特别亮，看起来就很机灵。

楚楚继续道："后来我的生活费用光了，我知道得想办法养活自己。在整个校园里，我和谁都不好意思开口寻求帮助，就厚着脸皮去找你借钱，没想到，你什么都没问，就借给我一千块钱，那可以做我三个月的生活费了！而且你就要毕业了，也不怕我还不上你。"

什么一千块钱，我怎么没印象了？嗷，对了，那是我第一笔实习工资！那会儿对钱没概念，觉得这小女孩可怜，自己爹妈给的生活费还够用，就顺手都借给她了，至于她能还不能还，好像根本就没想。

楚楚说："也许你觉得那不算什么，但是对于我来说，真是刻骨铭心的好了！我一个女孩子，也不知道该怎么回报你，而且你和芳菲师姐又那么好，我只能在一边默默地关注着你……

"后来我又找你，你已经工作了。我希望能勤工俭学，也是你给我联系了兼职工作，我才能半工半读地念完大学！而且我记得，我第一天上班的小西服，还是师兄给我买的！"

这个我还有印象，因为那会儿我住单身宿舍，欧阳芳菲则出国留学，楚楚就开始各种帮我收拾屋子，有时候还给我洗衣服。

我投桃报李，就给她买了套西服，没想到这丫头记了这么久！

不过看着这丫头现在的变化，从一个山村土丫头，变成了时尚能干的女记者，还真是有种"笋因落箨方成竹，鱼为奔波始化龙"的感觉。

"师兄，我把秘密告诉你，心里舒服多了……我想问你个问题，这么多年，师兄，有没有一点点喜欢过我？"楚楚道。

这个问题，我自己也不清楚，不过应该有一点吧："有。"

楚楚的脸庞浮现出了笑意，然后又暗淡了下去："可是，师兄，你会不会嫌弃我？"

看来楚楚对我的话题过不去男女之情了。不成，我得覆盖这个意识："楚楚，其实，我从见到你那天开始，对你的感觉就是怜爱。我一直拿你当妹妹来看待的！我会把你当自己妹妹一样，让你风风光光地嫁出去的！"

"师兄，我不想嫁别人！师兄……"楚楚的眼泪又流了下来，"师兄，你是不是嫌弃我！"

催眠不能再继续下去了，楚楚的情绪已经激动起来了，而且再继续下去，我担心楚楚会失控，我得想办法让她醒过来！

不能在我对她的催眠中把她唤醒，那样太尴尬了，而且要是楚楚记忆太深刻，以后见面相处都是问题，文老师那个方法我不能用了，只能自己想办法。

我把楚楚扶住，把座椅调到坐姿角度，然后猛地按住车的喇叭，车笛声刺耳地响了起来，把地下车库的声控灯都闹得亮了起来。

这种方式虽然粗暴，但是效果立竿见影。

楚楚一个激灵，睁开眼睛，两眼中泪痕犹在。她自己缓了一下，看看周边，发现自己还在车里："欸？师兄，我们怎么还在车里，刚才发生了什么？"楚楚感觉到脸上的泪水，"我怎么哭了？我刚才好像做了个梦，已经到你家了啊！天啊，我怎么睡着了！"

我暗自庆幸，还好楚楚还没意识到自己被催眠了，也许她脑子里的催眠就是拿个小怀表，晃啊晃，晃啊晃，然后才成。

我说："你太困了，刚才我去弄雨刷器的时候，你就睡着了，我没叫醒你，心想等你眯瞪一会儿，自己醒了咱们再走，结果我刚才也睡着了，要不是你不小心碰到车喇叭，咱们还醒不了呢！醒了，咱们就走吧，也不早了，都快十一点了！"

楚楚惊道："天啊，都睡了四十多分钟了，师兄，你也睡着了吗？我怎么觉得我刚才在梦里和你说了好多好多话……"

楚楚脸上泛着红晕，看来是在想我和她相拥的情节了。

我只好装傻："是吗？都聊了什么啊？"

楚楚自然不好意思说出来："也没什么，就是我好像和你说我的秘密来着……唉，怎么在我梦里，好像你带着我走过一圈似的，我都知道路怎么走了！"

我忙转移话题道："好好开车，不要乱想，出地库左转，上大路。"

楚楚说："知道，我会走了，放心吧！"

一路上，果然不用我再指路，楚楚一点儿不差地开到了我家小区里，不过车的时速是三十公里……

到了之后，都已经十一点四十分，快到十二点了。这么晚，我正犹豫，该怎么做呢……

楚楚说道："师兄，都这么晚了，我开车送你和你的车回来，你还不邀请我上你家去喝杯东西，暖暖身子？"

难道楚楚刚才被催眠的时候表现出来的一切，都是楚楚已经打算好的，今晚要实演她被催眠中的念头？

这可真是麻烦大了！关键是这么晚，让这姑娘自己回去，怎么都不安全啊，也不近人情。

我只好把楚楚带到家中，进了房间，对楚楚说："你先坐着休息一下，我去泡茶，今晚咱们要秉烛夜谈，正好讨论讨论两个案子。"

楚楚却道："师兄，我去泡茶吧，你可能都不知道茶叶放在哪里。你家里的东西都是我收拾的，我比你还熟悉呢。"

楚楚这么说，我完全无力反驳，因为还真都是楚楚收拾的，不过我还是努力地避免楚楚跟我表白，不然的话，真是太尴尬了。

我连忙拿过茶壶，对楚楚说道："你去找茶叶，我先去接上热水。"

我心事重重地拿着茶壶去饮水机上接开水，楚楚则去找茶叶。结果，我没把茶壶放到热水下面，而是直接把手伸过去了。

"啊！疼，烫死我了！"这下彻底不犯困了。我一声惨叫过后，就剩下钻心的疼了，手一疼，一哆嗦，茶壶就掉在地上，摔得粉碎……

哎哟！我这个心疼，我的手工紫砂茶壶啊！不过紫砂壶就是紫砂壶，摔到地上发出的居然是"噗"的响声，虽然还是碎成几片了……我只好看着开水漫到了地上。

|第十四章|　一夜未眠

　　我把手放在嘴边吹着，看着手背上被烫得鼓起来的大泡，心想家里的药箱在哪里？还有用什么药来治疗，红药水？还是云南白药？

　　我正在紫砂壶的"尸体"旁吹着自己的手，楚楚从厨房跑出来。

　　不知道"我被烫伤"能否改变剧情？

　　"哎呀！师兄你怎么和小孩子一样，泡茶都能把自己的手烫伤！天啊，好几个大泡啊，赶紧先用冷水冲洗！"

　　楚楚拉着我的手小跑到洗手间，我还被餐桌撞了膝盖，真他妈疼！

　　到了洗手间，楚楚把我的左手放到洗手池里，打开冷水冲洗，感觉好像真没那么疼了。楚楚心疼地把我的手拿起来，放在小嘴边吹着！

　　用冷水冲洗了一会儿我被烫伤的手，楚楚扶着我在床上半躺下，然后去给我找我家的药箱，我总算想起来，我家的东西都是楚楚收拾的，怪不得我想不起来药箱在哪儿！

　　在这个房子里，就连这个药箱，还有药箱里的各种家庭常备用药，都是楚楚送给我的乔迁礼物。

　　那会儿我还对楚楚送的这个有个十字标的家用药箱觉得好笑，因为觉得那个十字标太像女生用品而不喜欢，没想到，这次居然用到了……

　　楚楚把药箱找出来，从里面找出烫伤膏，给我涂上，我感觉灼痛感没那么强了。

　　"师兄，你先休息下，我去收拾下屋子。"

　　楚楚跑到客厅，把茶壶残片收拾干净，又把地上的水渍擦干，然后走过来和我说："师兄，你手烫伤暂时不能动了，你要不洗脸洗脚？我帮你洗吧，没想到你还和个小孩子一样，嘻嘻！"

我连说不用了，刚想说：楚楚，这么晚了，你还回家吗？却看到卧室里的时钟，时间已经十二点半了，就把话咽了下去，换成了："楚楚，今天这么晚了，你就不要回去了，也不安全，就在我这儿凑合一夜吧！一会儿你睡床，我去睡椅子。"

楚楚嫣然一笑，眼睛里闪出了惊喜的光芒："师兄，你昨天就睡的沙发，肯定累坏了，还是你睡床。我先打个湿毛巾，给你擦擦脸和手脚，然后你先躺下，我去把澡洗完。"

说罢，不由我分说，已经去拿了毛巾给我擦了脸，而且还把我的袜子扒掉。

楚楚道："我去洗澡，师兄你换上睡衣，先睡觉吧，你就不用管我了。"楚楚说完后，就进了洗手间，随后洗手间就传来了哗哗哗的水流声。

说起来，我的确也疲倦不堪了，尤其昨天也是和衣而卧，在沙发上睡了一夜，其实也就是睡了半宿，还是先换上睡衣吧。

手倒也没那么疼了，自己换好睡衣，拿着被子和枕头，准备在客厅把我的大餐椅并上用来睡觉，这个时候疼痛感减弱，困倦感就爆棚了。

我正在搬椅子，楚楚已经洗完澡出来，她并没有带着自己的衣物，所以穿了我晾在洗手间的短袖睡衣裤。

楚楚穿着我的睡衣，看起来真是性感诱人，特别是衬衫对于楚楚来说太长，所以楚楚把衬衫下摆系了起来，腰身和肚脐都随着楚楚的动作时而露出。

楚楚看到我正在拉椅子，跑过来一屁股坐到我正在挪动的椅子上："师兄，我都不担心你做什么，难道你还害怕我对你怎么样吗？今晚咱们两个都睡床上，我很累了，估计一上床就睡了，你也很累了，而且还被烫伤了，更需要休息，明天我们还得去和秦剑一起调查王超灭门案的线索。还有，怎么催眠于佳？怎么破解灵修班秘密？你去咨询老师，也没时间和我讲讲呢。今天要不是太累太晚了，我恨不得你今天就给我讲呢！那现在，你和我去床上睡……睡……""睡觉"这个词在楚楚嘴里犹豫两遍，楚楚的脸红了一下，终究还是没说出口。

"去床上休息，放心吧，我又不会吃了你！你不是和我说拿我当亲妹妹样看待吗，亲哥亲妹在一张床上休息，也没什么的！就算，就算……哎，总之没什么的！"

楚楚说完，不容我反对，就拉着我的手，把我摁到床上，然后关灯，也穿着

我的睡衣躺在了我旁边。

这张床，从买来之后，一直都是我自己睡，从没有女人睡过。在我心底深处，这个床上有着欧阳芳菲的影子，也容不下其他女人。想到床，想到欧阳芳菲，想到她已经嫁为人妇，夜晚的时候估计正搂着她丈夫酣然入眠呢，我心里对楚楚和我共躺在这张床上的抵触感就减弱了。

又想起楚楚在被催眠的时候和我的一番表白，心里的柔情又多了一分。楚楚说得也对，不过就是休息一下，现代都市男女，也算不得什么事情。

楚楚躺在床上，我瞥眼看去，她也没有睡着，而是忽闪着美目，眼睛中熠熠生辉，如同夜空中璀璨的北极星，心想这个小丫头自己在这个城市打拼，发生了脱胎换骨的变化，也不容易。

"师兄，你是不是也睡不着？其实，我一直想告诉你一个我的秘密……"楚楚扭过身来，脸朝向我说道。

秘密两字让我激灵一下，没想到楚楚的预设情节被打断之后，又接续上了！不过我可不能让楚楚续演剧情，赶紧打断道："我困了，都快睡着了，有什么话明天再说吧，楚楚乖！"最后那句"楚楚乖"太肉麻，我把自己都恶心着了。

楚楚叹息一声："好吧，师兄，晚安，早点休息吧！"然后转过身去，背对于我。

我也转过身去，假寐起来。

漫漫长夜，也不知睡没睡着，正在迷迷糊糊间，我听到了楚楚的手机铃声响起……

|第十五章| 非死即疯

电话响了三遍，楚楚还没爬起来去接，我感觉到我的身上压着什么东西，赶紧睁开眼睛，一看楚楚的大腿正压在我的肚子上，楚楚的双手则紧紧地抱着我的胳膊，正睡得香甜。

我这才感觉到胳膊紧紧挨着的柔软身体。看楚楚睡得正香，也不好意思把她叫醒。我看了看时钟，发现已经上午九点，估计楚楚上班要迟到了，刚才那电话多半是她领导打来的。

于是我用力抽手出来，打算起床，手上的烫伤基本上没有什么太疼的感觉了。我的手一抽动，楚楚也开始有了醒的意思，但是好像在美梦中还挣扎着不愿起来，反而把我的胳膊抱得更紧了！我不忍把楚楚叫醒，就没有太用力。这个时候，楚楚的电话铃声第四次响起了！

楚楚的手机放在她的包里，她的包在我的多功能餐桌上，不过这次铃声终于让楚楚半睁开眼："现在几点了，谁打来电话？困死了！"楚楚睁开眼，才发现她几乎如同个小猴子一样，缠在我身上睡了一整夜，赶紧松开，"哎呀，师兄，不好意思，你肯定没休息好！"

我说："我也刚醒，前两天太累了，所以也睡得非常沉。你电话响了好多遍了，快去看看吧！"

楚楚从床上小跑着到客厅里拿出手机，然后回了电话："喂，秦剑！你发现了什么？啊，什么？哦，你发到群里了，我马上看！"

这个电话看来是秦剑的，发到群里了，应该是我们的微信群，我就也爬了起来，从床头柜上拿起我的手机，打开微信，看到群里有一组照片，拍的像是电脑屏幕。

我把图片打开，仔细看了两眼，瞬间出了满头冷汗，立刻从床上蹦了下来！

这时，楚楚又回拨了电话："哎呀，王主编，我昨天加班太晚，怕您睡了，就没跟您汇报！不过我把这几天的情况整理成文案给您发到邮箱里了，您先看

下。我刚才接到了那个警察朋友的电话，又有了新的情况，我得先去他那里，今天就不去社里报到了。唉！好的，谢谢王主编！领导再见！"

照片一共十五张，都是公安局内部系统查询出来的人员资料。

那些人名，我还记得几个，其中十四个都已经是死人了，不过死亡原因都分别写着自杀和意外。

我大概数了数，有八个是自杀的，自杀的方式倒是都比较一致——跳楼；还有六个，都是交通事故死亡，交通事故勘查报告也有着共同点——死者突然冲向主干路，肇事车辆躲闪不及，无法及时刹车，撞到死者，死者当场死亡。

还有一个是活着的，不过资料显示，这个叫贾兰的女子因为在闹市突然发狂，裸奔起来，被家人送到了精神病院。

楚楚和她们报社领导汇报了工作安排，也在手机上看到了秦剑发过来的资料。

微信群聊天记录：

我：十四个人的家人情况怎么样？

楚楚（语音）：天啊，太可怕了！对了，秦剑，你查过那个联谊公司的情况了没？

秦剑：我在开会，回头详说。

楚楚走过来，和我说道："师兄，你说那十五个人都是因为被人操控了，才会死的吗？真是太吓人了，要不是王超这起案子让咱们无意间发现了那个账号，还真没法把这些自杀案和交通事故联系起来！"

我尝试用文老师的假设、排除、验证的思维逻辑来分析："我们先假设这十五起案子都是孤立的，那么就全是自杀和意外死亡了。这点可以很快被排除，因为这十五个人，加上王超是十六个人，有着共同点的联系，就是他们都给那个心之境公司汇过大笔款项。

"我们假设他们的案子是因为这个心之境公司而有联系的，那么他们的自杀和意外，就非常可能是被操控的了！剩下的事情，就是我们要去找他们的家人调查，看他们有没有共同的反常的地方。

"虽然现在还没法确定他们和这个灵修班有联系，但是我总觉得，他们是被催眠操控自杀的，所谓的交通意外其实也是自杀，只是自杀的方式不同。现在就看秦剑有没有查出来那个心之境转款过去的联谊公司的底了！"

"要是真如师兄你说的，他们都是被催眠操控自杀，那也太可怕了！哎，对了，师兄，你昨天和你老师学了催眠没有啊，能不能催眠于佳啊？啊！师兄，你昨天又没有刷牙，嘴里好臭！"我刚打了个哈欠，楚楚就捂住了鼻子。

我这才想起，昨天喝了不少酒，然后因为手被烫，没有刷牙，早上起来就得知了那些给心之境打过钱款的人非死即疯的消息，都忘了还没有洗漱呢。

楚楚也意识到光顾着说话了，也还没有梳洗打扮，而且还松松垮垮地穿着我的睡衣。

这时，我和楚楚的手机共同提醒了微信消息，没错，是秦剑的消息："下午找地方碰面吧，有要事商量。"

我、楚楚：好的。

我：下午几点？

秦剑：一点半吧。

楚楚：开车吗？哪里见？

秦剑：我查到了其中一个死者的住址就在城里，死者叫李天林。今天局里的车都开出去了，征用下新建兄的车和人吧，回头给新建兄颁发好市民奖！（微信表情笑）

楚楚：好，那到你局门口接上你。

我：要奖金，不要奖状！奖状给那个老教授，秦剑你就可以只申请一个好市民奖了！（微信表情捂嘴笑）

秦剑：谢谢啊！

楚楚：我突然觉得我们像个组合啊——楚国双贱。你俩是"双贱合璧，天下无敌"！（微信表情大笑）

我、秦剑：（微信表情呕吐）

和秦剑约好之后，发现已经十点半了，楚楚让我先去洗漱，然后叫了外卖做午餐，等我洗漱完之后，楚楚又去洗澡了……

没多久，外卖送到，楚楚也打扮停当，我这才在阳光下看到楚楚的造型，昨晚累得要死都没注意太多：小白西装，打底紧身裤，嫩黄色的及膝短裙，一条装饰腰带卡在腰腹间。

可能考虑是要去死者李天林家属那里调查情况，楚楚把头发侧梳扎起，整个人看起来显得果断干练。

|第十六章| 浮出水面

吃完午饭，我和楚楚出发去接秦剑，接到秦剑之后，倒是很有默契地不再提起昨晚的同床共枕，而且几乎异口同声地说是我先到报社接上了楚楚，因为顺路。

秦剑也没心思推敲其他，上车之后，就开始和我们讲起案情。

"第一点，那个联谊公司我找深圳的同行调查过了，结果并不乐观，那是个地下钱庄的一个洗钱账户，也是个空壳公司，作用就是接收国内的汇款，然后再汇到境外。

"洗钱者把国内的钱转给地下钱庄，在国外的账号就能收到即时汇率的外币，不过地下钱庄要收不菲的手续费用。就是说，这笔钱，已经洗出境外，不好追查了。

"第二点，那汇钱的十五个人，我用公安内部系统都查了查，结果都发给你们了，十四个人死了，其中八个跳楼，六个车祸，还有一个疯了。要说他们的死亡没有联系，那真是见鬼了！

"我把这情况和领导汇报了，领导说，那十五起案子发生在不同时间、不同地方，都已经结案了。至于我们怀疑的被催眠控制，自杀杀人，难以找到证据证明，所以没法大规模安排警力调查，如果我们想调查的话，就得自己去查。

"目前唯一的线索就是那十五个人都给这个心之境公司汇过钱，还是数目不小的钱。不过我倒是知道前几个月，有人来报案，说这个心之境公司涉嫌诈骗，诈骗了他家好几百万，但是证据不足，所以也就不了了之。

"如果我能查出端倪，当然就可以深查下去，但是现在手头的这些都只是线索，说不上证据，还不能怎么样。

"第三，关于那个灵修班和于佳，领导认为，还没有发生不良后果，不宜立案侦查，不过既然我，也就是咱们，已经能够调查到这个程度了，那就不妨再深入查一下。

"至于我和领导说的通过催眠于佳获得情报，领导说，也只能作为线索，不能作为证据。不过领导话里话外的意思是，这个事情，所牵扯的所有案子，都已经结案，最好不要节外生枝，反而惹出是非。如果我确实能查到什么，最好也是抓住这些人的新的犯罪证据，只要能抓人，剩下的就好办多了！

"我现在把这十五个人的家庭住址，家人联系方式和工作单位，都整理在册了，咱们这两天，估计就得奔波着把每个人的家属都问一遍，看看有没有发现。

"而且领导估计对这些事没什么兴趣了，你看，连辆车都不派给我用了！要是咱们这回调查还查不出什么实质的东西来，估计也就无计可施了，只有等着新的受害者出现才能把他们绳之以法了！"

秦剑说完情况，我们心里也都凉了大半，这样下去看起来的确是希望渺茫，难以突破。不过目前也没有什么更好的办法，也只有先去调查这十五个受害人是否存在共同的异常情况了。

秦剑又问："新建兄，你那个催眠学习得怎么样了？"

我回答道："和我老师学习了下，还是有些把握的。"

楚楚还沉浸在坏消息里没有出来，这会儿突然给我们打气道："没关系，咱们'楚国双贱'出马，肯定会柳暗花明，事有转机！"

我和秦剑互相苦笑一下，但是还是配合楚楚做了个"耶"的姿势："双贱合璧，所向无敌！哦耶！"

然后我们三个就大笑起来。

那一刻，其实感觉真的是非常棒，好像我们的青春都回来了一样，管他什么结果，管他什么阻力，我们能一起去找答案，就是人生快事了！

谈笑间，已经到了李天林父母的住处楼下。资料显示：李天林，男，三十五岁，离异无子，平时离群索居，只是每周固定去看望父母，是公募基金经理，年薪五十万左右，如果行情好，加上奖金分红，可能能赚到一百万以上。此外李天林还有两套房产，价值五百万左右。我们查到李天林转到心之境公司的款项，是一千二百万。

这次我们去探访的就是李天林的父母——李秋山、方瑛夫妇，他们住在海淀

区的一处高档社区里。

我记得没错的话，李天林是三个月前在金融街的某栋高楼楼顶跳楼自杀的。

秦剑的警察身份作用还是很大的，我们顺利地进了李家的门。

李家的格局应该是两百平方米左右的四室两厅，客厅里电视墙的隔断上，还摆着李天林的照片。照片上，李天林手握高尔夫球杆，身着高尔夫球衫，对着镜头踌躇满志地微笑着，我很难相信这样一个男人会跳楼自杀。

李秋山夫妇待我们在沙发上坐好之后，给我们泡了茶水过来，我一看到茶壶也是手工打磨的紫砂茶壶，就感觉左手的烫伤开始有了痛感，楚楚倒是没注意我的细节，正在和李母方瑛交谈。

秦剑说明来意，我们尽可能少地提到李天林自杀一事，只是问起李天林生前半年内，有没有异常情况。秦剑说："我们发现案子还有蹊跷，所以要再来询问一下。"

说起儿子李天林，方瑛的泪水就禁不住蒙住眼眶。这位老太太身着羊绒开衫，头发盘着髻髻，看起来雍容华贵，知书达理，就连伤心时哭泣起来都用手绢遮住脸庞，举手投足有着书香门第的神韵。

李秋山先安抚方瑛几句，然后转身对我们说道："我们老两口就这么一个儿子，他聪明，但是任性，结婚又离婚，也没留下个一儿半女，就这么去了，只剩下我们老两口凑合着了……儿子没了这半年时间，我老伴都像没了魂似的，有时候我们都不相信儿子已经没了，甚至听到敲门声，都幻想着是儿子又回来了！你们先喝点水吧……"

李秋山老先生文质彬彬，知书识礼，难过之余还记得给我们让茶："唉，儿子跳楼之后，就你们同事来找我们问过情况了，他们也去儿子的公司问过情况，天林的同事都觉得不可思议，说天林去年才成为金牌基金经理，管理的资产要上三十亿了，工作顺利，也没有别的事情，怎么会想不开？

"我们当时知道儿子的事情，都蒙了，哪有心思想什么反常不反常，就没说出什么来。不过后来我整理儿子的遗物的时候，发现了一个U盘，U盘里的东西就是儿子跳楼前三个月的各种照片，还有些日记。我看了，觉得很奇怪，但是后来沉浸在悲痛中，就没有再和你们警方说过。"

"因为U盘里的东西，我们觉得可能和儿子跳楼有关系，但是也看不出什么证据来，我老伴觉得找警察也不一定有用，就没再说。"方瑛被楚楚擦干眼泪，插话道，"儿子没了之后，我这个当妈的心里怎么都放不下，心里也有怀疑，认为儿子没有自杀的动机和理由啊。我和天林爸爸都是大学教授，他爸教经济学，我教法律，天林从小耳濡目染的都是科学教育。可是他那个U盘里，记录的却是参加一个叫'灵修班'的课程！"

灵修班！这三个字如同天雷一样击到我们三个身上，我、秦剑、楚楚，都不由自主地停顿一下，面面相觑。

李秋山夫妇看出来我们的异状，几乎同时问道："警察同志，这个灵修班是不是有问题？"

秦剑只好想理由回答："我们接到群众举报，这个灵修班的学员都有些状况，所以就调查来了。李老先生，方阿姨，你们还是跟我们详细讲讲情况吧，另外，那个U盘能让我们备份一份吗？"

方瑛听罢，起身去找U盘："我去找U盘，让老李和你们说吧。"楚楚则直接跟过去复制资料。

李秋山道："我们之所以觉得奇怪，是因为天林在U盘里写过几篇文章，文章都说为了心灵的自由，为了获得意念力，所以要放弃亲人和钱财，甚至生命！我当时就觉得天林不是被邪教洗脑了吧！后来又在里面找到了一张电子汇款单，是分六笔一共转了一千二百万给了一个叫心之境的公司，我也是从那个汇款单里才知道原来天林这几年赚了那么多钱！"

见李秋山说起了灵修班的事情，秦剑给我使了个眼色，我问道："李老先生，那么天林出事前最后见到您，您有没有察觉到有什么反常？"

这时，楚楚和方瑛已经备份完，回到客厅，楚楚向我和秦剑晃了晃手里的U盘，告知我们她已经成功拷贝。

方瑛听到这个问题，回答我们道："老头子粗心，看不出反常来，天林出事前一周，跟我说，他要去找导师开顶，获得意念力！"

导师！开顶！意念力！这三个词简直是拨开云雾见天日的效果！

李秋山接话道："对，天林说完这个之后，也就三天，就出事了！对了，那个汇款时间是他出事前一天，我和老伴当时觉得奇怪，但是因为悲痛，也没往深处想，今天你们过来调查，我们捋捋思路，就更加感到这个灵修班和天林的死不无关系！"

说起李天林的死，方瑛又难过起来："警察同志，您要是查出问题，一定告

诉我们老两口一声，不知道儿子跳楼的真相，我们真是死不瞑目！"

我们看也问不出更多的情况，反而因为回顾李天林自杀一事，勾得李秋山夫妇老泪纵横，无法自已，就安抚几句，打算起身告辞。楚楚还陪着方瑛掉落眼泪，方瑛竟失声痛哭起来……

离开李家，我们三人默不作声良久，心里都开始明了，这个灵修班很有可能就是幕后黑手！

一方面，我们要继续核查情况；另一方面，就是于佳会不会也有危险？

按照李秋山夫妇的说法，李天明开顶之后三天就跳楼自杀，算算于佳开顶，今天已经是第二天了，想到这里，楚楚赶紧打电话给于佳婆婆李阿姨，告知李阿姨务必时刻监控于佳，免得发生惨剧！

李阿姨在电话那边，颤声询问发生什么事情了，怎么会这么严重？楚楚也不便详说，只是再三叮嘱。李阿姨听后越发恐慌，不过像士兵一样表态，保证完成保护儿媳的任务！

根据秦剑的名册，我们在一天之内，又调查了三个死者的家人，结果发现，死者都参加过灵修班，都开过顶，都转移过巨款，都死了，前后都是三天左右时间！

那么其余死者，就可以不用逐一调查了，就剩下唯一一个活着的受害人——贾兰——在精神病院。

秦剑问我，能否用心理学方法从精神病人那里获得有价值的东西？我说精神病人只是言行举止大异常人，但是仍然能表达自己的经历和情绪，不过需要我们解读而已，完全可以一试！

于是便定下下次行程——去精神病院探访贾兰。

奔波劳碌一天，已经晚上九点了。我们刚要散去，各回各家，好好休息，明日继续。这时，楚楚的电话响起，楚楚"嘘"了一声，是李阿姨。

我和秦剑不由得紧张起来，难道开顶之后，三天之内必死无疑？

"喂，李阿姨？发生什么事了吗？"楚楚话音未落，电话那边李阿姨焦虑的声音就已经传了过来："楚楚，你们快过来吧！于佳昨天晚上没回来，今天我问了两句，本来还以为没什么，结果现在爬到楼顶上去了！我和我儿子正拦着呢，你们快来吧！"

于佳也要跳楼？我和楚楚赶紧上车，秦剑立即启动汽车，一路车开得飞快，直奔石景山区。

一路上，我们三个心情都压抑得很，连话都说不出来，只是担忧于佳的命运，希望能赶得及！

到了于佳家的小区之后，我们飞似的跑了进去，发现一群人围着其中的一栋楼指指点点，还听到一个老大妈说，那不是李老太婆家儿媳妇么，怎么想不开要跳楼？另一个说，现在的年轻人，吵吵架都寻死觅活的，我听说，是因为李老太儿子出轨了！第三个接茬，原来是因为这个啊！

等我们跑到电梯，直奔顶层，楚楚则联系上李老太，李老太气喘吁吁地在电话里说，她儿子正死命抱着于佳，于佳不哭不闹，就是一心寻死，让我们赶紧上到房顶！

我们三个冲到房顶，看到母子两人正在拼命抓着于佳，于佳则两眼发直，面无表情，就是要走到楼顶边缘……

|第十七章| 催眠于佳

于佳两眼发直地一直向楼顶边缘走去，看起来如同梦游一样，眼神不动，身子僵直，而且怎么都不肯醒来，再加上楼顶灯光昏暗，看起来气氛诡异得如同中邪！

李老太着急道："两位同志，快想想办法，这该怎么弄啊！于佳好像根本听不到我们和她说话，就一门心思去跳楼！"

楚楚和秦剑都看向我，我只好说道："她现在应该是处于梦游状态，是被催眠引起的，梦游本来是不应该外力叫醒的，如果操作不当，容易失忆，但是现在情况紧急，只能尝试强行叫醒了！"

我把手上戴着的带有突刺的戒指摘下来，交给楚楚，让楚楚去刺于佳的指甲缝。

这个场景倒是让我想起僵尸鬼片了，人被鬼上身之后，要用筷子去夹中邪的人的手指头，因为人十指连心，手指头痛感最为敏锐，剧痛之下，人自身的意识力量就会暴增，可以把附身的鬼怪驱逐出去。

看来原理相通，我让楚楚用尖刺去刺于佳的指甲缝，那是个更为脆弱敏感、神经发达的部位，也是为了唤醒她的自身意识，好让催眠造成的梦游结束。

于佳老公和婆婆把于佳按住，秦剑抓住于佳的手，楚楚把尖刺刺了进去，还并未怎么用劲，就听到于佳尖叫一声，然后清醒过来。

于佳清醒过来，眼睛也开始有了神采，估计是需要缓缓，半晌没有说话。

李老太焦急道："这不是真的失忆了吧？佳佳，你倒是说句话啊！你要吓死我吗！"

于佳老公则对于佳说道："于佳于佳，你看看，你还认识我吗？"

我有点理解于佳为啥要找灵修班了，她这个老公，蠢得像猪一样……

这个时候于佳环视周围，开口说话了："老公、妈、楚楚，还有你男朋友。这是哪里？这不是楼顶吗！我怎么在这儿？我怎么想不起来了！"

还好还好，没有失忆，但是楚楚男朋友那个词一出，秦剑的脸明显抽动了一下，我小声和秦剑解释，上次去灵修班探秘的时候，楚楚和我假冒情侣。

李老太说道："孩子啊，刚才你死活要跳楼，要不是楚楚她们把你叫醒，我们都拦不住你！可要把妈吓死了，咱们先回家吧，别在楼顶杵着了，我现在看着楼顶心里都发怵！"

于佳老公也附和道："对，咱们先回家！那个……楚记者，今天谢谢你们三位了，我们就先回家了！"

我的天，这个人怎么情商低得和小朋友似的，还是李老太懂得人情世故："潘明，怎么说话呢，人家帮了这么大忙，还不把人家请到家里喝口水！要是过去，这都是救命之恩！"

潘明这才反应过来似的："对对对，我光想着时间太晚，要回去睡觉了，把这茬忘了！快到家里去喝口热水！"

我的天啊，心说这个潘明真是心大啊，难怪于佳会抑郁呢，自己媳妇都跳楼了，这货还想着睡觉呢！

到了他们家里，看着于佳情况还算稳定，我们就打算先离开，叮嘱李老太务必看好于佳，千万不要出问题了。

正在此时，于佳在房间里突然发出了一声尖叫，李老太吓得一哆嗦，朝着自己儿子大喊起来："潘明，于佳怎么了？"

潘明说："我也不知道啊，于佳看完自己手机之后就这样了，而且她还晕过去了。"

楚楚和李老太进了房间，过了一会儿，楚楚出来把我和秦剑也喊了进去。

于佳半躺在床上拿着手机给我们看两条短信："您的账户转出金额二百万，验证码832266。""您的转账已成功，转出金额二百万元整。"

于佳道："我还以为我的账户被盗了，结果刚才打电话给银行的时候，银行说是我本人在柜台办理的转账，可是我什么都想不起来了啊！我妈的拆迁款啊！"

李老太说："赶紧报警，你肯定是被人下药了！我就说，你要去那个什么灵修班肯定没好事！"

我和楚楚、秦剑对视一眼，心说总算抓到灵修班的狐狸尾巴了！但是看于佳的状态，也说不出来什么了。

这时秦剑拿出证件，说道："我就是警察，于佳女士，你能把整个事情的来龙去脉和我们说一遍吗，还是你需要休息下？另外你查过你转出的账号吗？是哪里？"

于佳道："刚才查了，一个叫什么心之境的公司，可是我从来不知道这个公司啊！绝没可能打过交道，怎么可能给它转账，可是我怎么就什么也想不起来了呢！"

心之境！天可怜见，要不是我们及时赶到，于佳也是一具尸体了！终于有个活着的证人，可以开启警方的调查程序了。

秦剑严肃道："这个心之境公司，我们目前掌握的情况是，一共有十六个人汇过款，这十六个人里，八个跳楼，六个撞车，一个疯了，还有一个杀了全家人之后自杀了。"

"啊！天啊！警察同志，您可得保护我们于佳！今天还真是幸亏你们赶到得及时，不然于佳也得……"李老太发出惊叫，潘明却没什么反应，这个人怎么木讷得跟块木头似的。

"所以，于佳女士，你看你今天的身体状况能不能和我说说情况，不能的话，我们就明天再过来。"秦剑说道。

"我能说，但是我想不起来了……我就记得我去昌平找灵修班导师开顶之后，这几天就都晕乎乎的，自己干了什么，也都不知道了，我使劲地想也想不起来……"

看来那次开顶，黑边白袍男对于佳做的催眠也抹除了指令和记忆，让于佳无法回忆出来。

秦剑又问："那个灵修班的情况呢？"

于佳道："我是因为潘明为人木讷，不知道疼人，所以心里憋屈。再加上我们两个一直想要孩子，但是一直没有怀上，心情烦躁，遇到了我的一个初中闺密，她给我推荐的灵修班，让我去听课。我去听了几次之后，感觉心里舒服多了，所以就跟着去了。警官，灵修班和我要跳楼和钱被盗有什么关系？"

"目前，所有给心之境公司转款的人都上过灵修班。"我解释道。

"难道……难道……真是灵修班的问题？不过那天开顶之后，我是觉得不对劲，但就是反应不过来，我这几天的感觉就和时刻在做梦似的，轻飘飘的，但是却什么都想不起来了！"

楚楚问我道："于佳现在的情况能催眠吗？你能不能通过催眠让她想起她被开顶之后的事情来？"

我还没有回答，秦剑对于佳说道："于佳女士，其实那天你在昌平别墅小区开顶，我们一直在跟踪你，我们这儿有位心理医生。"于佳"啊"了一声，表示惊诧，然后看了看我。

秦剑继续说道："这位是孟新建先生，孟先生认为你那天经历的所谓开顶，其实就是被催眠！"然后秦剑示意我，让我来详细解释。

我说道："对，凭我的专业知识判断，你就是被催眠了！所以无法想起自己这两天的所有行为、经历。现在有一个办法可以帮助你想起来，你想起来的东西也是我们需要的，能不能追回你被骗走的巨款，关键也在于此。因为其他受害人，非死即疯，现在只有你是活着而且正常的证人了！"

秦剑继续道："所以，第一，这些天务必减少出门，保证自己的安全；第二，配合催眠，让我们获得可靠的消息，好让我们更快破案。"

我和秦剑一唱一和之后，于佳、李老太都错愕当场。李老太最先反应过来："那就赶紧吧，警察同志，那就开始催眠吧！要是这样下去，我儿媳妇都快活不了了！警方能不能提供保护啊？你说他们会不会再过来害于佳啊？"

于佳说道："孟先生，我愿意配合催眠！您看都需要准备什么？"

我说道："我需要一个房间，然后其他人出去，我把你催眠之后，再让其他人进来。你只需要放松，然后配合我就好。"

李老太说就在于佳卧室就好了，问我大概多长时间，我说催眠过程需要十分钟到半个小时，如果半小时之后还不能催眠，那就说明今天不适合做催眠了；如果可以，那就等于佳进入催眠状态，你们再进来。

众人答应一声，就往外走去，我叮嘱于佳："你先放松，整理一下，准备好了，我再进来。你准备好了，就坐在你卧室里的沙发上即可。"

我也随着众人出了房间，然后打算采用最传统的催眠手法——就是用怀表、吊坠、链子在被催眠者面前做机械摆动催眠。但是我从没试验过，今天也只好死马当活马医了！

我让李老太给我找一根细绳子，把我的突刺戒指拴起来，先晃了几下看看效果。楚楚说，还真有催眠师的感觉。

这时，于佳的声音传来，她已经准备好了。

我进去之前瞥到潘明居然坐在一边玩起了手机游戏，游戏声音还没有关掉！我叮嘱大家，保持安静的氛围，然后我用微信通知大家进去。李老太闻听此言，一把把潘明的手机夺走，狠狠瞪了潘明一眼，但是未敢大声斥责。

我走进于佳卧室，看到于佳已经换好睡衣，坐在沙发上等我。她看起来有些紧张，刚才醒来自己居然要跳楼和发现自己的两百万被自己莫名转走的恐惧还没过去。

我拿出手机，找到《天籁之音》，调好音量，播放起来。这个曲子旋律和缓，而且采取大自然的声音，容易让人放松神经，解除紧张。

我拉过于佳卧室里梳妆台前的凳子，坐在于佳对面，拿起绳子拴着的突刺戒指，对于佳说道："于佳，你集中精神看着这枚戒指，什么都不要想，只需要看着它，然后听我引导你就可以了。"

于佳将将头发，深吸一口气，胸脯起伏一阵，然后明显用劲地盯着我手里的戒指。

我说："你不要用力，要放松，找个舒服的姿势坐在沙发上，然后什么都不要想，就看着我手里的这枚戒指就好。"

于佳喃喃道："最舒服的姿势？那我试试。"

然后于佳斜躺在沙发上，我坐直身体，举起手，让戒指和于佳的视线相平。我一边尽可能地机械规律地摆动绳子，让戒指摆动起来，一边对于佳说道："你什么都不要想，看着戒指，现在你在一片草原上，天蓝云白，草原里有一个湖泊，水很清澈。你看着水面，水面浮出你的倒影，你很漂亮，头上戴着花环。

"这个时候，清风吹来，你很舒适地躺在岸边的草地上。这个季节，草才刚刚长出，躺在上面舒服得很，你刚骑马运动，现在有些劳累，你需要休息，你需要休息，你需要……休……息……"

我尽可能用轻缓柔和的语气给于佳描述出一个舒适的环境，于佳看着戒指摆来摆去，眼神看似迷离起来。看来于佳对催眠的配合度还挺高，倒是省去我许多麻烦。

随着手里的戒指晃来晃去，于佳的眼皮慢慢地闭上就不再睁开，我持续晃动了几下，然后看到于佳的头靠到了沙发的靠背上，我用手探探于佳的呼吸，开始放缓，应该是进入睡眠了。

但是为了稳妥起见，我继续道："你很舒服地睡着了，然后你梦到了小时候去和妈妈逛商场，妈妈给你买了个糖葫芦，糖葫芦酸酸甜甜的，味道很好，你很喜欢吃，有一片糖掉到你的嘴唇上，你把它舔干净。"于佳伸出舌头，舔了舔嘴唇，还流露出意犹未尽的表情。

OK，于佳催眠成功，我赶紧发了个进来的消息在微信群里，然后开始进入正题："你吃完糖葫芦，正在回味，这个时候湖边走过来一个人，他的脚步声让你从梦里醒了过来。"

我正在切入正题，秦剑、楚楚等人轻手轻脚地走了进来，呈伞状不约而同地站到了我的身后。这个时候潘明捂住鼻子，似乎想打喷嚏，被李老太及时制止，并且把潘明赶了出去。

我继续用语言搭建于佳的催眠世界："这个男人穿着白色袍子，袍子上有黑边，脸被帽子遮住了，看不太清。"

于佳开始说话："亨利导师，您怎么来了？"

亨利！我、楚楚、秦剑、李老太，不由得大吃一惊，原来那天在昌平别墅里给于佳催眠的黑边白袍男子居然是个外国人，叫亨利。

我继续道："亨利导师走到了你旁边，坐到了你的对面。"

于佳又道："亨利导师，你交代给我的事情我都完成了！"

我决定冒险模仿亨利的声音，虽然我并没有听过亨利说话。那天跟踪于佳做头部开顶仪式，始终都没法听到里面的声音。我压低嗓音，用外国人不熟练地说中国话的腔调说道："玉佳（于佳），我交代给你的什么事情你完成了？"

听到我怪里怪气的语调，我看到楚楚紧捂着嘴，憋住笑，秦剑则张开嘴，避免自己笑出声音，李老太还好，毕竟刚才从心惊肉跳中恢复一些，笑点颇高。

这时于佳的眼皮跳了跳，我心说不对，这是潜意识防卫的征兆，肯定是我模仿得不对！

于佳开口说话："亨利导师，怎么你的普通话变得这么差了，而且嗓音变粗了？"

我赶紧转换成说标准普通话的模式，继续说道："我感冒了，喉咙哑了。"

于佳道："嗯，难怪刚才听您说话感觉怪怪的。你让我把钱转给那个账号啊，不是尚导师和我一起去的吗？"

尚导师、钱、账号，终于对上了！

这个时候楚楚拿出一根录音笔向我们晃了晃，示意于佳说出的所有内容都已经被她录音了，让我们放心。

我继续道："我让你转钱的那个户名是什么公司来着，你没有转错吧？我来找你就是特意来问问情况的。"

于佳道："就是转给叫心之境的公司了，您告诉我，她们一个月后就给我百分之十的利息，而且您还能给我再次开顶，下次开顶的境界就可以用意念力移动物体了！"

原来如此！难怪这么多人会转钱过去，而且催眠的时候没有受到潜意识抵抗，原来在催眠的时候就已经做了欺骗！

秦剑剑眉皱起，李老太错愕半晌，楚楚聚精会神，我继续问道："嗯，你做得很好，我一定给你二次开顶。"

于佳道："可是那天和尚导师一起去银行转款之后，我却怎么也想不起来我是怎么回家的，然后又做了什么了……"

看来，催眠转款是亨利的任务，然后催眠自杀则是更熟悉于佳的尚姓导师的任务。这个得找个女声来冒充尚姓导师，才能探出于佳被尚姓导师催眠的秘密！

我继续说道："好的，我先走了，你继续休息，你这几天很辛苦，一定要休息好！"然后我发出从沙发处走到门口的脚步声，又轻手轻脚回来，并且恢复了我的声音："亨利导师离开了，太阳晒在你身上暖洋洋的，你感觉到太阳的味道，闭上眼睛，拥抱着太阳的温暖。"

于佳闻听此言，做出了用鼻子嗅了嗅的动作，我则转过身去对楚楚悄声说道："你模仿尚姓导师的语气和声音，和她说，你和她转完款了，然后要送她回家。"楚楚点头，回了个OK的手势。

我继续道："这个时候远处有个人影走了过来，很慢，很稳，她也穿着白袍子，她是个女人，这个女人脸形长圆，眼睛狭长，鼻梁高起，嘴不大，薄嘴唇，细齿，颈子修长，身材适中，略微丰满，而且总是带着超然物外的表情。她慢慢地走到你旁边坐下。"

于佳说道："尚导师，您怎么也来这里了？"

我示意楚楚假装尚姓导师，楚楚果然应变能力很快："于佳学员，我来看看你的状态怎么样了？你把你的灵魂清空了吗？这么美的景色，正好适合我们修炼心灵！"楚楚模仿尚姓导师的声音居然惟妙惟肖，我忍不住给楚楚竖起了大拇指，楚楚则回复了我一个"那是，我是谁"的得意表情。

楚楚继续道："那天我陪你去银行转款之后，我就送你回家了啊。"

于佳道："对，我好像想起来一些了，还是尚导师您开的车，您车里有股香味，然后我好像就睡着了，并且梦到自己去跳水。您什么时候走的，我都想不起来了！"

跳水！难怪于佳梦游去跳楼呢！

楚楚继续道："我把你送到你家小区门口就离开了啊！你可能太累了，都想不起来了。"

于佳的眼皮又跳了起来："啊？不对啊，我好像梦到是老师您把我带到跳水高台，然后鼓励我勇敢跳水，并且和我说，跳水能够提高我的意念力的！"

原来如此，那么调出小区的监控录像应该能够看到尚姓导师的踪迹！

楚楚道："啊！那是我这两天太忙了，我忘记了。"

于佳道："嗯，我好像还记得……我走到高台之上，有两个保安拦着我不让我跳，他们说跳下去会死，因为下面没有水！"

原来李老太和潘明拦着于佳不让于佳跳楼，在于佳的意识里是这样的。

楚楚这个时候不知道该怎么接话了，向我眼神询问，我悄声说道："然后呢？"楚楚说道："那然后呢？"

于佳说："然后，又来了个女保安，用什么东西扎了我一下，然后我就醒了。我醒了之后，我发现我不是在跳水，而是在跳楼，我怎么是在跳楼！啊！我怎么在跳楼！"

于佳开始想起她是差点跳楼被救下来，在强大的恐惧支配下，眼皮跳动剧烈，呼吸开始急促，胸部猛然起伏，这是要醒来的征兆！

李老太看到后，赶紧走过去搂住于佳，就在这时，于佳猛地睁开眼睛："啊！吓死我了！"于佳醒了。

李老太搂住于佳，用手轻拍于佳后背："佳佳别怕，妈在这儿呢！"看来于佳老公潘明人情不通，但是婆婆李老太却通情达理，不然就凭潘明的那几个细节，估计于佳早就和潘明离婚了。

于佳缓了缓，把头埋到手里开始痛哭起来："原来他们骗我，原来他们骗我！不但骗我的钱，还要骗我跳楼！我要报警，我要报警！"

秦剑说道："于佳女士，我会及时向上面反映，然后对你反映的情况深入调查，但是这几天你务必注意安全，减少外出！"李老太和于佳表示重视。

我看看时间，已经凌晨两点，和楚楚交换个眼神，意思是我们先回去，也让于佳一家休息。

从于佳家出来之后，因为一天奔波，劳累不堪，在车上也无话交流。秦剑直接回公安局，要连夜加班，赶写材料，好第二天向他领导汇报情况。

我把楚楚送回家去，楚楚下车之前，对我似有话要说，但是欲言又止，只是说了句："师兄回去休息吧，明天有什么安排等我电话。"然后转身上楼。

我则快车赶回家去，到家连袜子都没有脱，躺到床上就沉沉睡去了。

睁眼起来，已然是下午三点，看看手机，没电了，也没充电，难怪手机没有响起。

我正头脑发蒙地寻找充电器充电，这个时候，敲门声突然响起……

|第十八章| 精神病院

敲门声很急促，我走过去，透过门镜向外看，原来是楚楚。

我打开门，楚楚一脸焦急："师兄，你手机怎么关机了？你昨天到家了也不和我说一声，我给你打了一上午电话了，都要担心死了！你一直都没回话，我就跑过来看情况了！"

看着楚楚关切之情溢于言表，我感觉我的内心深处的柔软被触动了一下。

我解释道："昨天晚上到家太晚了，估计你睡了，就没跟你联系……然后我躺床上就睡着了，手机没电了都不知道，我才起床，脸还没洗……"

楚楚道："师兄，你可一定不能出事，你是我在北京唯一的最亲的人了！"

楚楚眼中波光闪动，在我身上扫来扫去，让我心里痒痒地激荡了一下。不过，想起那么多事情，我只能装傻："我没洗脸，难道昨天吃的韭菜还在脸上吗？你这么看着我，我很心慌啊！"

"师兄你，讨厌鬼！"楚楚娇嗔道。

我只好转移话题，一边把楚楚迎进屋子，让楚楚坐下休息，一边继续把我的手机充电事项完成。考虑到手机需要充一会电才能开机，所以我跟楚楚说："你自己喝口水休息下吧，我先去洗个脸，就不招呼你了。"然后赶紧溜进洗手间排毒洗漱。

我出来的时候，楚楚正在摆弄手机，我把手机打开，这才发现，秦剑、楚楚已经讨论了一上午案情了，真是精力充沛。

秦剑：我和领导汇报了，领导说，让于佳报案，但是这是经济诈骗，案子转到经侦支队了，他们那边会跟进于佳。至于那个尚姓导师催眠于佳跳楼的事情，

没法找到证据，所以没法从这点切入案情，但是可以以涉嫌诈骗的名义让经侦支队先去抓人。

楚楚：太好了，不然我还担心他们催眠杀人不成，还要再来灭口呢，于佳就危险了！

秦剑：新建兄，咱们得再去趟精神病院，看看有没有什么收获，这样对定罪有很大帮助！

楚楚：我给他打了一上午电话，都关机了，不会出事吧……

秦剑：不会吧，一大男人，还能有人劫色不成……

楚楚：别开玩笑，我真有点担心！

秦剑：那我也打电话问问。

楚楚：好，我们报社领导说，再加上精神病院的内容，这个纪实文学就会更有看点了。

秦剑：这个"真心贱"，手机还是关机的，估计手机没电了，没准他还睡着呢。看来上午想去精神病院是不可能了，那我先电话询问一下其余受害人家属吧，下午联系上新建兄再做安排。

楚楚：好的，我一会儿也打电话给李阿姨，问问于佳那边的情况。

楚楚：于佳那边没什么问题，李阿姨说，于佳就是心疼钱，期望赶紧把钱追回来。

秦剑：钱估计也很快洗到海外去了，想追回来，难！

楚楚：也是……哎呀，都快中午了，怎么贱师兄还没动静！我要去他那狗窝里看看情况。

秦剑：别着急，要不我去？

楚楚：我打车去了，88！

秦剑：……

楚楚：秦剑，你说对了，他果然在睡大觉，而且手机没电了都不知道！

秦剑：我就说嘛，你非得不放心，你对新建兄很上心啊……

楚楚：当然上心啊，认识了八年的师兄了嘛！

秦剑：你说我怎么大学时候不开窍，不多勾搭勾搭小师妹呢！搞得现在光棍一个，工作了倒好，忙得相亲都没时间，更别说谈恋爱了……

楚楚：要不把我们报社新来的实习小姑娘介绍给你？1990年的，今年才二十三，那看起来，嫩得一掐一把水！

　　秦剑：可别，我hold不住！

　　我看到这两个"孤男寡女"还在互相调戏，就一边擦干头发一边加入他们的对话。

　　我（语音）：秦剑兄，难道你喜欢熟女？

　　秦剑：哎哟我去，你没死啊！楚楚还以为你被女流氓先奸后杀了呢，或者是先杀后奸……

　　我（语音）：秦警官，当着美女师妹的面，说话文明点吧！什么奸杀奸杀的，我就是睡过头了，真是不好意思……今天还赶得上去精神病院吗？

　　楚楚：师兄最坏了！秦剑骂得对，害我担心了好半天，午饭都没吃呢！

　　秦剑：可以，我联系了精神病院院长，院长说，我们可以在探视时间之外接触病人，毕竟是警察办案。

　　我：警察办事就是方便！

　　秦剑：你不是也可以，当初干吗辞职出来……

　　楚楚：我饿了，师兄，你听到没有！

　　我放下手机，投降道："听到了，听到了！咱俩说话就不用微信了吧……"

　　我：秦剑，我和楚楚吃过午饭接上你，然后咱们精神病院走起。

　　秦剑：好，楚楚师妹多吃点，替我也吃点，让小贱贱耽误事！你们直接来局里找我，我先把剩下的受害人捋一遍。

　　我、楚楚：OK！

　　放下手机，我说道："楚楚，咱们吃快一点，叫肯德基外卖吧，正好我手机还要充一会电。"

　　楚楚道："都可以啊。但是师兄，你以后一定要注意啊！你难道感受不到人家很在乎你吗？"

　　我赶紧打断："楚楚，还麻烦你叫下外卖，我先去把脏衣服扔到洗衣机里。"

　　楚楚说："外卖都懒得叫，师兄，你真是懒死了！不知道你自己过日子，怎么活下来的。"

　　楚楚电话叫快餐的时候，我正在把我的衬衫裤子一股脑儿团起来，要扔到洗衣机里，正好被楚楚看到，楚楚飞奔过来，一把把脏衣服夺下："哎呀，师兄，

衬衫不能和深颜色的裤子一起洗，会染色的！我帮你弄吧，真是的，衬衫领子是必须用手搓一下的！"楚楚不由分说，给我洗起了衬衫。

我只好讪讪地去把被子叠起来。其实平时，我是不叠被子的……

过不了一会儿，外卖送到，楚楚也洗完了我的衣服。我们吃罢午餐，开车出发。半路接上秦剑，向回龙观精神病院出发。

回龙观精神病院位于回龙观派出所对面，这个地址选得真是很棒。作为北京市一家三级甲等的精神病院，医疗力量、医院条件都很不错。

大概一个小时，我们到了精神病院，秦剑联系好之后，贾兰的主治医生出来接我们进去，简单地和我们介绍了贾兰的情况。

"贾兰，女，三十四岁，职业为北京市某商场物业公司会计。2013年3月10日，在王府井大街上第一次妄想症病发，认为起火，而且衣服烧着了，所以脱光衣服裸奔，被家人送到本院治疗。到医院经过一段时间治疗之后，效果不明显，病人拒绝交流，而且拒绝任何衣物，故一直在病房封闭治疗，每天由护士送饭，注射。"

我们听到拒绝衣物这个词，就开始发愁了，这么说，这个贾兰一直都是光着身子的状态，那我们怎么接触她问话呢……

这时大夫看出我们的疑虑，和我们说道："正面接触病人是不太方便，就是贾兰的家人来探视，也不方便，所以给贾兰病房里装了电话，你们可以和她电话询问。贾兰其实其他方面思维还算清晰，就是不能提起钱、火，还有衣服，一旦提到，她就会病情发作。"

我问道："医生您贵姓？贾兰病情发作的表现是什么？"

医生答道："免贵姓石，贾兰发作的时候就是用头撞墙，有自杀冲动，所以你们和贾兰通电话的时候，护士要在贾兰旁边。"

"好的，石医生。我们商量下怎么问贾兰问题，然后再给贾兰电话。"

石医生道："好的，你们商量好后告诉我，我告诉护士做好准备。我先出去，你们在这里商量就好。"石医生说完后就出去了，并且关好了门。

秦剑道："新建兄，肯定你来问，毕竟你是心理师。"

楚楚道："她拒绝衣物是因为什么呢？"

我："我暂时也没想明白这个原因，我们就算确定她是因为被催眠而发疯的，那么为什么她就没有自杀，而是街头发疯呢？而且发疯的表现为什么是裸奔？一般来说，喜欢裸奔的精神疾病患者都患有露阴癖，难道贾兰是因为本来就有这种疾病，然后在机缘巧合之下发作了？"

正在我们商量的时候，秦剑接了个电话，他看了看电话号码，把手放在唇边，对我们"嘘"了一下，站起来接电话。

我对楚楚偷笑着小声说道："这肯定是领导了，接电话的时候都不由自主地站立起来表示尊重。"楚楚点头道："就是就是，秦剑这么狗腿，肯定是当官的料！"

秦剑正在说电话，对我们眼神抗议，但也无可奈何："是，王局，我知道了，我来调查，有结果肯定马上向您汇报！嗯，好，王局再见！"

秦剑放下电话的时候，半晌没出声，我和楚楚都不好再做调笑。看着秦剑皱眉思索的样子，我刚准备拿出手机看看，不想打断秦剑的思路，却无意间看到了办公桌上玻璃下压的一张"2010届燕京大学心理学专业研究生班毕业合影"，照片上坐在前排的一个温文尔雅、踌躇满志的中年男子，正是文俊峰老师。

再仔细找找，这个石医生站在第二排中间，原来校友会都开到精神病院里了！

我刚把照片指给楚楚看，秦剑就开口说话了："刚才我们分管经侦支队的王局亲自给我打来电话，说案子复杂了，他说今天接到报案，就是贾兰工作过的那个物业公司，来报案称，贾兰在账目中做了手脚，转走了公司公款三百五十万元。我就说怎么联系贾兰家属，问家里有没有钱款损失的时候，她家属说没有呢，原来是贪污公款来着！"

我和楚楚都瞪大了眼睛："啊？"

楚楚说道："这都成啊，这个灵修班太可怕了吧！"

我说道："看来贾兰成为猎物，是因为她的会计身份。但是为什么她没死，而是疯了呢？还是先问问情况吧，不过我今天有其他发现。"

我指了指照片："你们看，这个石医生，也是咱们校友。而且他的老师，就是文俊峰老师，有这层关系在，他应该能给我们提供更多帮助吧。"

秦剑道："还真是，那新建兄打算以什么作为切入点？"

我说道："既然贾兰是贪污公款转账，那么就以她的工作作为切入点，但是尽可能不提钱的事情。"

秦剑道："那好，一会儿你来问，我们在旁边听着。"

楚楚道："我来录音整理。"

秦剑把石医生请进来，介绍了我们的校友关系，石医生很高兴，对待我们时表情上就多了亲切，少了戒备，公事公办的样子迅速被自己人的笑容代替了。

石医生对我道："我叫石磊，原来你就是孟新建啊！文老师经常提起你，他说要是你肯踏踏实实做学问的话，在心理学的造诣上前途广大，可惜你眷恋红尘，不肯收心到象牙塔里。"

我说道："石师兄，文老师过奖了，若论起专业来，肯定是您这种直接接触病人的工作更能加强实践，提高学术水平。我不过是半路出家，还瞎混了几年，都荒废了。这不今年才下定决心，从事自己喜欢的心理学工作，才考下心理学咨询证书来。"

石磊道："没得说没得说，你们有什么需要我帮忙就尽管开口，都是校友师兄弟，不必客气拘束！"

秦剑道："石师兄，您认为我们怎么向贾兰询问比较好，因为我刚收到消息，她还牵扯到了另一起案子里。"

石磊思考了一下道："这个贾兰，其实我觉得有点奇怪，说她有病吧，她其他测试又是正常的；说她没病吧，她发作起来，还真得使用镇静剂！所以，你们问的时候，得旁敲侧击，不过她挺疼她儿子的，说起她儿子来，她就掉眼泪。但是她儿子来看她，她又死活不见，看起来明白着呢。"

嗯？我和秦剑都在心里产生了狐疑，特别是知道贾兰贪污公款之后。我和秦剑对视一眼，秦剑对石磊说道："石师兄，您安排吧，我们先问问情况再说。"

石磊一边答应，一边拿起电话："刘护士吗，你去17号病房，贾兰那里，对，你和张护士一起去，你和贾兰说，公安局有人来探视她，要问她几个问题，用电话问。她要是发病，你们就控制住贾兰。安排好了给我把电话打回来。"

等待的过程中，我问了石磊，得知贾兰的儿子叫孙乐乐，老公叫孙连喜，都在回龙观生活，孙乐乐就在回龙观小学读书。

我想到了一个主意，可以试试……

过了两三分钟，石磊桌上的电话响起，石磊按开免提，我走过去："喂，贾兰你好！"

电话那边传来贾兰的声音："你是谁啊？找我什么事情？"

我说："我们是回龙观派出所，你儿子是不是叫孙乐乐？"

贾兰在电话那边明显愣了一下："是啊，你们怎么不找他爸爸？"

我说："孙乐乐和同学打架斗殴，把同学打伤，我们找不到家长，只能暂时留置孙乐乐，孙乐乐父亲是不是叫孙连喜？"

贾兰说："是啊，你们为什么没找他？"

我和楚楚、秦剑交换一个眼神，认为贾兰的反应思维极为清晰，和常人无异，石磊也表示，贾兰的确经常表现得和没有精神疾病一样。

我继续道："我们联系了孙连喜两天了，都没联系到他！"

贾兰说："啊！"

我们都听到了电话里焦急的声音。

我继续道："现在被打的学生家长不肯让步，要求我们必须将孙乐乐送到少管所去。"

贾兰在电话那边发出了抽泣的声音："我要见乐乐！"

我说："我们现在无权让你见他。来找你，主要是看你的精神状态能不能在文件上签字，必须有监护人签字才成！"

贾兰说："什么签字？"

我说："孙乐乐才十一岁，不够犯罪量刑的法定年龄，所以需要监护人赔偿之后，将孩子领回。需要你签字，我们才能解除对他的管制，带他去其他亲人那里。"

贾兰说："好，我签字！你们把文件给我送过来，我现在被关着，出不去！孙乐乐为什么和同学打架？能告诉我吗？"

我说："这个我们必须看到是你本人签字才成，所以得面签。孙乐乐是因为那个被打的孩子骂他妈妈是精神病，而且光着屁股满大街跑才打架的。"

贾兰在电话那边发出了抽泣的声音，很轻，但是我们听得很清晰。

我突然又想到一个主意，一边给秦剑使了个眼色，一边用手半捂住免提麦克风孔，说道："秦所，是有新的情况吗，还联系不上孙连喜？"

秦剑会意道："刚接到所里电话，说孙连喜出了车祸，正在医院抢救，昏迷不醒，难怪打他电话一直关机呢！"

我对秦剑道："那怎么办？贾兰在精神病院，孙连喜车祸昏迷，没有监护人签字，我们只能把孙乐乐送到少管所了！"

电话那边贾兰紧张的呼吸声我们都听到了，秦剑又继续加码："而且我来的

时候，分局的一个领导给我打了招呼，说孙乐乐年纪这么小，打人就这么狠，要我们在法律框架内，从重处理，加强管教！"

这个时候电话那边传来贾兰几乎歇斯底里的叫喊："我要出去！我要去看我老公！我要见乐乐！"

旁边的护士明显开始对贾兰实施了控制。

我给石磊写了个纸条，让他配合我们演戏，来逼迫贾兰说出真相。

石磊也是机智伶俐，再加上看我和秦剑表演了半天，接过电话说道："17房病人贾兰，你现在是重症监护治疗时期，不能出去！护士，控制住贾兰，如果她不配合，就给她注射镇静剂！"

楚楚对我们做了个"你们太坏了"的表情。

我看电话还没有断，就又加了一句："贾兰，鉴于你的精神状态，已经丧失了民事责任能力，无法履行监护人的责任义务，我和秦所只能先回去改办把孙乐乐送去少管所管教学习的报告，你好好在医院里配合治疗，我给石医生留下联系方式，等你情绪稳定了，我们带孙乐乐来探望你！秦所，咱们先回去吧，看来是白跑一趟了！"

然后故意没挂电话，秦剑也配合起来："好，小孟，咱们这就回去，石医生，谢谢您配合！唉，这一家人，也是可怜，孙乐乐又那么小，进了少管所，估计就完了！可是也没办法，谁让他们事儿都摊到一块儿了呢……"

石磊强忍住笑，也配合道："两位警察同志，请放心，我们会对贾兰加强治疗的！两位慢走。"

这个时候电话里贾兰崩溃的声音响了起来："秦所长，警察同志，您别走！石医生，我没疯，我发疯是装的！求求你们让我去见乐乐，去见我老公！"

我们互视一笑，但是不敢发出声音来，石磊看向我和秦剑，我一边接话一边给石磊写纸条："贾兰，你要知道，你说的话是要负责任的！而且你疯没疯，也得医生做诊断，要是你欺骗我们，我们可担不起这么大的关系，我俩身上的警服都得脱了！"

电话那边贾兰声音疲惫而崩溃："警察同志，我真没疯！您相信我，您让石医生让我见你们说清楚！"

石磊按照我写的字条说道："17号病人贾兰，你不要胡思乱想，好好配合治疗！所有到我们医院的病人都说自己没问题，但是你得明白，你要是精神没问题，怎么会在大街上裸奔，而且到医院里也拒绝穿衣服！你有没有问题，得我们鉴定，你都不配合鉴定，我们只能认为你精神有问题！"

电话那边的贾兰已经发出哭音："石医生，我有难言之隐，我是装疯的！我这就穿好衣服，您赶紧给我鉴定吧！我担心我的乐乐，担心我老公连喜！求求您帮帮我，我给您跪下了，给您磕头了！"

电话那边传来了贾兰下跪磕头的响声，随即传来了护士拉起贾兰的声音。

这个时候护士的声音传来："石医生，17号病人贾兰的情绪极其不稳定，要不要给她注射镇静剂？"

镇静剂三个字又引起了贾兰的挣扎："我没疯！我这就穿好衣服，见石医生和警察！护士，我没疯！"

另一个护士的嘟囔声也传了过来："到这儿来的都说自己没疯，你疯没疯得听大夫的！"

石磊看向我，我点点头，石磊说道："护士，不用给她注射镇静剂了，让她自己穿好衣服，然后再带她到探视室去。"

"好的，收到！"护士答应一声，电话挂断了。

我、秦剑这才长吁一口气，没想到，灵修班一案还能有一个活着的证人，尽管这个证人很可能要成为一名犯人，当然，她现在还被称作犯罪嫌疑人。

石磊对我说道："难怪文老师说你天赋过人，今天看来，还真是有一手！贾兰被送进医院之后，我们都怀疑她的精神病的真实性，但是她拒绝穿衣服，拒绝鉴定检查，而且极具攻击性，我们也只好把她隔离治疗，没想到你几句话就让她自己承认装疯了！"

我谦虚道："我们今天来也没想到这么多，我只是推测她可能装疯，所以用她最在乎的两个人冒险试探，没想到歪打正着。"

秦剑道："咱们赶紧去探视室吧，具体的案情还在保密之中，还请石磊师兄见谅！"

石磊道："嗯，你们的工作嘛，我理解！那好，我这就带你们过去。"

我们跟着石磊去往探视室，探视室在病房区内，从医生办公楼走过去还需要十几分钟。

路上楚楚一边说我和秦剑真是冷血，贾兰其实挺可怜的，她也是个受害人；一边和石磊叽叽喳喳地打探精神病院的趣事。

石磊在这个漂亮的小师妹面前，眼睛眯得更加难以寻找，而且似乎连秃了的顶都发出了光，和楚楚说得手舞足蹈的。

我们到了探视室，这是个大概只有十平方米的小房间，房间里有张大桌，大桌两边各有三把椅子，房间内安装了监控；房间无窗，应该是怕出现意外，桌子、椅子都是一体的，十分沉重，并不能移动；除此之外，别无他物。

秦剑还感慨，这个和审讯室倒是有几分相似。

我们正在观察探视室的情况，两名护士已经把贾兰带了进来。贾兰身上穿着病号服，头发散乱，眼窝深陷，看起来精神压力极大，憔悴不堪。

贾兰看到我们，就跪在地上，恳求我们带她去见老公和儿子。

秦剑出面对贾兰说道："贾兰，你要是没疯，就和我们好好说明情况，处理问题，你这样情绪激动，我们唯有把你当成病情发作，只能转身就走！"

要不怎么说人民警察就是政策水平高，几句话下去，贾兰立刻就被震住了，只好站了起来，痴呆呆地不知所措。

秦剑继续道："你先坐下，把你的情况好好跟我们说清楚！小楚，你负责记录。小孟，你和我一起询问。"

我和楚楚心中暗笑，心说秦剑这个秦所的角色进入还真是自然，这小子，还真是当官的料！大家面不改色，各自落座，秦剑坐中间，我坐左手边，楚楚坐右手边，石磊和护士则关门退出。

我本来还担心贾兰会不会有过激举动，我们反应不及，要是再生事端，秦剑就吃不了兜着走了！但是看秦剑没有阻拦，料想他心里有数，也就坐观事态发展。

贾兰坐在对面，面对三张严肃的面孔，压力陡增，哆哆嗦嗦地不知道该从何说起。

秦剑咳嗽一声问道："你先说说你为什么要装疯。"

贾兰平息了一会儿，才开口说道："秦所长？"秦剑点头。

贾兰继续道："秦所长，您一定得帮我，不然我就完了！我装疯，是因为害怕！"

秦剑打断贾兰，插话问道："害怕什么？你怎么完了？"

贾兰道："唉，还是从头说起吧……不过你们得相信我，我说的都是真的！"

秦剑回应道："你不要紧张，慢慢地仔细地说。但是我要提醒你，必须说真话，你今天说的一切，都是要负法律责任的！"

"法律责任"四字让贾兰哆嗦了一下。

贾兰道："这事都怪我鬼迷心窍，去听了什么灵修班！"

楚楚、秦剑和我互望一眼，眼神交流了一下。

贾兰道："我家里条件一般，我老公平时就是开黑车的，赚点辛苦钱，我在公司里打工，当出纳，一个月就赚三千块钱。但是我又爱和别人攀比，所以对老公和家里看不上眼，平时就烦躁不堪。现在想起来，虽然家里钱不多，但是生活得也挺有滋味儿的。

"大概三个月前，我的一个姐们儿跟我说，有个叫灵修班的，能够让人减压，还能给人开顶，开了顶后人的本事就大了，能用意念移动物体！我就跟着那姐们儿去了。

"去了之后，我觉得那边的老师说得句句在理，而且听了灵修班的课，的确感觉到精神上放松了，我老公看我不再整天绷着脸不高兴，也就乐得我去灵修班听课。

"大概听了一个月的课之后，灵修班导师和我说，我悟性好，资质高，让我去开顶，我本来最关心的就是开顶花不花钱，导师说不花钱，都是免费的。我本着'有便宜不占王八蛋'的想法就去了，免费的什么都是好的！然后……然后……"贾兰的情绪开始起伏，难道她知道自己被催眠了？

秦剑说道："然后怎么了？"

贾兰平缓了呼吸说道："我被他们开顶之后，那两天，昏昏沉沉的，都不知道自己干了什么，但是心里总觉得怪怪的……我只知道他们能一个月给我百分之十的利息，但是我又没钱，所以我就……我就……警察同志，我知道我错了！能不能算我自首？"

秦剑说："你先说明情况，我再看怎么帮你。"

贾兰继续道："我因为贪图那个利息，就把我们公司的公款三百五十万给灵修班给我的一个账户转了过去……我想的是，三百五十万，一个月，利息就是三十五万！一个月后，我把钱还回去，神不知鬼不觉。三十五万，够我们两口子赚好几年了！"贾兰说完这个情节，羞愧地低下头去。

秦剑说："那要看你能不能把钱还回去，案发前还回去了，可以从轻处罚或者免除处罚。"

贾兰眼圈一红，眼泪又流了下来："我是学会计的，这些法律知识是知道的，可是……唉！我都跟您说了吧，不然我早晚得真疯了！

"我那两天脑袋昏昏沉沉的，觉得不对劲，但是就是醒不过来的感觉！本来这些都想不起来的，但是那天转完钱后，是那个灵修班的导师把我送回公司，然后走到王府井的时候，我突然觉得我身上着火了，就害怕地赶紧走！

"但是走的路上，我觉得脚心被扎了一下，就摔倒在路边了。我感觉自己就像从梦里疼醒了似的，我醒过来一看，我已经冲到了机动车道上，一辆出租车在离我不到十厘米的地方刹车停下了！司机也吓得不轻，他看看我没事，骂我找死，就赶紧开车走了。

"这个时候我看到灵修班导师，看我的眼神特别吓人，然后就头也不回地走了。我当时心里就咯噔一下，难道是她给我下药做了手脚？我突然想起来我把公司公款挪用转走了，我赶紧跑去银行，果然银行说是我和一个女士一起转走了三百五十万！

"我吓坏了，问银行能不能追回来，银行说，已经到账，追不回来了，我当时就瘫了！心说那笔钱多半是被骗走了，找不回来了。

"我心里害怕，害怕东窗事发，因为挪用公款坐牢。另外，又害怕他们再来杀我，所以我就想到了装疯逃避，想也没想，就在大街上脱光衣服，裸奔之后，到了精神病院，我担心被检查出来我是装的，就拒绝穿上衣服，这样医生就没法给我检查了！就是这么回事……"

我心里沉了一下，心说，又和灵修班联系起来了！

秦剑问道："你还记得那笔钱转给谁了吗？"

贾兰回答道："记得，是一个叫心之境的公司！秦所长，您一定要帮我，我要先看看我儿子！"

秦剑让楚楚把记录的文字拿过来，递给贾兰签字。虽然不是正式讯问笔录，但是也算证人证言了。

然后秦剑让贾兰先等一下，出去请示领导去了。

过了大概十分钟后，秦剑进来，对贾兰说道："贾兰，你工作的公司已经报案，说你挪用公款，但是今天你自己主动和我们说起，并且案子本身可能还有隐情，所以这件事算你自首。

"一会儿石医生会给你开具你精神正常的证明，然后经侦支队的同志就会过来，需要带走你配合破案。你要积极配合警方，争取早日追回款项，以减轻你的罪责！"

贾兰的眼神黯淡下去："秦所长，我也是被骗的！求求你帮帮我，让我先见见我儿子乐乐！还有，那个需要监护人签字的文件呢？"

秦剑递给我一个眼神，示意我说明真相，毕竟不能再做推脱，我只好硬着头皮说道："贾兰，你儿子孙乐乐和你老公孙连喜都没有出事，是因为我们怀疑你装疯，所以故意那么说让你说出实情的，但是我们会想办法让你老公和儿子去探望你的。"

贾兰的情绪激动了一下，似乎想站起来，但是随即又无力地坐下，一副心灰意冷的样子，准备接受命运的安排和法律的制裁。

贾兰叹口气道："唉！还不如没踩到那颗钉子，被撞死呢！不过乐乐和连喜没事就好……唉，警察同志，我不怪你们骗我，这是我自己作的孽，早晚要自己来承担的！"贾兰说完，就闭上眼睛，不再开口说话。

我和秦剑楚楚，也都默默无语，也不知道该安慰贾兰还是该宣讲政策。

过了半个小时之后，秦剑的警察同事到来，还来了两个女警，把贾兰铐住带走了，一个看起来四十岁左右的警察向秦剑询问了情况，从秦剑的姿势和态度推断，这个人级别应该比秦剑要高得多。

这个警察中等身材，孔武有力，眼神中精光闪烁，远观都能感觉到他的气场，举手投足间，似乎谁都无法欺瞒于他。

片刻工夫，秦剑领着那个中年警察过来向我们介绍："孟新建，楚楚，这是我们经侦支队的队长钱进，钱队。钱队，这就是孟新建和楚楚，这几天一直是他们两个帮助我调查，没想到摸出了这个线索！"

钱队和我们先握了握手然后说道："孟先生，楚女士，谢谢你们的帮助！这个案子已经引起局领导的重视，涉及心之境公司和这些受害人的钱款问题的案子，就由我负责了，两位有什么情况可以随时和我联系，这是我的名片。"

我和楚楚连声客气，楚楚则表示她在报社工作，这也是为了拿到第一手材料。

钱队则警觉地说道："楚楚跟随办案，有没有得到宣传处的许可？"

楚楚说："宣传处的吴处长已经同意了，钱队要是不信，可以现在就电话询问。"

钱队哈哈一笑："秦剑带来的人，还有什么信不过的，都信得过！"然后转

向我，"对了，孟先生……"

我连忙谦虚道："您叫我小建、小孟都可以！"

钱队继续道："关于这个案子，涉及不少催眠范畴的问题，还有心理学的问题。心理学我是相信它是科学的，我在警校就辅修了犯罪心理学，也运用它去破案。

"你对这个案子比较熟悉，你看你在这个案子上能不能做我们的心理学方面的顾问？这样，一方面，你也有一项经济补贴，我听秦剑说，你刚辞职，还没工作；另一方面，你和秦剑一起调查，也有个身份。我们会给你一个有调查权的证件。"

我还没表态，秦剑就在我身后捅了我两下，那意思是让我赶紧同意。

我对钱队说道："这当然是我的荣幸，我非常乐意！我打算这件事过后，开一家心理咨询事务所，到时候还希望钱队赏脸来捧场！"

钱队大笑："你这种正经买卖，我当然乐意帮忙！那一定一定，你要是接触到经济案子的线索，也要及时和我通气！这是我的名片，你收好，你把你电话号码给我一下。"

原来还要培养我做线人，难怪刚见面就给了我这么大一个见面礼！

我和钱队交换了联系方式。这时，一个年轻警察拿着一个文件袋进来，说道："钱队，精神正常证明已经拿到。"

钱队手一挥，道："好，咱们回局里，先把贾兰的案子敲实！"然后转身对我们说："我就先去工作了，你们也好好休息休息，有情况及时和我沟通！小秦，你想不想来经侦支队工作，我给你做做局长的工作，把你调过来！"

秦剑正色道："我听从组织安排！"

钱队大笑起来："你啊，就是想进刑警队！成，那我先走了，你想来我这，就直接找我。"说完之后，挥手作别。

我们三人看时间已到晚上七点，事情又进展顺利，我还有了额外收获，就打算去吃顿好的庆祝一下。

楚楚说："于佳他们小区那边有个灶台鱼很是有名，我们要不去那边吃灶台鱼吧，顺便看看于佳的情况。"我和秦剑齐声附和。

不过他们看我有额外收入，就让我请客，真是不厚道啊！老子的油钱还没人报销呢……

|第十九章| 街头追斩

我们到了于佳家小区附近，找到那个灶台鱼餐馆，停好车，走进饭店大堂，就闻到了杂鱼炖五花肉的鲜香。楚楚看来对这个餐馆很是熟悉，径直找到大堂经理，把我们带到了一个小型的包间之中。

所谓包间，也就是隔出来的一个小房间，座位都是砖砌出来的地台，围着中间一个大大的灶台一圈，灶台中心是一口大锅，灶台里面是煤气罐。

服务小姐过来，拿着菜谱让我们点菜，我们自然让楚楚先点。

楚楚也不客气，直接点了杂鱼拼盘，又点了鲇鱼作为主菜，配菜则是五花肉、羊肉片、牛骨髓，以及若干时令蔬菜，最后点了杂粮饼作为主食。这家饭店消费一定金额之后，还赠送酸梅汤和四样小菜。

时间不长，小菜饮料先送了上来，我们先喝了点东西缓解下疲惫。待到各种炖锅材料送上，服务员有条不紊地倒到锅里，并且放了个小闹表在一旁。

随着锅里加热的咕嘟声响起，鱼肉混杂炖在一起的香味逐渐地飘散出来，勾得我们三个胃液分泌，口水直流，忍不住食指大动。我和秦剑对楚楚推荐的这家餐馆都竖起了大拇指表示满意。

小闹表"丁零"声响起，服务员帮我们将那个大木头锅盖撤去，帮我们每人都盛了一碗鱼肉。鱼肉、五花肉混杂一起，肉不腻，鱼不腥，再加上牛骨髓散落其中，看起来滑而不腻，香气袭人。

咽了几口口水之后，我们三人大快朵颐起来。

此时此刻，除了随意聊天之外，就是满足口腹之欲，饭间碰了几杯饮料以庆祝我们这两天突破性的进展，三人都吃得不亦乐乎。

也难怪，我们每个人都是单身，平时吃饭都是凑合一下，吃得最多的就是各路快餐外卖，营养未必说得上均衡。灶台鱼这种吃法，要是我辞职以前，看起来都会腻得没了食欲。但是辞职半年以来，整日三餐勉强，今日吃起来，真是身心俱爽！

待得锅里的食物吃得差不多了，杂粮饼送来，闷到锅里重新烤制。杂粮饼吸收了鱼肉滋味，又经过热锅烫烤，吃到嘴里真是香脆有味。

一顿饭吃了大概一个小时，看看时间，已然八点多了，我们三人吃得很尽兴，我买单之后，发现真是实惠不贵，难怪进到大堂的时候看到不少食客排队。

出了饭店，楚楚说要给李老太电话问问有没有异常情况。我则问起秦剑，有没有对灵修班的两处据点布控监视。

秦剑答道："这些事情是经侦支队的工作安排，不过按照王局的工作风格，从立案开始，就一定已经安排监视布控了！"

我这才放下心来，煮熟的鸭子可千万不要飞了！

楚楚已经打通李老太的电话，只听到楚楚没说几句，就发出欢快的声音："啊！你们正要出门啊，那太好了，我们就在附近！好啊，好啊，一会儿碰个面！"

我和秦剑都用眼神询问楚楚，楚楚挂掉电话之后，和我们说道："李阿姨说，她怕于佳在家里闷得慌，白天又担心有人盯着，所以晚上带于佳出来散散步，正要出门呢，我说我们正好在附近刚吃完晚饭，那就一会儿碰一面！"

我和秦剑点头称是，由于刚才吃得太饱，也不想就这样开车回家养膘，正好走走消化一下。

三人说说笑笑，很快走到了于佳小区对面的商场广场，耳边立刻响起了神曲的旋律："苍茫的天涯是我的爱……"

大概有二十人的大妈们整齐划一地跳着广场舞，广场周边有若干青年男女散步亲热……

广场内有个小型布景，布景是一组雕塑，全是兔子，其中一个是老师的样子，戴着眼镜，西装革履，拿着教案和教鞭，然后下面四只小兔子，分别拿着书本，整体效果看起来甚是活泼可爱。

眼看就要走到于佳小区门口，还没有看到于佳婆媳的身影，楚楚就准备打电话询问一下。

正在此时，秦剑眼尖，看到了于佳婆媳的身影刚走出小区门口，与跳广场舞的大妈们一路之隔。

楚楚刚要挥手示意我们的位置，我却看到路边的一辆车上走下来三个男子，我看着其中一个男人有点眼熟……仔细想想，发现是在灵修班遇到过的陈明！

我拉住秦剑，指向那边陈明等人，秦剑看到后，和我一样都觉得不太对劲，我们就开始走向于佳婆媳。

我们三个人、于佳婆媳、陈明等人的位置刚好是三个角的方向，距离差不多是一百米左右。

就在我们向前走去的时候，陈明等三人已经从怀里拿出长刀，跑了起来，向于佳婆媳冲去！

秦剑反应飞快，拔腿就跑了过去，边跑边喊道："孟新建，你和楚楚躲远点，别靠近！赶快打电话报警！"

楚楚也看到了陈明他们，对于佳婆媳高声喊道："李阿姨！于佳！有危险，快跑！"

李阿姨年轻时候肯定是干过民兵的，反应相当快，拉起有点吓傻的于佳的手就朝着我们跑了过来。

广场舞大妈舞蹈方队中，有人看到了持刀凶徒，尖叫声响起之后，就开始如同没头苍蝇般，四散奔逃。

陈明等人看到于佳婆媳跑向我们，立刻转向，对于佳婆媳追斩起来。

秦剑和于佳婆媳跑到了对面，秦剑到达的时候，陈明一伙中一个个子高大的男子已经一刀砍到了于佳后背，我们听到了衣服碎裂的声音，于佳"啊"的一声，摔倒在地。

这个人身材高大，挥刀有力，第二刀正要再次砍下。要是这刀砍到于佳，后果不堪设想！

秦剑刚好赶到，一脚踢开砍刀。这个时候，陈明和另外一个较胖的男子也赶到了于佳婆媳旁边，而我和楚楚也跑了过去。

于佳在混乱之中，被李老太半拖半拉，跑到我和楚楚这边。我们现在所在的位置，就在商场广场边缘。

陈明等人并不说话，挥刀就砍，高大男人奋力砍向秦剑。秦剑躲开。这个高大男子挥刀连续追斩秦剑，陈明和另外的矮胖男子则冲过来继续追砍于佳。

我四处打量，发现路边有一小花坛，正在施工，红砖堆在一边，正好用作武器，赶紧招呼楚楚、李老太和于佳跑过来，于佳胆小，只敢躲在我们身后。李老太则非常彪悍，捡起两块砖头就朝追砍过来的陈明二人砸了过去……

我一看旁边还有铁锹没有收走，一把抄了起来，对着陈明二人胡乱挥舞起来，避免他们冲过来伤人。

果然一寸长，一寸强！长砍刀和挥舞的铁锹较量起来，立刻就气势变弱，再加上李老太不时地捡起砖头作为暗器偷袭二人，我们被追斩的局面一时就僵持起来。

那边秦剑已经一个掌刀将高大男子打倒在地，捡起对方的长刀赶了过来。

这个时候，我们也听到了警笛响起，看来围观群众已经有人报警，附近的警察应该就要过来了。但是听到警笛响起，陈明二人居然还不逃跑，而是几乎拼命冲来！

我冷眼观看，陈明他们两个人两眼发直，形同疯狂，心说莫不是被催眠了吧？不然他们与于佳无怨无仇，干吗要追砍于佳，而且还这么拼命……

秦剑加入战团之后，形势立刻逆转。不出两下，矮胖男人就被打倒，刀掉落在地上。

李老太立刻冲过去，一下坐到这个矮胖子身上，抡圆巴掌，用力抽起了他的耳光，耳听噼啪作响，不一会儿，矮胖男人就已经不再反抗，居然被李老太扇晕了过去。

与此同时，和我的铁锹对打的陈明受到了我和秦剑的夹击，左右格挡，秦剑瞅到一个空当，一脚把陈明踢翻在地。

那一下鞭腿真帅！直接踢到了陈明的胸口上，都把陈明踹飞了两米以外。陈明倒地之后，揉着胸口，挣扎半天就是爬不起来。

楚楚拉着于佳，躲在后面害怕地喘着气，秦剑和我则赶紧把长刀踢到一边，陈明三人躺在地上爬不起来。

这个时候我们终于看到几名警察跑了过来，我正要和秦剑说那辆车，结果发现陈明他们的车已经不知什么时候开走了。

为首的那名警察似乎认识秦剑："秦剑？"秦剑认出来人："周所，您亲自带队过来了！"

周所道："我接到报警，说有人当街砍人，就赶过来了，怎么秦剑你在这儿？你是见义勇为呢，还是被仇家追砍呢啊？"

秦剑指了指于佳道："周所，这几个人的目标应该是她，她是一起案子里活着的人证。还好今天我们在这边吃饭，正好赶上，否则后果不堪设想。"

周所道："活着的证人，那就是还有死了的证人啊……都杀人灭口了，那肯定是个大案子了！我们先把人铐起来，等着刑警队来吧。你联系你们沈队了没？"

秦剑道："刚把他们几个制伏，还没来得及，我这就联系。"

说话间，其余的警察已经把陈明三人铐住押走，陈明三人仍然反抗不止，在被押走的过程中被警察狠狠地抽了几下警棍，这才停止挣扎。

其余警察同时对现场照相摄影，留作证据，地上的长刀也被收拾起来作为物证带走了。

周所和秦剑的关系看起来很是一般，甚至还不太友好，寒暄几句之后就带队带人离开。

秦剑给周所所说的沈队打了电话之后，眉头紧锁，看出我和楚楚的疑问，就和我们解释了一下："我刚到派出所实习的时候，就是在周所这个派出所，他有个亲戚家的小孩，在街头混，砍伤了人。周所给我打招呼，让我想办法让那小孩脱身，我没照办，从此就有了嫌隙。后来我被刑警队借调走，周所对我的态度才有所缓和。"

于佳和李老太走了过来，于佳说："陈明他们三个怎么会来杀我，真是吓死我了！"

秦剑问道："你认识他们？怎么知道其中有人叫陈明？"

于佳回答道："那个和孟先生一直对打的就是陈明，被我婆婆扇晕的矮胖子我也认识，叫展卫，那个高个子没见过，陈明和展卫都是灵修班和我一起上课的同学。"

我说道："我和楚楚上次探秘灵修班的时候，见过陈明，对那个展卫没什么印象。我看他们三个眼神发直，持刀行凶的时候状若疯狂，毫无顾忌，很可能也是被催眠了。"

李老太插嘴说道："这个灵修班真是太吓人了，还能催眠人拿刀砍人！还好又遇到你们三个了，不然我和我家小佳今天就得交代在这儿了！你们三个真是我们的贵人，这都救了我们两次了，真是太感谢了！"

我对李老太说道："李阿姨，您刚才的身手也很敏捷啊，扔板砖那几下真是

太帅了！"

李老太面露喜色，对我们说道："我年轻的时候可是女民兵班长，几个小伙子都打不过我的！就这几个小崽子，要不是他们拿着刀，我几下就把他们放倒了！"

我、秦剑和楚楚不由莞尔，于佳也放松了些，跟着笑了起来，看来于佳从刚才被吓得要死的阴影中出来了一点。

这时，秦剑电话响起，秦剑恭敬的神情又在脸上出现了。我估计不是王局就是沈队，要么就是钱队。

果然，秦剑接电话道："王局您好，是的，有个女证人被袭击了，而且袭击女证人的犯罪嫌疑人也是灵修班的学员。对，我那个心理师朋友怀疑袭击者也是被催眠的。嗯，我已经和沈队汇报过了！好的，我知道了！王局再见！"

秦剑挂掉电话之后，又立刻拨打起电话："沈队，您好，我是小秦。对，那个女证人和我在一块呢。对，遇袭的时候我的朋友都在。好的，我们一起过去。"

秦剑挂完电话，和我们说道："这个案子已经上了局党委办公会，局里决定，让刑警支队和经侦支队共同介入，并且开始收网抓人。"

我和楚楚觉得真是大快人心！李老太和于佳也松了口气，毕竟被人谋财之后，又接连被人害命的感觉真是太可怕了。

秦剑继续说道："今天晚上大伙得跟我去一趟刑警队，沈队说，要先把持刀杀人的案子查清楚，坐实罪证，才能方便定罪，他们那边也在抓人。咱们几个都要过去，作为这个案子的证人，需要录个口供。而且孟新建，你小子运气来了，沈队和王局都想见见你了！"

我哈哈一笑："我这么机智聪明，专业能干，引人注意还不正常！"

秦剑打了我一拳，笑道："说你胖你还喘上了，难怪你小子大学的时候那么狂呢，果然是有几把刷子！不过，我喜欢你这样的，我喜欢有本事的人！"

我嘿嘿一笑："我也是一般人看不上眼，刚开始认识你，还以为你就是一欺负老百姓的小民警呢。但是刚才看到你几下鞭腿，就把那陈明展卫打倒了，这几下，还真是厉害！我肯定做不到……"

楚楚凑过来打趣道："你看吧，你俩'双贱合璧'，就发挥出力量来了吧！不过要是没有本公主的话，这案子能这么快就有突破吗？前天咱们还一筹莫展呢！"

我们三人哈哈大笑起来，又逗趣地做出了"哦耶"的手势，然后共同说道："楚国双贱，所向无敌！"

李老太在一边本来还在安抚于佳的紧张情绪，看到我们的表现，也不由得笑出声来，于佳也跟着笑了起来。

笑罢，我们刚好一车五个人，驾车前往刑警队。

|第二十章| 公安局内

北京市某区公安分局，硕大的警徽在办公大楼上肃穆地闪着冷光，在夜色中显得尤为庄重。

虽然辞职前我也来过这个地方，但是如今身份变了，再来的心情也就不同了。

我们跟着秦剑进了办公大楼，进了公安分局的小会议室，秦剑招呼我们坐下，就出去了。

不到五分钟时间，秦剑领着一个警察走了进来。

这个警察身着便衣，看起来四十岁左右，身材高大，略瘦，但是从衣服里隐隐浮起的肌肉可以看出，此人攻击能力极高，爆发力很强，长着一双狭长的眼睛，表情严肃，看人的时候，是打量的眼神，而且眼神中精光闪烁，能一眼把人看穿的样子。这个人想必是秦剑嘴里的沈队。

果然，秦剑开始介绍："新建、楚楚，我来介绍一下，这是我们刑警支队沈度队长。"

然后秦剑开始介绍我们："这个是都市报报社的楚楚记者，还有这个就是我说起过的孟新建心理师。他原来也在机关工作，只是因为酷爱心理学，半年前辞职的。"然后秦剑又指了指于佳婆媳："她俩就是这个案子的证人。"

沈度点头示意，与我和楚楚都握了握手，然后说道："现在时间紧张，咱们还是先公事公办，把笔录做了，然后我再和你们交代情况。对了，孟新建，王局已经批下来聘任你做我们的心理学顾问了，一会儿还有事找你帮忙。我先带证人去做笔录，秦剑，你和孟新建、楚楚稍微休息一下。"

沈度说完，就带着于佳婆媳出了会议室。

过了一会儿，一个警察带着于佳婆媳回到了会议室，对我们说道："秦剑，沈队让你们三个去笔录室，我送于佳他们回去了。"秦剑说："小郝，你去吧，路上注意安全。"

　　秦剑领着我和楚楚走到笔录室，我们三人进去之后，发现沈度和另一个警察在里面，沈度说道："小秦、孟顾问、楚楚，咱们先把公事办了，你们三个分别把今天晚上街头砍人的案子中你们所看到的、知道的、做的事情都详细说一遍。"

　　我、秦剑和楚楚分别把今天晚上发生的事情说了一遍。

　　然后那个负责笔录的警察把笔录记录拿给我们，看看有没有错误遗漏，我和秦剑翻看之后，签字确认。

　　我把我手机里拍下的陈明他们的车的照片给沈队看了下，发现还能看到车牌号码，是一辆帕萨特，车牌号是京MV20××。

　　沈队让旁边那个警察记录之后，去查这辆车的车主信息。

　　忙完这些，沈度对我们说道："秦剑、楚楚、小孟顾问，大家都信得过，有个情况我得给你们说说。今天我们去抓人，秦剑提供的那两个地址，都已经人去楼空，我们扑空了。看来这伙人比我们想象的要狡猾！不过从他们的两个据点的搜查情况来看，他们走得也很仓促，不少东西没收拾。"

　　我和秦剑楚楚互望一眼，一时也不知该说什么为好。

　　沈队继续说道："第二，那三个街头砍人的犯罪嫌疑人，确为灵修班学员，我们在在现场搜到的学员名册里找到了这几个人的资料。但他们到现在为止，一句话不说，而且两眼发直。孟顾问如果认为他们是被催眠了才这样，今晚还得辛苦你，看看能否唤醒他们。"

　　我说好，咱们什么时候去看看。

　　沈队说："那咱们现在就过去，楚楚记者，你是先回去，还是和我们一起去看看陈明、展卫和方大勇他们，你自己决定。毕竟这件案子，发展到今天这个程度，估计今天晚上咱们都不用睡觉了。"

　　楚楚表示肯定对案子一跟到底，不会自己回去的！

　　沈度道："你这个丫头还真有玩命工作的劲头，我猜你也要一跟到底的，毕竟你是拿着尚方宝剑来采访的！"

　　我对沈度说道："沈队，您还是直接叫我孟新建或者小孟吧。顾问这个称

呼，我可当不起！"

沈度一笑："你和秦剑年龄相仿，比我小上几岁，就叫你新建好了。我也听秦剑提起几次，说在这个案子上你小试身手，还真给秦剑帮助不小！这个案子结了，秦剑可得请你吃饭！"

我道："我也是误打误撞，赶上了！陈明、展卫他们当中，我见过陈明，而且听过他在灵修班的发言，有一定的感性接触，我打算从他开始，尝试解除催眠。但是解除催眠，可能他们醒来，就什么都不记得了！"

沈度道："我听秦剑说过，你对于佳是再次催眠，才探出灵修班对她催眠之后的事情的，你可不可以对陈明他们如法炮制，把我们想要的线索挖出来？"

我说道："于佳那次催眠其实是我第一次催眠，还算顺利，陈明等人，我一定尽力而为！"

说话间，我们已经到了审讯室，陈明坐在审讯的椅上，双眼发直，不论审讯的警察如何提问，都一言不发。

沈度的电话突然响起，出去接电话，并未来得及把我介绍给两名审讯警察，他们看我们三个被沈度带进审讯室，开始打量我们。

秦剑道："其实这个是咱们局新聘的心理顾问，孟新建，会催眠的那个；这个是都市报记者楚楚。"

然后秦剑给我们介绍道："这个叫李风，那个叫崔鹏，他们哥俩都是跟着沈队的。"

这个时候李风说道："孟顾问，那麻烦您去看一眼，这个陈明是不是被催眠了？我们哥俩看他们仨跟中邪似的，我俩问了快俩小时了，这仨都是两眼发直，一言不发，我们啥都没问出来！"

李风话音未落，沈度走了进来，把我们叫出审讯室。

沈度环顾我们三人一眼，说道："事情麻烦了，这个陈明是某大型城建公司的财务经理。刚才陈明家属已经到了分局，我得去和王局做解释协调工作。新建，你看，今天晚上你能不能运用心理学的知识技术，把陈明的东西先挖出来！我估计我们留置陈明，不会太久……"

|第二十一章| 唤醒陈明

我、秦剑、楚楚都黯然无语，我们毕竟不再是刚出校门的小愤青，都已在彼此的工作岗位上工作数年，深知社会氛围如何。

人情关系网络枝蔓联结，一旦发动起来，工作就要灵活处理，不能完全铁面，否则的话就会给自己造成阻力，甚至影响前程。

所以，我们对沈度的话都表示理解。

沈度看到我们理解，释怀一些，不过依然望着我，等我回话。

我回答道："沈队，您先忙您的吧！陈明就交给我们三个，我大概有了思路，但是时间紧迫，来不及跟您详细说明了，我就权且试试，实在不成，就请我老师文俊峰教授帮忙，探取剩下的展卫两人的线索！"

沈队点头称是，表示会给刑警队其他同志打招呼，让他们给我们提供便利，然后就去找王铁局长协调陈明家属去了。

秦剑、楚楚则望着我，等着我说出方案。

我踱了几步，对秦剑、楚楚说道："如果陈明等人是被催眠的话，我们还是先试试用痛感把他们唤醒；如果没有效果的话，我就得问问文老师了！"

秦剑说道："审问室里有监控摄像头，我们刺痛陈明的话，容易被人误认为我们刑讯犯人，所以要给他们换个地方，我先进去和李风他们打个招呼。"

我和楚楚点头同意，秦剑走进了审问室，不大一会儿，李风、秦剑等把陈明带到了一间杂物室，我和楚楚也跟着走了进去。

陈明如同梦游一般，任我们摆布，李风、秦剑把陈明铐到暖气管道上，我摘下戒指，刺向陈明的指甲缝。

陈明感到疼痛，手指试图躲避，但是仍未清醒；我又试了几次，发现都没有效果，秦剑、楚楚也开始焦虑起来，李风、崔鹏则对我浮现出了怀疑的神色。

我见没有效果，只好拿出电话，给文老师打电话请教了。

不一会儿，文俊峰老师的电话拨通了，文老师并未和我寒暄，直接问我是不是遇到麻烦，需要帮助。

我简略介绍了来龙去脉，然后直陈麻烦所在，我说："陈明他们三人还处在催眠状态之中，而且疼痛感无法唤醒他们。"

文老师沉吟片刻，对我说道："疼痛感无法唤醒，说明他们被催眠的时候，同时做了意识屏障，他们没有反应的时候，意识已经自动屏蔽了他们对外界的反应。

"只有找到能让他们反应的触发点，让他们再次执行催眠者给他们植入的指令，然后再做唤醒处理，才有作用。

"你刚才说他们在街头持刀攻击他们灵修班的同学于佳，很有可能于佳这个名字或者于佳本人就是他们的触发点，你先去试一下，如果还没有效果，我就得亲自去一趟了，而且还得准备一些药物。

"你先去试验一下，及时和我沟通情况！"我连声答应，挂掉电话，和秦剑、楚楚沟通了文老师提供的办法。

秦剑先是在陈明耳边大喊"于佳"，陈明没有反应；楚楚则尝试模仿于佳的声音喊道"陈明，我是于佳"，还是没有反应。

我微信给文老师，文老师回复说："试试于佳本人，看能不能触发。"

秦剑赶紧给送于佳回去的小郝打电话，询问位置，让小郝把于佳婆媳再带回来。还好小郝说，他们才走到半路，这就折返回去。

大概半个小时之后，小郝带着于佳婆媳走进了杂物室。

于佳刚在杂物室露面，陈明的眼睛立刻就发出了光芒，开始试图猛扑过来，虽然双手都被铐在暖气管道上，无法挣脱，但是力气却大得惊人，把手铐拉扯得哗啦哗啦地响了起来！

楚楚看到，吓得尖叫起来，赶紧躲到了秦剑身后！李风等人则冲过去，紧紧地拉住陈明。

这个时候，我让李风、崔鹏把陈明紧紧地压住，然后拿起我的突刺戒指，朝陈明的指甲缝刺了过去。

这回果然有效果，陈明"啊"地惨叫一声，眼睛紧闭一下，我松开手，陈明再次睁开眼睛，眼神已经不再发直，而是开始有了灵动。

陈明打量周边，看到自己被铐住了，旁边还有若干警察，抗议起来："这是怎么回事，你们铐着我干吗！这是哪里？"

陈明看到了于佳，对于佳喊道："于佳，你怎么也在这！这是哪里？"

于佳看陈明不再发狂地攻击她了，而且还能和她打招呼，战战兢兢地从秦剑身后走了出来，对陈明说道："陈明，你今天拿着刀砍我来着，你还记得吗？"

陈明做出疑惑的表情道："什么，我用刀砍你？怎么可能！我今天不是……今天不是……我怎么想不起来今天的事了！"

于佳说："陈明，你是不是也被开顶来着？你也被催眠了，醒了之后就什么都不记得了！就在这个房间，刚才你被铐着的时候还试图攻击我来着！"

陈明说："啊？啊……疼死我了！"陈明这才发现自己被手铐铐着的手腕，已经脱皮出血了，陈明抗议道："你们这是对我用刑！你们知道我是谁吗？"

这个时候，楚楚拿出手机，给陈明看去，也不知道楚楚什么时候用手机录下了陈明刚才拼命攻击于佳的视频。

陈明看罢，低下头去，又抬起头问道："难道我真的用刀追砍于佳来着？我和于佳无怨无仇，怎么可能会砍她呢？"

秦剑看陈明已经不具有攻击性，就让李风、崔鹏把陈明从暖气管道上解了下来，但是因为陈明是持械伤人案的犯罪嫌疑人，所以还是继续铐上手铐带到了审讯室。

秦剑和我们分工，我和楚楚带着于佳分别去唤醒展卫和方大勇，秦剑则回审问室继续去询问陈明。

我和楚楚带着于佳如法炮制，果然把展卫和方大勇都唤醒过来了。

他们两个醒来之后，反应和说法都和陈明描述的一模一样，都不记得自己做了什么，而且嚷嚷着要出去，自己都是有身份有地位的人，怎么可能做出街头砍人的事情来！

李风把他们继续关在留置室，我们则回到审讯室，秦剑正在给陈明看他们三人街头追砍于佳的监控录像。

陈明看到之后，目瞪口呆……

|第二十二章| 开出证明

虽然监控探头像素不高，看起来并不是很清楚，但是还是能辨认出来追砍于佳的正是陈明、展卫和方大勇！

我和楚楚走进去的时候，秦剑正在对着陈明说道："陈明，虽然你说自己什么都想不起来了，但是现在监控视频、证人证词都很清楚，证据链已经齐备，对你非常不利！就算没有你的口供，一样可以送检批捕了！你身为国企干部，应该对法律很清楚的！"

陈明萎靡下来，低下头说道："我真想不起来发生什么事情了！我都想不起来我怎么到的那个街口的了！

"哎……我想想，我好像是上午接了灵修班导师的电话，告诉我要带我们去开顶，因为我们最近表现不错！然后我就很高兴地答应了，导师让我到西单路口等她，她说带我过去。

"我上车的时候，展卫、方大勇已经在车上了，副驾驶还坐着个外国人。我上了车之后，闻着车里有股什么味道，闻起来很舒服，然后就什么都不知道了！等我再醒过来，就到这儿了……"

我问道："那个打电话给你的灵修班导师是不是姓尚？那个外国人是不是叫亨利？"

陈明答道："是的，打电话约我的就是那个姓尚的女导师，那个外国人不知道是谁，一直没和我们介绍，我以为灵修班还有洋学员呢！"

正在我们询问陈明的时候，沈队推门进来，看了陈明一眼，把我、楚楚、秦剑喊了出去。

审讯室外，沈队说道："新建，你能否确认陈明他们是被催眠才持刀攻击？"

我回答："可以确认，不论是陈明被催眠的状态，还是唤醒后的反应都可以确认陈明等三人是被催眠后才做出攻击行为。"

沈队说好，然后又问秦剑，"你问出什么没有？"

秦剑答道："我问了问，陈明说他们上了灵修班尚姓导师的车之后，遇到了展卫和孙大勇，车上还有一个外国人，我们怀疑就是昌平别墅区催眠于佳的那个亨利！陈明说他上车之后，闻到了一股味道，然后对自己的行为就没有记忆了……这个还需要找法医验血确认一下，较为稳妥。"

沈队略一思索，说道："陈明、展卫、方大勇三个人都有背景，目前他们三个人的案子受到的压力很大。特别是陈明，他父亲已经通过政法委书记找到了分局局长询问此案的进展。

"分局局长常局长指示，要我们重证据，特别是心理医学和法医学的鉴定！如果确认这三人是因被催眠而做出的持刀伤人行为，在取得受害人的签字之后，可以对这三人准许取保候审，待案子侦破后再由法院以事实为依据，以法律为准绳依法处理。"

我心里赞道，这事情处理得就是水平高！

也难怪，这么快就决定让我成为公安分局的心理学顾问，这种被催眠的心理科学范畴的鉴定结论，总得有个第三方的签字，才经得起考验。

而且再加上受害人于佳证明陈明三人与其并无恩怨，被袭击也是因为陈明被人用催眠的形式操控，三人完全符合取保候审的条件，日后到了审判阶段，也可以脱罪无事了。

不过，这三个人也的确是被人操控，不应该为此事负全责，更何况于佳也未受伤，就更好开脱了。

我说道："我这边可以写心理科学的鉴定报告，并签字确认，承担鉴定方面的法律责任；要是有法医鉴定，证明陈明等人体内含有让人嗜睡的三唑仑等成分，证明就会更有分量！"

沈队说道："新建不愧是机关出来的人，讲程序，懂分寸！当初王局力挺您做我们分局的顾问，我们还有顾虑，现在看来，新建在关键时刻，能担当责任，对我们的工作帮助很大，真是感谢了！"

我连说不用客气，本来陈明等三人也的确是被人催眠操控，我也是本着客观

的态度来证明事实。

沈度又对秦剑说道："秦剑，你让李风现在立刻联系法医去给陈明他们三人验血！你、楚楚两人和于佳比较熟悉，你们两个出面麻烦她们婆媳辛苦一下，在公安局里等待一下，等这边的鉴定报告都出来之后，请她们也签字确认，我们才可以给陈明办理取保候审手续！"

秦剑进去通知李风，然后出门和楚楚去找于佳和李老太；沈度则带着我去他办公室出具心理鉴定报告。

我刚考下心理咨询师不久，从没写过这种报告，而且我现在是否有资格出这种报告都是问题，但是现在事态紧急，也只好迎难而上，出具证明。要是出了问题，公安部门大可以把责任推到我的头上，但是好歹也没有刑事责任，最多解除我的顾问聘书就是了。

上网搜索之后，找到类似的模板，然后我出具了我从事心理学行业以来的第一份鉴定报告！

报告证明的就是一件事：陈明等人因为受到药物和催眠控制，出现暂时性的精神失常，在自己行为不能自知、不能自控的情况下持刀攻击受害人，这个阶段属于无刑事责任能力。

鉴定报告打印一份样稿出来，沈队仔细读了一遍，认为没什么法律漏洞，我就打印了三份出来，我先填上陈明的名字，然后签上我的名字。

沈队电话联系秦剑，秦剑说，验血验尿结果已出，法医已经出了报告，三人体内的确含有少量的致幻药物，不过不是三唑仑，是氯胺酮，也就是K粉的主要成分！

看来那个亨利辅助催眠的药物是毒品K粉！这个发现让我对这个灵修班更加厌恶，想端掉他们的欲望就更加强烈！

不一会儿，于佳那边也在公安分局提供的证人证词上签字，证明陈明等人与于佳平时关系尚好，且没有恩怨，而且于佳本人也有过被催眠的经历，所以于佳也相信陈明等人对她的持刀攻击是因为被催眠控制。

三个证明都已经到手，沈队问我，还能不能再从陈明他们三个人身上获得有价值的线索，要是没有，就让他们先回去了。但是他们不能离开这个城市，而且要随传随到，我作为分局的特别顾问，也可以随时找他们了解情况。

|第二十三章| 陈明身份

我说道："陈明今天状态不好，也不适合再做催眠探取事情，所以我打算另找时间对他催眠，看看能否得到些有价值的东西。"

沈队说："好，那咱们一起带他到他家人那里。"

我和沈队、秦剑去审讯室提出陈明，路上沈队对陈明解释了一下事情的大概，还说要不是我给陈明出具了被催眠操控的证明，陈明他今天无论如何也不能走出公安局了！

我心里明白，这是沈度知道陈明的社会背景实力雄厚，想着以后我开办心理师事务所的时候，或许需要陈明帮忙，故意卖一个人情给陈明。

陈明则不愧为高干子弟，且混迹国企多年，闻听沈队此言，对我立刻表示感谢。并且表示，他过了这一劫之后，我要是有事需要他出力，绝无二话，绝不推辞。

我连说不必客气，本身就是证明事实，不过我要他回去注意安全，好好休息一天，我要找时间给他再次催眠，看看能否获得灵修班的有用信息。

陈明连声说好，并且表示他也想知道那天他究竟是怎么着道的……

一路说着，已经到了公安局的会客室，我看到了一个挂二级警督衔的警察正在和一对五十多岁的老夫妇交流；陈明过去，对老夫妇喊了声爸妈，那对老夫妇看起来才长吁口气。

那个佩挂着二级警督衔的警察五十岁左右，个子不高，身材微胖，面带笑容，但是剑眉高挑，双目炯炯有神，大嘴方脸，鼻梁高挺。

按照相术来看，这是标准的官差捕快容貌，现在作为警察，倒真是人符其貌。看起来应该是沈队和秦剑说的副局长王铁。

此时，沈队悄悄和我说道："这位就是我们王铁副局长！这个案子现在就由王局负责。"

王铁副局长看到我们进来，和我们介绍道："这位是陈良秘书长，这位是陈秘书长的爱人夏琳局长。"

我和沈队微笑一下，王铁副局长继续介绍道："秘书长，这个就是负责此案的刑侦支队支队长沈度，这个是咱们分局的心理学顾问孟新建，陈明的被催眠报告就是他签出的！"

陈良秘书长主动伸出手来和我与沈度握手，然后说道："陈明也是受坏人操纵，希望沈队长尽快破案，给受害人一个交代，也能洗刷陈明的罪过！同时也感谢小孟顾问根据心理科学做出符合客观事实的鉴定证明来，不然陈明就得在公安局拘押室过夜了，我们两口子就都不用好好睡觉了！"

沈度连连表态，让陈良秘书长放心，他一定在王铁副局长的领导下竭尽全力破获此案！

我说道："灵修班通过催眠控制人，我亲眼所见，而且也见过陈明，做这个鉴定报告是科学客观的；但是为了能够更快地捕获灵修班的犯罪嫌疑人，我还需要陈明配合我做催眠，找出给陈明催眠的灵修班催眠师的破绽来！"

陈良秘书长则说："好，你和陈明约好就好，陈明一定会配合小孟顾问的工作！"陈明连连表态同意说好。

王铁副局长见手续已然办好，说道："陈秘书长，陈明的取保候审手续已经办好，你们还是先回家，陈明也要好好休息，毕竟很快还要配合小孟顾问的催眠调查！"

陈良一家三口闻听此言，表示谢意后就离开了公安局，王铁副局长则示意我和沈度在会客室等他一会儿，他去送走陈良等人。

片刻时间，王铁副局长回来，对我说道："小孟，我和你辞职前的单位的处长韩新民是大学同学，秦剑和我说起你的情况之后，我就找韩新民了解了你的情况，所以才让钱进和你提起当公安局顾问的事情。

"钱进和我说你很愿意，这很好，虽然你不在机关工作了，但是毕竟机关里的人脉都还在，承担我们局的心理顾问工作，也方便开展工作。

"这次，你给陈明等人做了催眠的鉴定报告，给我们分局分担了很大压力！我们已经开始合作得很愉快了！"

我还以为是我的心理学专业水准对这个案子起了很大作用，公安局才会聘任我作为心理方面的顾问，看来还是有我辞职前的工作给我带来的好处，不过也好，这样做事的确更加方便！

果然是一入公门深似海，无论何时都有用。

在机关毕竟厮混六年，面对局级领导自然明白怎么表态，我回应道："非常感谢王局的赏识！虽然我不在机关工作了，但是受党的教育多年，组织性纪律性还时刻记在心里，王局有所吩咐，必当毫无二话，尽心尽力！"

王铁副局长说道："小孟在大机关工作多年，素质果然不同！那这件事就抓紧时间确定下来，我今天就让人事处特事快办，你先和小秦去填个表，以后办事调查也方便一些！"

王局对我说完，就让沈度联系秦剑带我去办理成为顾问的手续，然后他和沈度继续商量案子的下一步工作部署。

我已经困得快要睁不开眼，但是王铁和沈度二人却看不出倦意来，警察的身体果然是铁打的不成？

不大一会儿，秦剑到来，领我去人事处。

人事处在公安分局办公大楼的顶层，会客室在二楼，我们走到人事处办公室，还需要大概十分钟的路程。走路的过程中，我和秦剑说了我开具陈明的催眠鉴定报告的事情，还有陈明父母陈良和夏琳的身份。

秦剑听罢，半晌才说道："没想到这个陈明的背景这么显要！不过这次你帮了陈明的大忙，以后要是遇上事情，应该能更好处理一些！"

我和秦剑一路聊天，到了人事处之后，没想到还专门有个女警加班等待，搞得我怪不好意思的！

秦剑给我介绍道："新建，这是咱们分局的局花，叫上官雪，警校毕业后就一直在人事处工作。"

秦剑对这个美女警察介绍我道："雪儿，这个就是王局指示要聘为分局顾问的孟新建心理师。"我则偷偷打量了一下这个名叫上官雪的女警。

上官雪，身高一米六多一点，看起来小巧玲珑，肤色极白，身材比例极好，鹅蛋脸，鼻子小巧挺直，平眉柔顺，看起来温柔可亲；一双眸子深嵌，波光流动，顾盼神飞；嘴唇较厚，女警服装掩盖不住好身材。

|第二十四章| 成为顾问

　　正在我观察这个美女警花的时候，上官雪对我盈盈一笑，道："我可听说这个案子里，你给秦剑帮了不少忙啊！以后，你就是我们分局的心理顾问，要和我们警察并肩作战了，欢迎你！"

　　上官雪伸出纤纤小手，我赶紧握住。

　　我握了握，松开，说道："上官警官在人事处工作，就是领导，我这个编外顾问，还要上官警官多多关照呢！"

　　上官雪嫣然一笑，道："孟顾问果然是大机关出来的人，说话都这么有领导指示范儿！我也对心理学很感兴趣，只是对心理学的认识一直都在心理疏导范畴，听说了这个案子之后，才知道这世上还真能催眠让人自杀！

　　"听说你通过催眠把自杀的证人救了过来，还问出了关键线索，就记住你的名字了。这次你成为我们分局的顾问，我正好能认识你，说起来还是我的运气呢！你要是不生分，可以的话，还是叫我雪儿吧，我很乐意交你这个朋友！"

　　秦剑插话玩笑道："孟心理师刚才还给分局立了一功，他给被催眠袭击女证人的三个嫌疑人做了鉴定，证明他们都是被催眠控制行凶的，那三个嫌疑人中有一个是市府办秘书长陈良的儿子。要没有这个报告，咱们局长也不好处理这个事！"

　　上官雪盈盈笑道："好吧，这还没有正式成为分局的顾问，就已经给分局解了围。难怪王局刚才还专门指示我，要特事快办呢！"

　　王铁副局长做事严谨，果不其然。

　　看来这几天也算没白奔波，名声已经传到了分局人事处了；不过人事部门工作的人，往往对别人的底细清楚得很……

我连忙说道："哪里哪里，也是凑巧了！雪儿，很高兴认识你！"

雪儿笑道："孟大顾问，那就先填表吧，表格填好，我拿去给王局签字盖章，你就可以领一份固定津贴了，而且还有个身份证件。"说完把表格递给了我。

我仔细看了看，发现除了一些人事合同的基本条款之外，就是大篇幅的保密协议。

公安机关办事，果然严谨。我填好身份信息、个人履历，签好字。

雪儿在一边和秦剑寒暄："秦剑，你转正的话，我也想调到你们刑警队去。没干过刑警算什么警察！"

秦剑说道："人事部门工作进步又快，工作又轻松，至少能准时下班，干吗要去刑警队！而且你一个这么漂亮的女孩子，要是遇到危险可不得了！"

雪儿道："我考警校就是为了干刑警，要是只是做人事工作，我还不如去我爸公司接班呢！"

他们两人正聊天时，我已经填完表格，递给了雪儿。

雪儿拿起来看了看，问了我一个问题："孟顾问，你原来那个部门位高权重，你的前途也挺顺利，干吗辞职出来？"

这个问题在我辞职的时候，就已经有无数的同学朋友同事问过了……

我只好再回答一遍："雪儿，你还是叫我新建或者孟新建吧！孟顾问这个称呼，我听起来怪怪的……至于我辞职，是因为我的理想就是成为心理师，我喜欢探寻人心隐秘；对于我来说，每个人的内心都是一个世界，丰富多彩，每个人的念头都能引起轮回！所谓一心一世界，一念一轮回……"

上官雪道："你说话文绉绉的还真是有趣……"上官雪笑着同时拿起了我的表格，和我们一起去会议室找王铁副局长签字。

秦剑对我介绍道："雪儿可是'90后'的小美女，你这个'80后'的老腊肉，可不要有非分之想！你要是敢有所行动，我们局的小伙子一人一拳，就把你打得不成人形了，哈哈！"

我笑道："你们人民警察就是这样对待心理顾问的吗？我要和王铁副局长反映此事，看你们受不受处分！"

上官雪道："你看，孟顾问从大机关出来，就知道能抬出王局来唬住你们，谁让你们只会打打杀杀的！不过你要是帮我调进刑警队的话，我就不给王局打小报告了，你毕竟恐吓咱们的顾问来着！"

秦剑嘿嘿一笑，不再作声。我见公安分局内，虽然已经晚上十二点半，仍然人员忙碌不休，走来走去，而且氛围严肃，不适合我们继续玩笑，也收声不再和秦剑斗嘴。

不一会儿，我们到了会议室，发现只有王铁副局长在会议室抽烟，沈度不知忙什么去了。

王铁副局长见我们进来，对我们说道："楚楚记者我们安排她到我们的内部招待所休息去了，于佳婆媳已经送回家去。小孟顾问，你也在内部招待所休息一晚吧，明天一早，案子的事情还需要你帮忙。"

上官雪这时把我的表格递给王铁副局长，王局看了几眼，拿出笔来签上自己的名字。

正在这时，沈度走了进来，看到上官雪、秦剑与我都在，就没吱声，看起来是有情况要和王铁副局长汇报。

这时，上官雪拿起表格对我说道："孟顾问，你的手续基本上走完了，我回去给你建立档案，你的证件得盖上钢印，这个得明天才能做出来，回头我打你电话，你过来取，或者我让秦剑给你带过去。"

我连声说谢，道："那就有劳上官警官咯，还是让秦剑给我带过去吧！"

上官雪存了我的电话之后，就袅袅婷婷地走回自己的办公室。看着上官雪走路的身姿，我的心也不禁为之一动。

见上官雪离开，沈度对王局汇报道："王局，根据孟顾问提供的车辆线索，已经查明车辆的车主叫尚婕，女，三十八岁，联系电话139×××3338，住址：北京市房山区周口镇35号院7号楼2单元××8室，我已经安排李风他们赶紧去这个地址抓人，正在等待回话！"

王铁副局长说："好，我们就先等消息，明天一早小孟顾问和你们再去一趟灵修班的两个据点，看看他这个心理师能不能发现新的线索！"

我答应一声，正要起身告辞，去房间休息。

这个时候沈度电话响起，沈度接电话道："抓到了？太好了！你们赶紧把嫌疑人安全带回，咱们要连夜突审！"

|第二十五章| 抓捕尚婕

沈度挂掉电话，说道："车主尚婕抓到了！李风他们根据查获的灵修班资料确认，这个尚婕就是那个灵修班姓尚的女导师！

"李风他们在电话里说，他们到尚婕住处的时候，看到尚婕正在收拾东西，准备潜逃。现场缴获了一皮箱现金和若干银行卡，还有安提瓜的护照。要是李风他们晚到一步，这个尚婕就要潜逃出境了！这事还是小孟顾问提供的线索起了作用！"

王铁副局长听完汇报，思考一会儿说道："小孟顾问，这个案子你又立了一功啊！本来还想安排你去休息，但是这个尚婕是灵修班导师，催眠过于佳，所以还得麻烦你参与突审！

"第一是防范任何可能的危险；第二你是心理学方面的专家，能够听懂心理学方面的口供里的一些专业术语；第三是，如果突审工作不顺利，你的催眠技能和心理学知识应该能发挥作用。"

我只好表态，参与突审，心里想的是：要不要把楚楚也叫醒参与，毕竟是审讯一个会催眠的邪教导师。

这时候王铁副局长又继续说道："秦剑，你联系下楚楚记者，要是她想参加突审尚婕的话，就牺牲下休息的时间，也参加一下，这样方便她掌握第一手的资料。"

秦剑应声之后，就电话联系楚楚，这时王铁副局长起身回办公室去了，沈队出去忙其他工作，我和秦剑在会客室分别喝了一大杯咖啡提神，以抵抗不断侵袭的睡意。

正在此时，沈度进来着急地对我们说道："李风他们出了车祸，尚婕从车里挣扎逃跑时，刚好被巡警遇到，才没让她逃掉！我怀疑是尚婕对李风他们施加了影响，才导致车祸，所以不放心其他警员押送尚婕到局里。新建、秦剑，你俩和

我一起过去吧。新建，你务必做好尚婕的催眠防范！"

一路飞驰，到了车祸地点，车祸现场尚未清理干净，李风他们那辆警车在过路口的时候，直接撞到了路边的矮墙：车头几乎撞扁了，驾驶位的李风被挡把戳破了肚子，已经被送到医院抢救了；崔鹏则因为坐在后排监视尚婕，受伤较轻，只是因为车的猛烈撞击，昏了过去；尚婕则因为坐在李风后面，只被擦伤，在李风和崔鹏都受伤昏倒之后，就用力打开警车车门，试图逃掉。

不过运气不好，被刚好赶到的巡警再次擒获。

现场巡警的车辆停在路边，车被锁住，尚婕被铐在车里，巡警警员则在沈度的要求下，都在车外警戒，不与尚婕接触，等待我们到来。

我们到达之时，李风刚被消防武警破开车头救出，并且赶紧送到医院；崔鹏则在急救车上简单包扎，包扎之后，休息着等待沈度和我们。

看到我们到了，崔鹏和沈度说道："沈队，我们带着尚婕准备回局里，尚婕一路也不说话，但是我感觉她在用鼻音小声地哼着什么曲子。

"我本来让她闭嘴，但是她只是用更小的声音哼唱，我们又没有携带禁止犯罪嫌疑人说话的戒具，考虑到最多也就半个小时就到局里了。

"没想到，听了一会儿之后，我就开始犯困，心里感觉不对劲，但是就是清醒不过来，结果我醒来的时候，车就已经撞墙了，还不知道李风怎么样了……"

沈度听罢，说："好，我知道了，你先去医院吧。"然后把目光转向我，"新建，你看这是怎么回事？"

我回答道："按照崔鹏的说法，他们也是被催眠了，只是尚婕的催眠技术还一般，只能让他们两个进入睡眠，还不能下达指令。"

秦剑说："这样的话，这个尚婕也具有危险性啊！咱们怎么把她带回去啊？还得审讯啊……"

我说道："咱们仨把她带回去，我坐她旁边，安全起见，你们两个戴上耳塞，不要听她发出的任何声音！"

沈度说道："好，就这么决定了，安全起见，再找个女警坐她另一边。"

不过来的时候并没有准备足够的耳塞，沈度、秦剑分别找出了自己的手机耳机塞到了耳朵里。

沈度看到现场有个忙碌的女警，应该是巡警队的实习生，就走过去协调了一下，那个女警走了过来，沈队对我和秦剑简单介绍了下："这是赵娟，巡警队的实习生。今天先配合我们工作，共同押解尚婕去局里。"

赵娟说道："沈队，我可听说这个案子里还有催眠师，而且那两位师兄出车祸就是被女嫌疑人催眠了，咱们分局里还有个心理师跟着……这案子真是太刺激了！您能把我调到刑警队吗？借调也成，只要让我跟完这个案子就成！"

沈度冷冷地看了赵娟几眼，赵娟看着无趣，就闭嘴不说话了。沈度说道："秦剑开车，我坐副驾驶，赵娟你和孟顾问分别坐到后排两边，把尚婕挤到中间。"

赵娟看起来性子活泼，听沈度叫我孟顾问，立刻兴奋起来："原来您就是心理顾问啊，我叫赵娟，这回可要跟您开眼界了！"

沈度和秦剑分别上车坐好，我点头示意，并且叮嘱赵娟也最好把耳朵塞住，赵娟还不情愿，嘟囔着说要见识见识催眠……

我心中苦笑，现在的小朋友什么都想尝试，她要是知道被催眠的王超等人非死即疯，于佳差点跳楼，还在闹市街头被人追砍这些情况的话，不知道还会不会想尝试。

到车上坐定，尚婕看了我一眼，说道："上次你来灵修班的时候，我看你就有种熟悉的感觉，原来果然是同道中人！你们把我抓起来也没用，会有人救我出去的，而且你们，都不得好死！哈哈哈，哈哈哈……"

尚婕尖利而癫狂的笑声在车里回荡，让我们每个人都有了诡异的感觉，我知道这也是扰乱心神的手法。

我对尚婕说道："你们谋财害命，作恶多端，就不怕受害者在你们心里找你们报仇吗？！还记得杀了自己全家的王超吗？他瘦削阴郁，在照片里看到了都会让人感觉浑身冷飕飕的，难道你催眠他的时候，他的意识就没住到你的心里吗？"

每个人的内心深处都存在着良知道德，特别是残害同类，人会在生理上无法忘记被自己杀害的人的形象。

接触被害人越多，被害人在加害人的记忆里就越形象越具体，记忆得就会越深。

如果杀人者在杀人的时候被灌输的理念是，杀掉的是该杀的人，或者战场相搏，还能够坦然面对；但是当杀人者知道自己所杀之人纯属无辜的时候，当自己杀人的理由崩塌，对被杀者的记忆就会扑面而来。

这个记忆也可以说就是生于人心中的——鬼。

心理力量弱的人，因为无法释怀自己杀人的恶行，而且被自己所杀之人死状甚惨，就会因为这段记忆身不由己地去模仿，这个时候，也就产生了鬼上身的表现。

|第二十六章| 再次催眠

同样地，如果人少年幼年时期，胆气不足，目睹残杀现场，会因为刺激强大，而产生能量极强的记忆覆盖，这个记忆残片也会如同鬼魅般在看到残杀场景的人的记忆里不断存在、演绎，让人难以自拔。

甚至很多人在看到过跳楼、上吊的尸体之后，会对高楼、绳子都心生恐惧。

鬼由心生，神为心安，鬼神俱在心里。

我和尚婕提出这些，是为了勾起她内心深处的她自己参与谋害过受害人的回忆，将她心中的这个"鬼"放大，来镇压她的负隅顽抗甚至铤而走险的意识。

我话音未落，尚婕还未有所反应，赵娟突然抡圆了巴掌扇了尚婕两个耳光，啪啪脆响，赵娟面露惧色，一边扇一边说："别装神弄鬼，我今天就扇你了，我看你怎么让我不得好死！"

赵娟过激的反应其实是因为恐惧心理，人在恐惧的时候，特别是对未知恐惧的时候，会采取暴力的方式来给自己勇气。

这也说明赵娟的内心力量很弱，如果尚婕再次发动催眠的话，赵娟必然是最容易中招的那个！

沈度则不说话，扭过头来，冷冷地看着尚婕，眼神中杀气凝聚。

这个有多年资历的刑警队长见过不知多少惨案场面，见过多少穷凶极恶之徒，内心中正气充盈，在面对尚婕的威胁的时候，反倒激发出他自身的力量。

我看到尚婕在沈度的目光注视片刻之后，把眼神躲开，张了张嘴，也没再说些什么，而是闭上眼睛，不再吭声。

沈度看尚婕不再挑衅，说道："十六条人命，你就等着吃枪子吧！老实点，还能舒服地过几天。还有赵娟，你是个警察，注意你的言行！坐好，盯好嫌疑人！"

赵娟也意识到了自己的失态，不再说话，斜坐在车座上，眼不眨地盯着尚婕。我看局面已经控制下来，就不再吱声，静观事态发展。

秦剑已经开车启动，巡逻车也在后面跟随，为避免再出意外，沈度不时地从后视镜中观察情况。

车里无人说话，沉静得只能听到车发动机的运转之声，还有赵娟的对讲机里传来的其他警察的对话。

就在此时，我听到尚婕用鼻子发出了具有音律的哼唱声，我这才想起我的手机放到会客室充电，更没有戴着耳机的习惯，只能听着尚婕哼唱了。

我警觉地看了尚婕一眼，尚婕仍然紧闭双眼，虽然哼唱的乐律声音小，却很清晰地传到了我的耳朵之中。

赵娟应该听说了崔鹏李风出事的经过：他们在押送尚婕的时候，听到了尚婕哼唱的旋律，就开始迷糊过去，然后就出了事故。

所以赵娟精神过度集中和紧张，反而受到音律影响最大，赵娟一边紧紧握拳，一边却眼皮打架，时不时地闭上眼，而且睁开眼闭上眼的间隔时间越来越长。

我听到旋律时，感觉就是心跳开始放缓，本来就疲惫的身体更是倦意变浓，迷糊之际，我看到秦剑沈度二人也开始犯困得点头不止。

我心里感觉不对，沈度和秦剑虽然没有塞上真正的耳塞，但是耳朵里塞了耳机，应该也有一定作用的，怎么感觉沈度和秦剑也受到了影响？

我暗叫不好，这才听尚婕哼唱没两分钟，我们的困意就如此厉害！

我赶紧把突刺戒指的尖刺转到手心这面，紧紧握拳，疼痛刺来，我清醒了些，但是看到其他三人却似乎着道更深，我在想怎么破解这个音律催眠……

正思索间，前面红灯，十字路口一辆大货车正在转弯，秦剑却没有刹车减速，还是直直开了过去，沈度居然也没制止！

情急之下，我扯开喉咙，大喝一声："快醒醒，你们被催眠了！"

我的声音在高声低音频段吼叫之时，有动摇人心神之用。

在高三时期，班里有几个富二代，自习课上大呼小叫，故意捣乱，我们老师畏惧他们父辈的势力，并不敢管教。

我那时迷恋武侠小说，看到《倚天屠龙记》里谢逊的狮子吼，单凭吼叫就能

够震断人的心脉，致人痴傻，甚觉好玩；还特意反复录音练习，好使自己的吼声听起来能够动摇心神，令人畏惧不已。

当时，我对班里苍蝇叫般嗡嗡的聊天之声烦不胜烦，就运用自己反复练习的声音吼叫叱呵，却没想到收到奇效。我吼叫之后，班里立刻安静下来，那几个捣蛋的富二代，估计也怕犯了众怒，就不再肆意大笑聊天。

事后，还有个瘦弱的小女生私下跑过来说被我吼叫之后，有心脏不舒适的感觉，不过还是很钦佩我能站出来大吼一声，维持班级纪律。

我吼声过后，尚婕的哼唱被我打断，秦剑猛地抬头，这才看到前方的大货车，赶紧操作方向盘，让车转向避让大货车，我们通过路口的时候，车的左前角几乎就擦到大货车的尾部，要是刚才撞上，后果不堪设想！

惊险之后，沈度也清醒过来，刚要回头呵斥，这个时候尚婕突然从后座中间要往前冲，意图拉动手刹！

赵娟虽然刚才处于迷糊状态，但是被我一吼之后，有所清醒，再加上秦剑为了躲避大货车，打方向盘的角度很大，车身晃动，基本上清醒了过来。

赵娟看到尚婕在车里要去拉手刹，一把就把尚婕的头发薅住，把尚婕拽得不由自主地向后仰倒，这个时候赵娟一拳打到尚婕的肚子之上，尚婕闷哼一声，躺靠在车后座难以动弹。

赵娟为防尚婕再做袭击，直接用警棍紧紧地把手铐别住，并且用手紧紧地压着警棍。

沈度回头说道："尚婕，你现在袭警的罪名肯定是坐实了！"并对赵娟的反应给予了赞许的眼神。

沈度对我说道："这个尚婕果然有些手段，不能小看，刚才稍不注意，就着了她的道了，还好孟顾问及时示警，不然咱们几个都得找阎王去了！"

秦剑说道："刚才不知不觉就开始迷糊了，难怪李风、崔鹏出了车祸！好险，差那么一点我们就撞到大货车了！还好，再过一个路口就到了，这回还真是亏了孟新建在车上……"

我说道："我也没想到她哼唱几声，效果就这么明显。不过还好，反应了过来，不然还真是不好说了！"

赵娟说道："孟顾问，你那大喊一声，吼得我现在耳边还有'嗡嗡'响的感觉呢！你这招怎么练的，还挺厉害，有空一定要教教我！"

尚婕则因为腹部被攻击，呼吸还未调整过来，而且双手被铐住，并被紧紧地压着动弹不得，就闭着眼不吭一声，除了胸脯起伏，呼吸仍在，看起来像个死人似的。

我回答道："你一个小姑娘，要是这么吼人，都得把男朋友吓跑的，还是不要学了。"

秦剑笑出了声，沈度默然不语，赵娟则在想怎么回话，想了想，不知道这句话怎么接茬，最后憋得笑了笑。

我有意识地调节一下气氛，因为人在笑的时候，困倦的感觉就会减弱，但是在紧张的时候，反而更容易被人攻击潜意识。

这时候秦剑问道："我们耳朵里都塞了耳机，怎么还是着了道呢？"

我突然想到一种可能，但是那几乎不可能啊！难道尚婕真的能做到？

|第二十七章| 审问尚婕

思索之间，还没来得及回答秦剑，我们已经到达了公安分局。

我们一行四人刚走到办公大楼门口，就看到楚楚焦急地踱来踱去，秦剑叫了一声楚楚，楚楚抬头看到我们，飞奔过来："师兄，你们怎么不接电话，也不带我过去，我都担心死了！"

我正要解释，沈度开口说道："楚楚记者，刚才我们走得匆忙，他们两个应该没带手机，现在我们得赶紧带着犯罪嫌疑人去突审。王局指示的意思是，看你本人愿不愿意参加审问，如果你想去的话，就一起过去。至于其他的事情，等审讯完了，让秦剑他们再和你细说吧！"

楚楚连说好的，和我们一起去审讯室。

到了审讯室之后，沈度给巡警队的人打了招呼，让赵娟在审讯室里负责警戒。赵娟很是高兴，架着尚婕坐到审讯椅上，锁好尚婕，坐到一边，做时刻警觉状。

沈度和秦剑坐在审讯桌后，负责审讯；我和楚楚则拉了两把椅子，坐在一边，楚楚拿着本子，随时记录素材，我则在一边，观察整个过程。

尚婕坐在审讯椅里，紧闭双眼，不吭一声。

沈度说道："尚婕，你在2013年4月12日，驾驶车牌号为京××××的黑色本田雅阁在石景山区×小区门口做什么？"

尚婕依然不说话，沈度顿了一下，又问道："监控录像显示，你的车上下来三个男人，分别是陈明、展卫、方大勇，他们下车之后就开始持刀行凶，他们说到了你车上就不记得做了什么了，你对他们做了什么？"

尚婕还是不说话，沈度"啪"地拍了下桌子，提高声音问道："尚婕，你不要给我装傻，3月10日，监控显示，你和于佳一起到了×小区10号楼楼顶，你离开后，于佳就要跳楼，你又做了什么？你以为你不说话，我们就没办法吗！现在人证物证齐全，证据链已经完整。你不说话我们也能把你的案子送交检察院了！"

尚婕还是一言不发，要不是还看到她的呼吸起伏，我都怀疑她是不是刚才被打晕了。

沈度感觉不太对劲，示意赵娟过去看看。

赵娟过去，拍拍尚婕的肩膀，说道："尚婕，别装死，问你话呢！"

尚婕还是没有反应，赵娟走过去抓住尚婕的肩膀，晃了几下，发现尚婕还是没有反应。

赵娟无可奈何，看向沈度，沈度则把目光转向我，说道："孟顾问，你看这是什么情况？"

我走过去，用手探探尚婕的呼吸，发现尚婕呼吸平稳且绵长，看起来是进入深度睡眠了，表面上看如同假死。

我翻开尚婕眼皮，看看尚婕眼底，发现尚婕瞳孔放大，眼皮松软，也是典型的深度睡眠的状态。奇怪，她怎么进入深度睡眠的？

我对沈度说道："尚婕现在是在深度睡眠状态，你这样是无法叫醒她的！我也奇怪，她怎么可能进入深度睡眠……"

沈度说道："那怎么处理比较好，让她这么睡下去？但是我们急需她的口供啊，毕竟有个叫亨利的还潜逃在外！"

我说："目前看，要么就找医生看看，要么就只能让她睡下去；虽然也可以强行叫醒，但是……"我指了指审讯室里的监控探头。沈度听罢，想了一下，说出去请示下王局。

片刻之后，沈度回来，说道："先把尚婕送到拘留室去，让我们也休息，等她醒了再审，看她能耍什么花样！"

也只有如此，我想起一件事来，问道："尚婕那辆车找到了吗？于佳、陈明、贾兰都说起过进了尚婕的车里闻到了淡淡的香味，然后就失去记忆了。"

沈度说："李风他们受伤，还真没说这事，我联系那边的执勤民警去尚婕小区查找看看。"

看来也只有如此了，赵娟和另外一个女警把尚婕半抬半拖地送到了拘留室，沈度也安排赵娟休息，今天就算加班。

赵娟回来后追着楚楚问秦剑我们各种催眠的经历，但是在楚楚这个人精面前，反倒被楚楚套出我们路上遇险的经过。

我看到楚楚对我不断翻起白眼，我只好做困得无法直视她的样子……

回到会客室，时间已经是凌晨三点，想想，还是去睡几个小时吧，不然真挺不住了！

楚楚问完秦剑怎么回事，就跑过来一把掐住我的胳膊，说道："师兄，你怎么反应那么慢？就差那么几厘米，你们就撞到大货车了，你都要把我吓死了！"

我只有忍着痛说道："我也是没预料到尚婕的危险性，不过还好反应过来了。"

说话间，我们走到了办公楼后院的招待所，秦剑去睡办公室，我自己躺到床上，心中想着尚婕怎么进入深度催眠的，不知不觉也睡去了。

睡梦中，招待所床头的内线电话响起，我睁开眼，接起电话，是秦剑的："小贱，刚才沈队说尚婕还没醒过来，他正联系医生过来想办法，然后跟我说今天的安排是落实王局指示，让咱们再去灵修班被查封的据点看看能不能发现新的线索。现在九点半，咱们十点出发，我已经通知楚楚了。"

我的天啊，什么时候连秦剑都叫我"小贱"了，那我怎么称呼他，"大贱"吗？不过昨晚上好歹也算睡了六个小时……

一边胡思乱想，一边收拾整理。整理好之后，出门，去停车场找秦剑。走到楼梯间的时候，正好遇到楚楚，楚楚对我的白眼还在持续，我只好觍着脸和楚楚搭话："楚楚师妹，昨晚睡得好吗？这几天连续奔波，累坏了吧！回头我请小师妹吃大餐啊！"

楚楚继续对我翻了几个白眼之后，开口说话："孟顾问肯理我了啊，昨天晚上我给你打了无数电话，你都不接，回来后也没空理我，和我一起上楼都不说声晚安，就自顾自地回房间呼呼大睡！你这个大顾问心里是不是根本没有我啊？不想理你了！我心里难过了，哼！"

我赶忙解释道："昨天晚上手机落在会客室充电了，回来后忙着说事，后来困得头脑发蒙，都顾不得了，我心里拿楚楚师妹当作亲妹妹看待，怎么会没有你的位置啊！"

楚楚垂下头，不高兴地咬着嘴唇，嘟囔道："还亲妹妹……你大学的时候都七个干妹妹，我是不是排第八啊，以后你叫我楚八妹好了！"

说话间，已经走到了秦剑跟前，秦剑倚着警车在门边等待我们，正听到楚楚说到"楚八妹"三字，接口道："什么楚八妹，楚楚，你还有七个哥哥姐姐吗？不过楚八妹这个叫法很好听啊，和杨八妹一样英姿飒爽的感觉！要不以后就叫你楚八妹？嘿嘿……"

楚楚盯着秦剑，恨不得眼睛里发出激光把秦剑烧成一团灰的样子！楚楚道："秦剑，你怎么也这么讨厌！你们两个都是坏人，不和你们说话了！都欺负我！"

我赶紧把后排车门拉开，摆了个很绅士的手势，对楚楚说道："楚大师妹，赶紧请上车吧！昨天让你担心我们了，真是对不住您的一番情意，今天中午一定请楚小姐好好地吃一顿，我请客，秦剑买单，你看怎么样啊？"

秦剑抗议道："你请客，我买单，你怎么想出来的？要不要脸啊！"

楚楚看到我和秦剑搞怪的样子，忍不住笑了出来，坐上车后说："我不管你们两个坏人师兄谁请客，反正本公主是要吃顿大餐的，不能白为你们担心！"

我和秦剑也笑了起来，互相指了指彼此，意思是让对方请客。

楚楚看到，更加忍俊不禁，三人笑了一会儿，秦剑问道："咱们是先去昌平还是先去房山啊？前边路口要赶紧选择了，孟大顾问，现在你是主角，我们听你安排！"

我稍一思索，说道："还是先去昌平别墅区吧！"

|第二十八章| 灵修据点

秦剑正色道："你是认为他们开顶的那个据点可能留下的线索更为有价值吗？"

我也正色道："没错！第一，房山灵修班据点我和楚楚进去探过，主要是灵修班的各种资料，你们警方应该都已经搜查得差不多了；

"第二，昌平别墅区灵修班开顶据点，我们在望远镜里看到过二楼书房，书房里挂着六幅画，我总认为那六幅画肯定有些意义，你们警察应该对这些摆设只是拍照留存，未必会把画带走细查的，所以我想去仔细看看；

"第三，也是最为关键的理由，去那个别墅区的路上有一家水库鱼做得非常美味，我们去那儿解决午饭！"

楚楚在车后排听到我一本正经地说出第三个理由之后，再也忍不住了，"扑哧"一声大笑起来。

秦剑也笑出声来，和我说道："先去哪里找线索，我都没有意见，我就负责开车。不过孟顾问的第三个理由真是充分科学，就冲这个理由，也要先去昌平了，不过都无所谓咯，反正孟顾问请客！嘿嘿……哈哈哈！"

谈笑间，我们已经到了那家饭店，我们三个早饭都没吃，大快朵颐之后，讨论了下案情，我们就去了昌平别墅区寻找线索。

开车到了别墅区正门，正好遇到小区的保安队长孙小虎和门口执勤保安说话，秦剑摇下车窗，招呼了一下孙小虎。

孙小虎见是秦剑，赶紧跑了过来，和秦剑说道："秦警官，你怎么才过来啊！你让我盯着的那个别墅里的人，半夜的时候悄悄地走了！我那天没当班，第二天监控中控室的兄弟才告诉我，我那天正要发微信给你，你们的同事就过来了。"

孙小虎动用了手里的关系，让我们把车直接开进了小区，然后停到了那个别墅门前。

走到别墅正门，门上的封条还贴得紧紧实实，秦剑用钥匙打开了锁，我们穿上鞋套，戴上手套走了进去，孙小虎则在外面负责警戒。

我们三个走了进去，屋子里的家具都是中式家具，看起来还是红木的，在门厅、客厅摆放着，由于屋子被查封有大概一周时间了，已经人气涣散，家具都冷冷地矗立在屋中，屋子没人住，给人的感觉就是空旷清冷。

家具的抽屉都拉了出来，每样东西都被搜查过，也不知道这些家具是属于房东还是属于灵修班。

我们三个决定分别查看，然后为了避免死角，再交叉查看。

也就是说，所有的房间三个人都分别查看一次，如果有所发现的话，再一起去查看。

秦剑和楚楚在一楼分别勘查，我则直奔二楼，先从二楼书房查起。

到了二楼书房之后，我发现书房里倒没怎么被翻动，还是老样子。

不过地板上的蒲团被丢到一边，墙上还是挂着六幅画，墙角的办公桌上的精油香炉不见了，估计是警方收到秦剑的情报，拿走化验去了；办公桌的抽屉柜门有的开着，有的关着，里面基本上都是空的，应该也被警方抄走了。

我仔细看了看这个书房，发现这个书房的建筑结构居然是哥特式的，刚好有六面墙挂六幅画，然后采光窗户夹在墙中，窗都不大，不过采光极好。

在阳光璀璨的下午，整个书房都有种通透晶莹的感觉。

看来整个书房可能就剩那六幅画是警方遗漏的东西了，我先大概观察一下那些画，发现是六幅裱好的西洋油画，挂在墙上。

那天晚上望远镜里，只能影影绰绰地看到六幅画挂在墙上，现在仔细看来，六幅画是描述六个场景，在讲一个典故。根据门和窗户的位置，还有人眼看画的习惯，应该是进门左手边的那幅画是第一幅。

第一幅画上描绘的是一个热闹的集市，各种石头建筑、教堂、马车，还有集市背后的居民区。

画面写实唯美，画中人栩栩如生，看起来如同自己也化身画中一样，我紧盯

着画，耳边如同听到了集市的喧嚣一样。

第一幅画看了半晌，看不出什么特别来，就去看第二幅画。

第二幅画仍然是这个城市，不同的是，城市的墙上、房顶、地面上，到处都是老鼠，而且到处是被老鼠啃啮的痕迹，家具被啃咬坏掉，墙面被咬出鼠洞，小孩子被咬伤手脚。

难道这幅画要说的是欧洲中世纪那场鼠疫吗？其中有一只老鼠眼睛透出邪气，牙齿闪亮，正在仓库里啃咬面包。

看着第二幅画，我似乎都能感觉到老鼠从脚下不断跑过，整幅画上密密麻麻的都是老鼠，生动真实，看得人头皮发麻。

第三幅画的场景是河边，一条路连接河岸和城市，一个穿着彩色衣服的中年男人吹着笛子，走到了河边，河水里漂浮着无数老鼠，它们随着水流流淌到下游，但是路上却有一群老鼠排着队继续向河里走去。

吹笛子的男人背对画面，笛子金光闪动，似乎是纯金打造，在整个画面上尤为突出。

第四幅画，又回到了集市，吹笛子的男人侧脸出现在画里，鹰钩鼻子，鼻梁高耸，浓浓的络腮胡子，伸着手似乎是讨要什么。

集市里已经没有了老鼠的踪迹，面对着吹笛子男人的是个穿着华贵的老者，看起来似乎是画中城市的官员，老者背后是形形色色穿着各异的市民，老者双手平摊，肩头耸起，做出无可奈何的样子。

第五幅画，画面空间放大许多，远远的是城市，尽头的是山谷，一条曲曲折折的小路迤逦相连。

吹笛子的男人在前面走着，还在吹着笛子，但是他后面跟着的却是一群少年，服色各异，年龄不一，少年们眼神呆滞，行步机械。

吹笛男子的正脸在画面终于画了出来，眼睛有神，但是透着诡异邪气，笛子横在嘴边，手指灵动地按动笛孔，我凝视以后，似乎都听到了笛子的声音，摄人心魄，让人欲罢不能。

跟随的少年队伍的队尾，有个瘸腿少年，摔倒在路边，但是还是努力地爬行跟着队伍。

路另一头的城市，则笼罩在黑暗中，若隐若现，没有一丝灯火，形同死城。天空中月残星稀，画中人的衣服被风吹得散开，好一个深夜风冷肃杀的感觉。

本来在书房里阳光晒在身上，我的感觉应该是暖暖的，但是看着这幅画，却感觉心里发冷。

这几幅画，想表达的意思，好像是……一个欧洲的传说，好像是叫作吹笛子的恶魔。

我正在想着这几幅画要表达的意思，突然听到楚楚的尖叫声响起："啊！你是谁？师兄，救我！"然后就没有声音了……

难道房子里还藏有其他人？楚楚出事了！

我听声音，应该就是书房外面，我用我最快的速度跑了出去，二楼除了书房，就只有门厅和两个卧室。

我跑出书房的时候，秦剑也跑上了二楼，我们两个分别踢开了两个卧室的房门，我进到我踢开的卧室，把洗手间、衣柜、床下都仔细找了找，没有发现楚楚的身影，就跑去找秦剑。

走到门口的时候，秦剑也刚出来，看我的眼神中夹杂着询问。

我和秦剑几乎同时向对方问道："你那边也没有楚楚？楚楚没找到？"

我俩又飞奔下楼，楼下有一个客厅，厨房和主卧，我们分别找了一圈，还是没有楚楚的身影。

真是见鬼了，门窗都没有开过的痕迹，而且以我和秦剑刚才的速度，不可能有人能从我俩眼皮底下逃掉，更何况还要挟持着楚楚，除非……除非，这个别墅里有密室！

密室！等等……这个别墅区没有地面停车场，业主的车都是停到地下停车场的，也就是说别墅除了地面的入门门户之外，应该还有一个通往地下车场的门。

而且别墅应该有一个半地下空间的，那么应该还有楼梯通往地下室，然后由地下室的门户连接地下车库的，这栋别墅怎么没有通往地下室的楼梯呢？空间肯定存在，肯定被藏起来了……

|第二十九章| 楚楚被掳

秦剑不停地打楚楚的电话，好像有铃声从我们脚底下传上来了，但是一会儿就没有了。

秦剑关掉电话，说道："楚楚电话刚才还打得通，现在突然关机了，她肯定是被劫持了！"

我说道："刚才我似乎听到了她的声音，在地下，这个小区全部是地下车库，整个小区只有一个出口。你赶紧告诉孙小虎，让他通知地库的保安，关闭出口大门，禁止出入！"

秦剑一听这话，飞一般地跑了出去。他去找保安堵住出口，到地库去营救楚楚，让我在这个别墅里寻找密道。

我坐在一楼的楼梯上，想着楚楚最后叫声的方位，这个时候我都能听到秦剑几乎撕裂的吼叫："孙小虎，快！通知车场出口，关掉大门，所有车辆不准驶出！然后你带几个人跟我去地下车库，我们一起来的女同事被劫持了！"

然后就是孙小虎通过对讲机对车场出口发布指令的声音。

我想来想去，楚楚肯定是在二楼不见的，那么密室应该是在二楼。

我跑上二楼，看着对面开着门的两间卧室，闭上眼睛，仔细回忆楚楚发出叫声的方向，应该是左手边这间……左手边这间，等等……我好像想到了！

我快步跑进去，看了看这间卧室的空间，然后跑出来，走到这个卧室旁边的书房。果然如此，至少有五平方米左右的空间消失了！

我再次走进这间卧室，找到和书房相连的衣柜，打开柜门，顺手摘下衣柜之中的挂衣横杆作为工具兼武器，我用横杆敲打着衣柜背板，发现后面是空的。

密室肯定在这里，可是入口呢？

我摸索过去，摸到衣柜里角的时候，感觉有些不同，有个圆孔，我用手指抠了抠，发现没什么动静。

我仔细观察了这个圆孔，发现和手里的挂杆的粗细差不多，而且这个挂杆入手很沉，似乎是实心金属做的。

我试着用挂杆的一头插进圆孔，发现几乎能把半根挂杆探进去，探进去之后，并没有什么动静。

我试着用力动了动，突然，衣柜的背板开了一道缝隙，我用力扳动挂杆，将衣柜背板拉开了一半。

背板后门，露出了一组台阶，原来隐藏的楼梯在这里，那么一楼也应该有个入口。

楼梯里黑得很，我打开手机的手电筒功能，抽出挂杆，衣柜背板开始合拢。

我这才明白原理，这个挂杆就是开启暗门的杠杆，即使有人发现那个圆孔，但用手无法拉开背板，也就不会在意了，而这个楼梯的二楼尽头就是这个衣柜。

我一手拿着挂杆，一手举着手机，小心翼翼地顺着台阶走下去。

这个楼梯非常窄，而且感觉上，楼梯设计得是四个方向各有一节，顺着墙边环形的，所以，我走了大概一圈之后，应该就到了一楼。果然走到这里楼梯上有了个平台，大概只有两平方米，平台的另一端仍有楼梯继续向下。

我敲打平台边上的墙，果然是空的，用手摸了一圈，发现墙角处有一个拉环。我拉动拉环，这面墙果然也被拉开一半，但就再也拉不动了。阳光顺着出口照射进来，我看到，这居然是门厅的穿衣镜的位置。

我用挂杆把门环卡住，留着这个入口一直开着，好让光线照射进来，然后继续沿着楼梯向下走去。

又走了一圈楼梯之后，终于走到了尽头。

尽头就是个门，门半掩半开，我用脚踢了一下门，把门踢得大开，门吸撞到墙上的声音在幽静的空间里都有了回音。我见没有什么反应，就从门走出楼梯。

走过门之后，发现是个地下室，有个大窗，窗户外还有光亮，我四处看看，这个房间并没有什么特别，倒是有个文件柜，柜子上放着一些文件盒，我看到房间的另一面墙上有一个防盗铁门，应该直通地下车场。

我走到窗前，打开窗户，发现窗户的上方居然是个用玻璃封好的通风井，玻

璃上面是花瓶的底盘，应该是我们进门处的花坛的位置。这个设计还真是巧妙！

我找到灯闸，开灯，仔细探查，突然感觉脚下好像踩到了什么东西，我挪开脚，看到是一部手机。我捡起来，发现正是楚楚的手机，那个粉色的手机壳还是我送给楚楚的，上面还贴着闪闪的水钻。

我走到防盗铁门那里，从里面试着打开门，结果成功把门打开了。

这时正看到秦剑和孙小虎还有一个保安走到这里，孙小虎还边走边说："这个9号别墅的地下车库的入户门应该就是这个。"

瞬间，秦剑就走到了门口，我问秦剑："出口有没有车出去，找到楚楚了吗？"秦剑摇摇头："没找到，车场也没有车出去呢。"

"那怎么可能？楚楚不可能凭空消失的啊！不过我在这个地下室找到了楚楚的手机。"

秦剑眉头紧锁，问孙小虎道："还有什么出入口吗？地下车库里的？"

孙小虎想了想道："还有个备用人行出口，是给我们保安走的，出口出去就是小区地面的保洁杂物房旁边。"

秦剑急吼道："你赶快安排人手到那个出口去！咱们赶紧沿着这个出口过去找！"

我说道："秦剑，你让那个小伙守着这个门，小心一点，有动静就赶紧喊人，我和你们一起过去。"

秦剑说好，然后跟着孙小虎向地下车库的人行出口跑了过去，我也紧跟着跑去。

秦剑边跑边说："已经和沈队汇报此事，沈队安排最近的派出所支援咱们来了，而且他带着弟兄们也赶了过来，那个尚婕还没醒来。"

我说："好，争取来个瓮中捉鳖，把挟持楚楚的人抓到！"

秦剑说："楚楚可千万别出事！"

我们三人顺着人行通道跑出楼梯，发现门口还没有保安过来。孙小虎脸色一变，在对讲机里开始大声呵斥起来，一会儿，一个气喘吁吁的胖保安终于跑了过来。

秦剑顾不得其他，问这个胖保安有没有看到什么异常情况。

胖保安边喘气边说："没遇到什么异常情况啊！"

秦剑又问道："路上有没有遇到什么人？"

胖保安挠挠脑袋，说："没遇见什么人啊！不对，有个保洁员，戴着大口罩，推着个大垃圾箱，向垃圾清运口走去了。我看着那个保洁感觉眼生，但是也没太在意。"

孙小虎反应还算机敏，在对讲机里大声吼道："派四个人去垃圾清运出口，拦住那个保洁员！"

孙小虎说完这些，就带着我们跑去垃圾清运出口。

孙小虎边跑边说，这个小区出入口有两个，一个是大门，还有一个是小区西侧的垃圾清运出口，那个出入口平时都锁着，也是消防通道。

我们三人赶紧跑了过去。快跑到那个西侧出口的时候，我们看到一个身材高大的保洁员推着一个大垃圾桶正快步走向出口，出口的门已经打开，门口停着的并不是垃圾清运车辆，而是一辆奔驰轿车。

这时秦剑的手机响起，秦剑接起电话，说："赶紧开车到小区西侧的消防通道来，堵住任何出去的人和车辆！"挂掉电话之后，秦剑说道："是附近的派出所支援过来了。"

那个保洁员看到我们跑着追过来，也拼命推着垃圾桶向前跑去。这个时候，孙小虎安排的那几个保安也跑了过来，刚好两个方向有两个人，我们三组人马呈伞形包抄过去，外面的警笛声也越来越近。

说时迟，那时快！那个保洁员已经推着垃圾桶走到了车边，他把垃圾桶推倒，从里面拉了个人出来，我和秦剑远远地看得清楚，正是楚楚！

那个保洁把楚楚拉出来之后，楚楚并未挣扎，看来是昏厥了过去。

我们还有一千米的路，秦剑跑在最前，孙小虎紧跟其后，我跑在最后，感觉腿都不是自己的了。但是还是差了一步。那个扮成保洁员的高大男子，已经把楚楚塞到了车的后座，并且上了车。

秦剑终于赶到。他一把拉住车门，发现车门已经被锁住。这个时候，那辆轿车突然发动，行驶了起来，秦剑被甩了下来。

车飞一般开起来的时候，警车也已经到了，警车试图拦着那辆奔驰，但被奔驰躲了过去。

警车刹住车，我终于跑到了警车跟前，秦剑拉开车门，几乎是跳进了车里，我则跟着秦剑几乎滚进了车里，车门还未关好，开车的警察已经一脚油门踩下，拼命跟着前面的奔驰车驶去……

|第三十章| 闹市飙车

　　我和秦剑抢进警车，秦剑赶忙先介绍自己的身份，开车的果然是附近派出所的民警，分别自称老田和小黄。

　　开车的是小黄，小黄看来平时执勤不温不火的，一直没遇到什么大案子，今天被刑警队调来支援，而且刚到就要飙车追逐犯罪嫌疑人，兴奋得很，油门一踩到底！

　　还好这辆警车是前年新换的帕萨特，不是老捷达，性能还好，我们虽然追不上奔驰，但还是能紧紧咬着奔驰的踪迹。

　　小黄边开车边说："终于可以来个刺激的了！你们坐稳了，我要开快车了！"

　　坐在边上的老黄四十岁左右，已经没有了年轻人的火气，性子沉稳得很，不过也抓过安全带扣在身上。

　　这条路是个两车道双行道，路不宽，中间没有护栏。

　　奔驰车见车超车，而且都是借道逆行超车，还连闯这条县道的红灯路口。小黄也不含糊，紧紧跟随着奔驰车风驰电掣般追逐下去，惹得路上的车辆纷纷避让，情况危险紧急。

　　秦剑则赶紧拨打电话，呼叫支援："沈队，楚楚在嫌犯车上，嫌疑犯的车是辆奔驰，车牌号码是京NHL00×，我们现在正在八达岭高速西侧开向昌平的一条道上。我一会儿把定位发给您，请求拦截！"

　　我隐隐约约听到电话那边沈度的声音："已经安排交警支援拦截，你们注意安全，要紧紧跟住，务必保障楚楚的人身安全！"

秦剑继续说道："我怀疑劫持楚楚的就是那个外国人亨利，我和孟新建在派出所同志的警车上。"

沈度道："你们坚持一下，我们已经到了八达岭高速昌平出口，马上就支援你们！"

秦剑说："好的，我会随时跟您汇报我们的位置和情况！"

秦剑挂掉电话，我和秦剑说了在地下室发现的档案盒，秦剑又通知孙小虎赶紧派几个保安把别墅的两个出口都看死。

秦剑请示汇报、安排孙小虎的时间，我们已经跟着奔驰车开进了昌平，小黄大喜道："看来这孙子发蒙了，这个时间段马上就要堵车了，我看他怎么跑！"

我们也看到奔驰车左突右冲，试图闯出一条道路摆脱我们，但是无奈路上的车越来越多，怎么都过不去，不过我们也没法开快了，而且前面还隔着两三辆车。

正在这个时候，有两辆警车从马路对面开过来，与此同时四个路口的红绿灯都变成了红灯，所有的车都停了下来，奔驰被挤在了距离路口五六辆车的位置。

警车明显是冲着奔驰车来的，警车堵在路口之后，迅速下来七八个警察，向奔驰车跑去，我和秦剑也下车跑了过去。

奔驰车突然撞了前车，然后倒车，又撞开后车，前后两车车主都下了车出来破口大骂，但是奔驰车猛地向右打轮，开到了人行道上，人行道中间是个步行街路口。

我们跑到奔驰车边的时候，奔驰车已经开到了步行街上，步行街的行人正四散奔逃。不过由于步行街是个小吃街，路边满是大排档的遮阳伞和餐桌餐椅，奔驰车不断撞开餐桌餐椅，也开不快。

路边很多骑电动自行车和电动摩托车的行人，看到街头上演警匪大战，都发挥了国人爱看热闹的天性，纷纷驻足伸着脖子观看。

等我、秦剑和那七八个警察赶到的时候，这些围观群众还有的询问，有的指路呢。

不过很快，他们的电动摩托车和电动自行车就被紧急征用了，虽然不少群众迅疾地走掉避免自己的电动车被征用，但是还是有热心群众积极主动地给我们提供电动车，当然，也有不那么热心的群众是因为躲不及而不情不愿地被征用的。

于是，十辆电动自行车浩浩荡荡地骑上步行街，尾随奔驰车而去。

奔驰车试图狂奔，但是障碍物实在太多，特别是开到步行街深处，有一栋楼突兀地矗立在街中，把路分成两半。路非常窄，车开不过去，那两条路的路口也传来了警笛声，而且听到了跑步声。

奔驰车停在路口之后，驾驶位跑下来一个高个子男人，虽然他仍然戴着口罩，戴着帽子，但是我和秦剑都可以断定那个男人就是亨利！

亨利从街中大楼的门口钻了进去，那个楼是个小型的商场，我们骑着电动自行车赶到之后，我和秦剑同一时间跑到奔驰车旁边，拉开车门，其余的警察则留下两个守着路口，剩下的人都跑进商场追捕亨利。

我和秦剑拉开车门，看到楚楚在奔驰车后座上躺着，双眼紧闭，才松了口气。这个时候从两个路口冲进来的警察也赶到了，领头的正是沈度。

我探了一下楚楚的鼻息，发现楚楚应该是昏过去或者被催眠了，并无大碍。沈度问道："楚楚记者没事吧？"

我回答道："应该是昏倒了或者被催眠，没有其他状况，我试试叫醒她。"

沈度说："好，我留下两个人保护你和楚楚，秦剑和我去追亨利。"

秦剑说道："亨利跑进了这个商场，不知道会不会劫持人质。"

沈度没等秦剑把话说完，就头也不回地跑进了商场，我则留下来试图唤醒楚楚。

我用突刺戒指刺了楚楚几下，楚楚没有反应；探探楚楚的呼吸，感觉楚楚已经进入深度睡眠，症状和尚婕很是相似，而且这种程度的深度睡眠，要是不能及时清醒过来，就有可能深睡下去成为植物人。

我见没有效果，就用手机打开音乐，放到最大音量，贴到楚楚耳边。我放了两首歌，共十分钟，楚楚还是没有反应。

难道非得送到医院吗？不过我估计医院也是束手无策。

既然是催眠，那就一定能用心理学方法解决！究竟是什么方法，究竟是什么方法……

人进入深度睡眠，如同灵魂离体，灵台暗弱，知觉感觉都处于关闭状态，所以无法唤醒，即使去医院，也是插上各种管子维持生命。

所有感官都被封闭，那么还有什么是与外界联通的呢？对，是呼吸！

人活一口气，尽管五感关闭，但是呼吸不能停，呼吸停了人就死亡了。人在窒息的情况下，求生的本能会唤醒大脑意识。

窒息！模拟窒息，可以一试！

我让崔鹏给我去买两瓶矿泉水，附近就是冷饮摊点，崔鹏很快拿了过来。

我拿出纸巾，把矿泉水淋到上面，用了三张纸巾，用手摸摸，纸巾的湿度已经足够封闭呼吸，然后狠狠心，把湿水纸巾贴到了楚楚的耳鼻之上……

崔鹏在一旁看到，眉头皱起，看起来极其不解，不过出于对我的信任，并未阻止，也未询问，我忙于观察楚楚的反应，也来不及对他解说。

我用手机打开秒表，开始计时，如果楚楚在模拟窒息的情况下超过一分钟还没醒来，我就得停止，并且要对楚楚急救，毕竟这个方法非常冒险！

楚楚口鼻被封住之后，呼吸渐渐困难，胸脯的起伏开始渐渐加大。半分钟过去，楚楚还没醒来，不过楚楚的手有握拳挣扎的动作……

|第三十一章| 何处藏身

我看到秒表上已经计时到了四十五秒，心里默念，再过十秒，要是楚楚还不能醒来，我就得停止，并且开展急救。

这二十秒的时间，我看到楚楚的脸开始有发紫的迹象，而且手脚开始抽搐，但是就是不醒。

眼看秒表已经计时到五十五秒，我正打算把盖住楚楚口鼻的沁湿了的纸巾拿开，就看到楚楚开始剧烈抽搐，然后猛地睁开眼睛，试图用力吸气，但是因为口鼻被堵，呼吸不得。

我看到楚楚睁眼了，但是手脚还不灵便，赶紧把纸巾拿开，楚楚这才长吸口气，然后剧烈地喘气和咳嗽了起来。

我轻轻地帮楚楚按摩胸口，捋顺呼吸，摩挲两下，赶紧住手，这个动作在其他人看起来太容易误会了！

我回头看看崔鹏两人，发现崔鹏已经把脸扭了过去，我心说这要是被添油加醋地一说，可就容易发挥了……

楚楚缓了一会儿，呼吸开始平稳，这才开口说话道："师兄，我还以为我死了！我刚才梦见我掉到了水里，就要被淹死了！水把我的鼻子和嘴都封住了，我使劲地想浮起来，就是动不了！好容易睁开眼，就看到你了……"

我说道："楚楚，你被亨利劫持了，还记得吗？你梦到溺水是因为我叫不醒你，所以用让你窒息的方法叫醒你。"

楚楚这才注意到我手里的纸巾，她抬起胳膊，无力地打了我一拳："坏师兄，你就不怕把我闷死，你就不能用点温柔的办法吗？"

我说道："我试过了好几种方法，包括刺痛、大声干扰，但是都没有用，你刚才的反应和尚婕一模一样，已经进入了深度睡眠。要是不及时唤醒你，我担心你可能因为陷入深度睡眠太深，而没法醒过来，最终有可能成为植物人。"

楚楚虚弱道："师兄，你是不是吓唬我，有那么严重吗？不过我就记得我刚到了二楼楼梯左手边的卧室，就被人捂住了嘴，我好像挣扎着喊了几句，然后就什么都不知道了……咦？我身上怎么这么臭，还这么脏！"

我只好对楚楚说道："你被亨利迷晕之后，是被他塞到垃圾桶里带到这个车里的……"

楚楚一听，立刻就坐了起来："啊！难怪这么臭，气死我了，居然把我塞到了垃圾桶里！"

我看到楚楚坐了起来，这才放下心来。

正要安抚楚楚两句，这个时候崔鹏喊道："孟顾问，沈队打来电话说，他们在商场里找不到亨利，问你这边楚楚记者的情况怎么样了，你是不是能过去帮忙？"

楚楚闻听此言，立刻说道："师兄，我没事了，恢复了，咱们一起去把亨利找出来吧，我也要把他塞到垃圾桶里推着走！抓到他后，我得在商场买套衣服换上，这套衣服穿到身上真是觉得臭死了！"

楚楚刚才还一副娇弱的样子，但是跳下车，就立刻拉着我跑进商场了，商场的顾客都被警察勒令在原地不动，由警察挨个甄别。

我进去的时候，正好看到秦剑在商场一层甄别顾客，还好这个时候刚到下班时间，顾客并不是很多，甄别工作相对好做一些。

秦剑看到我，说："沈队去中控室看监控去了，但是奇怪的是，亨利进了洗手间之后，就再也没有出来。几个弟兄进去仔仔细细地搜查了一遍，并没有亨利的踪迹。洗手间的厕所都是被隐形栅栏封死的，没有破坏的迹象，所以亨利不可能是从厕所的窗户逃掉的。这个商场的前后两个出口都被弟兄们看死了，那么他应该还在商场里，可就是找不见人！"

秦剑说完这些，继续甄别顾客，可是这些顾客，个个都是中国人脸孔，和明显是外国人的高大身材的亨利完全不同。

楚楚突然说道："我想起来了，那个把我弄晕的人身上有一股体味，还掺杂着香水味，咱们去那个洗手间看看吧！"

西方人因为饮食多以肉食为主，体味很重，所以习惯喷香水来掩盖，楚楚这么一说，如果亨利乔装打扮的话，那么通过他的味道辨别，倒也不失为一个办法。

"新建，你和楚楚记者过来监控室一下，看看能不能找到些线索。"我和楚楚答应一声，去了商场地下室办公区的中控室，秦剑则继续挨个甄别顾客后放顾客出门。

到了监控室，商场经理、保安部主管、中控室值班员都在一边焦虑地踱步，但是也不敢吭声说话。

商场经理则还在和沈度套着近乎："沈队，咱们什么时候能结束，这样挨个验明正身，我们商场歇业，损失可不小……"

沈度说道："您先休息一会儿，我们尽快开展工作，这个罪犯精通催眠，要是你这里的顾客出了问题，你们商场会更加麻烦！"

商场经理搓搓手，摸着秃了一半的脑袋，想说什么只能又闭上嘴，然后不停地摆弄手机，看来是已经请示了上级，等待上级的决策和指示呢。

沈度不再理会商场经理等人，招呼我和楚楚走到监控显示屏之前，然后吩咐一个警察把有关亨利的踪迹录像重新播放一遍。

很快，监控就调出了亨利进入商场的片段。

亨利从正门跑入商场之后，因为行色匆匆，还撞倒了一个展示架，撞开了两名顾客，商场店员和被撞到的顾客很生气地呵斥叫骂的表情动作都拍得很清楚。亨利跑过去不久，秦剑等人都跟着跑了进来，秦剑向店员询问的过程清楚地展现出来。

镜头开始转换，门口的监控探头跳到了电梯口的探头。亨利在扶手电梯上直接跑到了三楼。秦剑等人打听之后，也追随着亨利上了电梯。不过因为边追踪边询问踪迹，所以总是慢半拍。

镜头再次切换，三楼楼道的监控录像里，很明显地看到亨利跑进了三楼的洗手间里。

秦剑带着两个警察也在随后的两三分钟内找到了洗手间，可以很明确地看到秦剑等人先在电梯口问了保洁，然后就直接跑到了洗手间门口。

秦剑三人到了洗手间门口之后，留下一个人守着门口，然后秦剑和另外一个警员进了洗手间。

过了不久，秦剑两人出了洗手间，询问有没有人出去，门口守着的警员说没有，监控录像里也确实显示没有人出去。

沈度说道："亨利就这么不见了，到现在已经有二十分钟了，我们只有对整个商场进行搜索了！"

楚楚看了监控，要求再重新看一遍。

我想了想，问沈度道："这个商场有几个出口？是不是都守着人？"

沈度道："一前一后两个出口，没有地下车库出口，这是个老厂房改造的步行街，没有地下车库，前后两个出口都安排了人守着。"

|第三十二章| 亨利脱身

沈度说："我把秦剑也喊过去，看看能不能有新的发现。"

话音落下，沈度就拿起手机打电话给秦剑，让他到三楼洗手间去。

我们顺着亨利在监控里逃跑的路线，走到了三楼的洗手间，那个警员正靠在正对洗手间出入口的楼梯扶栏边吸烟，看到沈度过来，赶忙把烟熄灭，对沈度说道："沈队，我一直在这守着，没看到任何人出来！"

沈度点头嗯了一声，走了洗手间，我们紧随其后，也进了洗手间。

这个商场的洗手间的布局是：男、女洗手间的出入口只有一个，进去之后，有一个共用的洗手池，男、女洗手间分列两边，左侧为男洗手间，右侧为女洗手间。

我们径直进到男洗手间，里面空无一人。洗手间不大，一共只有五个隔间和六个小便池。楚楚估计是第一次进入男公共洗手间，红着脸有些不好意思。

隔间都开着门，一览无余，一个人影都没有。

沈度说道："我们看了几遍监控，秦剑他们到这儿后就没有人出去过，而且秦剑他们也在两三分钟之内就进了洗手间检查，并且直到现在，门口都有警员看着，可是亨利就是不见了！"

我没有接话，而是老觉得有什么事情不对，一个人不可能凭空消失的，一定是我们出现了思维盲点，有什么东西是我们没有想到的……

这个时候楚楚说道："正好，我去一下对面的洗手间。"

对面的洗手间……女洗手间！秦剑他们有没有检查女洗手间？

我问道："秦剑兄，你们进来之后有没有检查女洗手间？"

秦剑眼睛一亮，答道："对，我们没有检查女洗手间！当时就想着亨利是男的，应该进的是男洗手间……我们现在快去看看！"

沈队瞪了秦剑一眼，想批评两句，但是又没有说出来，拔腿向女洗手间走去。

我们进了对面的女洗手间，女洗手间和男洗手间的区别就在于没有小便池，而是两面坐便隔间。

估计秦剑和沈度汇报工作的时候，说自己仔细搜查过洗手间，搜查的就是男洗手间，并没有搜查女洗手间，但是没说具体细节，沈度则认为秦剑已经两面洗手间都搜查过，就没有再组织人手继续搜查。

秦剑冲到最前，一个一个隔间踢开，空无一人，只剩两个靠窗隔间。

秦剑也小心起来，另一个警员则跟到秦剑侧后，作为防卫。

秦剑一脚踢开靠左侧的隔间，里面有个几乎半裸的女人靠在马桶上，人事不省。这个女人穿的是连体裤，上厕所要都解开脱下来的那种。她的连体裤掉落在脚边，上半身只穿着胸衣。

沈度示意大家先不要动，眼神瞟向最后一个隔间。大家几乎都屏住呼吸，又有一个警员过去，包抄住最后一个隔间。

沈度做了个手势，秦剑一脚大力踢开隔间的门，门几乎都要弹回来，里面空无一人。秦剑还不死心，冲进隔间上看下看，最后无奈地出来，摆摆手，表示没人。

沈度这才安排警员进去看那个女人的情况。

这次行动没有女警，其他的小伙子都不太好意思，楚楚自告奋勇过去，用手指探了探女人的鼻息，说道："她有呼吸，应该是昏过去了。"

沈度说："楚楚记者，麻烦你先帮这位女士把衣服穿上，然后我们把她弄醒，问问情况。"

楚楚把隔间门关上，给那个女人穿衣服。沈度失望地看看我和秦剑，眉头紧皱。

我注意到这个洗手间的窗户，对秦剑说道："秦剑兄，你看看窗户，能不能有发现。"同时走到了窗户旁边。

秦剑说："窗户外面封了护栏，人不可能从窗户逃掉的，而且窗户是关着的。"不过秦剑还是拉开窗户，我和秦剑都发现，窗户没有从洗手间内部锁上，那也就是说，这有可能是从外面关上的。

秦剑紧张起来，拉开窗户之后，小心翼翼地探出头去看了看外面。

我也随着秦剑扒开窗户向外面看去，女洗手间的护栏和男洗手间的护栏居然

不同！

男洗手间的护栏是紧贴着窗户封上的，女洗手间的护栏则因为旁边是个空调位，封了一个大大的护栏罩，而且这个护栏罩子，是把女洗手间的窗户、空调位，还有隔壁的一扇窗户封在一起的。

沈度看到我们面露惊色，也走过来观察。

沈度看后，对秦剑说道："秦剑，你从这里下去，看看能不能从隔壁窗户再进来。"

秦剑说好，沈度同时安排另外的一个警察接应秦剑，然后喊我一起去洗手间隔壁房间。

我们快步跑出洗手间，走到洗手间隔壁，暗叫不好，洗手间隔壁是个保洁间，而保洁间隔壁就是逃生楼梯！

保洁间的门锁着，沈度正在联系商场工作人员，要求过来开锁，这个时候，保洁间的门从里面打开了。

打开门的是秦剑，秦剑说道："从女洗手间窗户出来，然后顺着护栏过来，窗子开着，而且保洁间窗户的一块玻璃碎了，正是打开窗户的把手那块。亨利应该就是这样到了保洁间，然后从这里逃走的，这个保洁间的门从里面是可以打开的。"

沈度眼睛瞪起，看来有些动怒，但是没有发作，一边打电话要求监控室的警员看这二十分钟保洁间有没有人出入，一边带着我们进入逃生楼梯间，继续搜寻。

这时候楚楚出来，说帮那位女士把衣服穿好了，沈度安排两个警员叫救护车把女证人送往医院，然后联系家属和录口供。

搜寻间，电话响起，看监控的警员汇报说，这个商场的楼道监控只能看到保洁间门口的一半，他们只能看到十二分钟之前，有穿着保洁衣服的半个身影从保洁间出来后就消失了，应该是进了楼梯间。

沈度一边发布命令，要守在门口的警员加强戒备，一边顺着楼梯找了下去。秦剑则紧跟其后，脸色深沉，应该是懊悔自己的疏忽，丧失了抓住亨利的最好时机。

楼梯每半层都有一个窗户，我们下到一楼半的时候，很明显地看到楼梯间的窗户是开着的，而且，这个窗户，没有安装防护网。

秦剑跑过去，从窗户直接跳了出去，另外一个警员也紧跟着跳了下去。

我看了看高度，并不很高，也跳了下去，楚楚居然也跳了下来，并且让我接着她。楚楚跳下来之后，扶了我一下，用以缓冲。

　　这丫头，还真是挺拼！还好她今天为了探访别墅据点，穿着牛仔裤和运动鞋。

　　我们跳下来之后，就到了商场后门的大路边，有个铁栅栏墙分割大路的人行道和商场内部寥寥几个停车位，栅栏不高，很容易跨过去。

　　沈度一眼看到，商场栅栏边有一个监控探头高高地固定在线杆上。

　　他赶紧联系监控警员，警员一会儿回话道："大概十分钟前，那个穿保洁服的男子从这个窗口跳出，然后翻栅栏跑掉了。"

　　沈度愤然挂掉电话："我的天，真他妈狡猾！我说啥也要抓到这孙子！"

　　秦剑不敢出声。

　　我开口说道："沈队，我们在别墅那边发现了个密室，里面有些档案，应该有帮助，咱们要不先去那边看看？"

　　沈度说："好，先过去那边吧。"

　　然后拿出电话，应该是和分局那边联系："你们把××商场路口的监控都调出来，看看能不能找到那个孙子的蛛丝马迹。"

　　过来支援的派出所警察已经回去，我们三个坐了另外一辆警车离开昌平，直奔别墅区。

|第三十三章| 第六幅画

秦剑脸色铁青，一路无话，很是沮丧。

我安慰道："秦剑兄，也不要太过自责，人都有思维盲点，特别是在着急的时候，咱们早晚能抓住亨利的！"

秦剑嗯哼一声，刚要开口，电话响起："孙小虎……什么？我知道了！你们看好现场。"

秦剑挂掉电话和我们说道："亨利又背了一条人命，别墅小区有个保洁员被亨利锁到了保洁房，死了！"

我和楚楚都惊讶道："死了！这个浑蛋，滥杀无辜……"

秦剑道："对，死了，孙小虎什么都没敢动，我现在和沈队汇报，咱们到了看看再说吧。"

路途很近，秦剑刚打完电话，我们四辆警车就已经开到了别墅区。沈度听到秦剑汇报的情况后，径直开到了消防出口。

我们到了别墅区之后，进入保洁房。

那个保洁员是个五十岁左右的男子，被捆在保洁房的管道上，嘴鼻被抹布堵住。死者脸色青紫，看起来像是窒息死亡的。

沈度看了看，让警员联系法医过来验尸，我们都很清楚，应该是亨利盗取保洁员服装的时候碰到这个保洁员，为了避免暴露，所以把保洁员打晕捆好，但是把保洁员的鼻子也堵住了。要是保洁员身体健壮，可能还没事，但如果有哮喘或者心脏病的话，呼吸不畅就可能窒息而死了。

沈度安排人手处理现场，然后带着几名精干警员，跟着我和楚楚进入了别墅据点的地下室。

地下室门口，孙小虎派去守着门口的小保安还在尽职地守着。

我们进去，那个档案柜还在那里杵着。那几名警员都戴上手套开始检查，翻开档案盒查阅。

一会儿，一个警员和沈度汇报道："这里的档案都是灵修班学员的档案。"

我听到这话，对那个警员道："有没有看到王超的？"

那个警员说道："现在还没找到。"

我想起二楼书房内还有一幅画没有看，就和沈度提出，我先去二楼书房继续完成我们的探访。楚楚听完，也要和我过去，她要看看她被掳来的密道。沈度让秦剑和我们一同过去，也好有个支援。

我带着楚楚、秦剑，顺着密道走到别墅二楼，从二楼左侧卧室的衣柜里钻了出来。

楚楚到了这个卧室，说道："我当时就在这个房间，刚进来，就被亨利迷晕了，然后就是醒来之后的事情了。"

秦剑说道："我那时正在楼下卧室探查，听到楚楚的呼救声就跑了上来。"

我奇怪道："亨利是在这里等着咱们还是知道咱们今天过来？怎么就这么巧，亨利就掳走了楚楚？"

秦剑道："你这么一说，难道我们过来的消息走漏了？目前看来，只有抓到亨利，才能解开这个谜团了。"

楚楚道："也只有如此了……师兄，你说书房里的画你还没有看完，难道画有诡异？"

我说道："我带你们去看看吧，我觉得这几幅画应该是他们这个组织的某种图腾和象征。"

秦剑道："那好，咱们一起去书房，可不要分开。楚楚被劫走，还好及时救回来了，不然我都要担心死了！"

楚楚脸色一红，秦剑也意识到什么，低下头不再说话，我也无法回应，只有带着他们两个走进书房。

书房里六幅画在夕阳下被照射得映起一层光晕，各种色彩波光流动，五彩斑斓，煞是好看。

我让楚楚和秦剑从第一幅画开始看起，我则直接去看第六幅画。

第六幅画，这幅画挂在整个书房靠门口的位置，本来是不会被阳光照射到的，但是因为正好是黄昏夕阳的时候，书房的朝向又是朝西，夕阳红黄光晕照射到了这幅画上，整幅画变得立体起来，甚至画面都有一种光线氤氲的氛围。

我本以为第六幅也是"吹笛子的魔鬼"的故事的继续，但是当我看到这幅画的时候，却大吃一惊！

这幅画画得如同迷宫，密密麻麻满布了场景，有的场景图案写实，有的场景图案却是抽象。

我按照西方人作画起笔的顺序，从画的左上角看了起来。

左上角开篇是一条路迤逦进入一个山谷的入口，顺着山谷的入口是一个盆地，盆地里栽满了奇花异草，花团锦簇，但是不见人影。在夕阳的阳光下，让人感觉放松和惬意，花瓣摇动，树叶轻摆，画上展现的是清风吹拂的一幅美景。

第二个场景是花园旁边的一幢幢大屋，房子高大华丽，我凝神细看，都能看得见屋子廊柱上雕刻的古希腊女神形象，半裸的女神端庄秀丽，身姿绰约。

第二个场景让我忍不住努力地去看清画中的每个细节，因为每个大屋的雕刻都画得栩栩如生，甚至还能通过半敞的门窗看得到屋中美食铺满餐桌，侍女来回侍奉。其中有个窗户里展现出来侍女的半个身影，侍女端着葡萄酒，随时准备为客人斟酒。侍女手指纤细，托盘都绘有雕刻花纹，让人忍不住去想象屋子里美酒佳肴，佳人伴侧的场景。

我仔细看了第二个场景很久之后，没有什么特别的发现，就顺着第三个场景看了过去。第三个场景我使劲看了又看，却发现每次看起来都不一样，并且第三个场景看起来并不写实，而是如同跳跃的符号一样，在眼前飞来飞去。

由于看第二个场景的惯性，我又努力地看了几遍第三个场景，还是看不出什么，便顺着第四个场景看去。

第四个场景是扇门，门前竖立着西洋武士雕塑，做保卫状，门上则花纹团簇，我看着门上的花纹，总有种冲动，要去摸摸这扇门，我伸出手对着门摸过去，却老是有种感觉——这个门变大了。

我抚摸着雕刻精美的花纹，似乎都能感觉得到木头的纹理、嗅到木头的香味——也说不出是什么味道，但是闻起来心旷神怡。

不过还是觉得整个门似乎变得和真的门一样大了，也许是我盯着看得太久，眼花了吧。

不过这扇门，怎么那么有魔力，我心里老是有个冲动，想推开这扇门看看门里面是什么。

我抚摸了一会儿花纹之后，做了个可笑的动作，用手去推了推门。

结果竟是，我把门推开了……

|第三十四章|　魔画迷心

　　门推开的一刹那，我用手使劲揉揉眼睛，觉得不可思议，一幅画里的门怎么可能会被推开，这是不是那种隐藏颜料的阴阳画呢？不过随着门被推开，门内的情景就展现了出来。

　　门内居然是刚才看到的宴会，那个端着葡萄酒的侍女金发垂肩，看起来十八岁左右，鼻梁高挺，深深的眼窝中蓝色的大眼睛看着我盈盈地笑着，托盘里放着两杯倒好的葡萄酒，酒色艳丽如同红宝石闪烁，我都能闻得到葡萄酒的香气。

　　其他客人正在围着餐桌大快朵颐，餐桌主位上坐着一名雍容华贵的中年男子，我仔细看去，这名男子似乎就是前五幅画里吹笛子的那个男子。

　　我再定睛看去，果然看到男子身侧后站立一个美貌侍女，侍女怀抱着一支长笛，正是前面画中的男子的魔笛。

　　我正在感慨这幅画设计机巧，居然画中有画，等我看完之后，一定要摘下来仔细研究。

　　就在此时，我似乎看到那名端着红酒的妙龄侍女动了一下，紧跟着画中所有的人都活动了起来。

　　就在我揣测究竟是怎么回事的时候，中年男子突然开口说话："门外的朋友，进来喝杯红酒吧！"

　　画中人居然会说话，而且一个传说中的西方男人居然说的是普通话！

　　这个时候，站在门口侍立的两名侍女居然伸出了手，挽住了我的胳膊，把我拉进了门。

　　画中人居然能够触碰到我！而且我都能嗅到少女身上的体香，还能感觉到两名侍女裸露的臂膀处光滑的肌肤。

难道我进了画里？而我居然不由自主地迈腿进了门……

我居然进了画里的房子，从画上的门进了画里的房子！

两名侍女看着我茫然无措的样子，掩面一笑，放开我的胳膊，其中一名侍女拿起一杯葡萄酒，双手捧给我，另一名侍女则退回门口侍立。

我接过酒杯，酒杯作七彩琉璃之色，居然是从中国传来的七彩琉璃杯！红若宝石的葡萄酒在杯子中七彩照耀，被屋子里的灯光一晃，越发晶莹闪亮，色泽诱人。

这个时候，那名中年男子站立起来，其他的食客也都一同站立起来，似笑非笑地看着我。这些人有老有少，俱是西方脸孔，有的孔武有力，有的面色苍白。

须臾间，中年男子走到了我的跟前，手举酒杯，我也举起酒杯和他碰了下杯。中年男子饮了一口，我也随着浅抿了一口，酒入唇舌，真是说不出的美味润喉，琼浆玉液也不过如此吧……

中年男子对我露出笑容，说道："年轻人，欢迎来到山谷密都。我是这里的主人，修普诺斯。"

修普诺斯？这个名字怎么听着古怪而耳熟……修普诺斯不是希腊神话里的睡神吗？

我不由自主问道："难道你就是吹笛子的恶魔里那个传说中的恶魔，而且你的笛声之所以能让整座城市的儿童少年都跟着你走了，也是因为你是神灵，本身就有魔力？"

修普诺斯听罢哈哈大笑："我能让任何人睡着，如同假死，化身何止千万！巫医大师，音乐大家，江湖艺人，都是我最喜欢的游戏角色。我帮助那个城市消灭了鼠患，但是城市的人却背弃诺言，拒绝支付许诺给我的报酬，所以我就用笛声把他们的孩子们引入山谷密都。"

我又问道："那这些人是？"

修普诺斯道："他们都是那些孩子的后人，为我出去执行任务。执行得好的就重重奖赏；执行得不好的，或者说出我的秘密的，就要剖心献祭。"

我不由自主地倒吸一口冷气，那个传说中的吹着笛子的恶魔的真身居然是睡神化身，而且被他引入山谷密都的人都成了他的奴仆。

修普诺斯继续说道："年轻人，既然你到了山谷密都，就好好享受这里吧，这里是天堂！莎莉，你带这位先生去放松一下。"

这时，侍立在修普诺斯身后的一名侍女走了出来，对我盈盈施礼之后，做了个跟随她的手势，说道："先生，请这边走。"

修普诺斯说完，便不再理我，而是回到餐桌继续宴会。

我心里总觉得有些不对劲，但是却想不起来哪里不对劲了。

我跟着莎莉从大屋的另一侧门出去，沿着走廊走到了一个花园，花园中雾气飘飘，走入之后，能听到水声淙淙。

走到花园深处，原来是个温泉，温泉水似乎从山上引入，流淌不息，温泉池边各种大理石镶嵌，温润光滑。温泉底部似乎有暗渠排水出去，因为温泉水不断从上游流入，但是温泉池却不满不溢。

温泉之中银铃般娇笑打闹之声传来，我仔细看去，是四个美貌女子。

莎莉对我笑道："先生，请更衣，她们帮您洗尘按摩，然后您先休息。这院子里就有客房，我先去客房给您做好准备。"

我犹豫不知该怎么做的时候，莎莉已经喊道："艾米、艾玛、莉莉、莉亚、你们过来帮先生更衣。"

温泉池中四个女子听到莎莉的叫声齐声答应一下，然后从温泉池中走了出来。她们身上只披着薄如蝉翼的纱袍，走起路来，凹凸有致的身段若隐若现，煞是诱人。

我还茫然不知所措的时候，已经被艾米四人脱掉衣服，拉进了温泉池里，池水温热，泡在里面舒服得紧。艾米、艾玛不时地给我身上撩水，莉莉、莉亚则分别捶打着我的肩膀和腿。

这个时候，莎莉拿了个托盘过来，托盘里是红酒、水果、面包和烤肉。在温泉中泡了半刻，我真的有了饥饿的感觉，这个时候，艾米、艾玛去把托盘接了过来，一人端着红酒喂给我喝，另一人则拿起食物喂给我吃。

美色撩人，池水温润，真是如同进了天堂！当彼之时，灵根泯灭，只盼就这样一直享受下去……

浸泡良久，我从温泉中出来，在四女的引导搀扶下，走进了一座大屋，大屋之中极尽奢华，特别是房屋中摆放的四柱欧洲大床，金光璀璨，四柱俱是女体雕塑，屋顶水晶灯垂下，灯光晶莹剔透，更加催发情欲。

我只感觉到血脉贲张，情欲难抑，当时之际，无法思考许多，但总是有所抗拒，却无法自拔。

正在此时，耳边突然响起了一个中年男人的声音："咬舌尖，破心魔！"

文老师！心魔？好像不对，我好像想起什么来了……

我刚要咬动舌尖，莎莉不知何时走了进来，香唇已然印上我的嘴唇，并且喃喃说道："主人修普诺斯让先生尽享欢乐，莎莉亲自来侍奉先生。"

|第三十五章| 彩衣笛人

犹豫之间，男声再次响起："心魔！"

我突然发现莎莉的脸变了，变成了一个中国女子的脸——李静秋。

李静秋……这个名字怎么这么熟悉……

啊！不对，李静秋不是死了吗？！

一念之间，莎莉及其他四女都如同雾气般消散了，整个大屋都消失了。

瞬间，我发现自己被锁在了一个断头台上，周边人声鼎沸，许多人在看热闹。

我观察四周，发现我的双手双脚被镣铐锁死，但是奇怪的是，手铐之上刻满了字母，脚铐之上却刻满了数字。

我试图挣扎，发现手铐上的字母能够移动，难道这是个密码锁！那么脚铐之上呢？

再看身旁，一个齿轮缓慢转动，我努力向上望去，巨大的断头闸刀正是与这个齿轮铁链相连。

也就是说，齿轮转到某个位置，断头闸刀就会坠落下来，让我身首异处。

我再仔细看去，这个齿轮是与一个大钟相连，而且，大钟每过一分钟，齿轮就转动一轮齿。

这个齿轮好像只有十个轮齿，也就是说，我只有十分钟时间！

左右手的拇指、食指都能触动字母，我着急地尝试各种字母组合，试图解开镣铐。

眼看时钟嘀嗒作响，齿轮开始一个齿一个齿地转动，我试了无数次，就是没有效果。

焦急之间，齿轮已经转动了五颗过去，我都能感觉到断头闸刀的锋芒了！

这个时候，我抬头向人群中看去，看到艾米、艾玛站在人群最左边，艾玛左手拿着一枝玫瑰，艾米左手拿着两枝玫瑰，她们两个怎么感觉和整个人群格格不入？我再看向人群最右边，莉莉、莉亚二女果然站在那里，而且都在右手分别拿着两朵玫瑰和一朵玫瑰。

横竖自己也没有解开密码锁的思路，还不如就认为这是提示。

艾米就是Amy，艾玛就是Emma，艾米左手拿着一枝玫瑰，那么要不就是A1？不对，手铐上没有数字，那么1的意思应该是第一个字母就是A，艾玛拿着两枝玫瑰，那么是两个字母还是用第二个字母啊？先试试AM吧。不对，解不开，那么试试AEM，如果不成就再试AMA。当我把左手手铐的字母盘转到了AEM的时候，左手的手铐咔的一声解开了。

原来如此！

这个时候，齿轮只剩下两个轮齿了，我只有两分钟了。

右边手铐的密码，莉莉就是Lily，莉亚就是Leah。她们两个人右手分别拿着两朵玫瑰和一朵玫瑰，那么右手手铐的密码就是LiL。我一试之下，右手手铐也应声而开。

还有脚铐。脚铐都是数字，数字的提示又在哪里？

刚才是在人群中找到的线索，我再次向人群看去，着急搜索之下，看到了莎莉，莎莉并没有手势，而且她身上也没有什么数字。

这个时候，连接那个齿轮的钟表居然响了起来，齿轮的最后一齿也即将转过。

虽然我的手铐解开，我刻意躺下躲过断头闸刀，但是我的脚却还困在断头台上。

等等……钟表！

钟表上的时间刚好指到了十二点十四分，我先试试1214，左脚脚铐没打开——断头闸刀已经开始缓缓坠下——试试右脚脚铐，咔的一声，开了。

那么左脚脚铐的密码呢？闸刀已经落了一半了，数字的提示……数字的提示……

等等……还有四个数字，那就是艾米等四女的玫瑰花，分别是1221，横竖就是它了，先试试吧！

万幸万幸，在断头闸刀加速落下的时候，我把左脚也抽了回来，赶紧滚向一边，断头闸刀"砰"地落了下来。

我从断头台滚落的一刹那，周边的人群又消失了。我又回到了大屋之中，修普诺斯眼神诡异地看着我笑。

周边的人也同样诡异地注视着我，我不由自主地退到大屋角落，修普诺斯等人并没有跟着压迫过来，这个时候我看到餐桌上的烛台，似乎排列着字母，好像是UBS……这又是什么？

就在我试图逃出大屋之时，突然出现一个黑衣武士，劈头对我一掌击来。

我歪头躲过，伸腿踢去，被武士躲过。

武士欺身上来，把我的肩膀抓住，我正试图反抗，他却抓住我的肩膀猛晃，一边晃还一边说道："孟新建，你怎么了？快醒醒！"

醒醒！这两个字如同惊雷一样，终于让我想起了哪里不对劲，我是在画里的，这些都是幻觉！

难道刚才我被催眠了？我想起来"咬舌尖、破心魔"这六个字来，一口咬了下自己的舌尖……啊！对自己也真不客气，这下咬得真疼！

我疼得晃了晃头，看见秦剑还在摇晃我，他遮住了那第六幅画，我说道："秦剑？"

秦剑和楚楚都关切道："你刚才怎么了？对着画说话，还打滚。"

我长呼吸几次，稳稳心神，又用突刺戒指刺了掌心几下，这才灵台清明起来。

楚楚看到我这番动作，问道："师兄，你刚才难道被催眠了？催眠你的难道是这幅画？这些画到底讲的是什么啊？"

我突然想到一点，对楚楚、秦剑二人嘘了一下，好让自己的思路不被打断后，再次向第六幅画看去，秦剑和楚楚一脸紧张地看着我。

门的场景和宴会的场景略过不看，接下去的场景果然是温泉浴女、华美大屋、断头台。

在断头台的场景中仔细寻找，果然如同被催眠时看到的一样，四女拿着玫瑰，连着齿轮的钟表，钟表的时间正是十二点十四分。

三个场景中间都分别夹杂着抽象的线条，线条晦涩难懂，不知何意。

我再返回去看宴会场景，烛台细看之下，果然摆成了UBS字母式样，一时无法详解。

楚楚见我又一次出神地看着第六幅画，伸手在我眼前晃了晃，看我是不是催眠未醒，开始着魔了。

我把目光挪开，看向他们，说道：“我没事了，刚才我应该是被这幅画催眠了。”

“啊！画怎么能催眠你？”楚楚惊叫道。

我回答道：“是可以做到的，不过原理我得去和文老师再咨询确认一下。而且画催眠我的目的，我觉得很诡异，一时却想不清楚。秦剑，这幅画我可不可以先拿走，问过文老师之后再归还回来？”

秦剑沉吟一下，道：“你拿走吧，回头我给你补办个手续，毕竟你已经是公安局的顾问了！”

我说：“好，多谢了！等我解开这幅画的谜团，一定告诉你俩！”

楚楚道：“师兄，这幅画等你弄明白再告诉我们，那么前五幅画是什么意思啊？我看着好像是个故事啊。”

秦剑也看着我，等我讲解出来。

我顿了顿道：“这幅画表达的是一个神话传说，传说发生在欧洲，说的是有一个叫作汉默尔恩的小镇突然出现了很多老鼠。

“这些老鼠非常猖狂，带来无尽的梦魇，让人们无法幸福地生活。大家都要求镇长想办法恢复往日的平静，于是他贴出告示，承诺给能赶走那些老鼠的人一笔丰厚的奖赏。

“不久后一个有月亮的晚上，来了一个穿着彩衣的人。他吹起了一首乐曲，旋律响起的时候，所有的老鼠竟然都拥了出来。他一边吹着笛子，一边往城外走，老鼠们排成长列跟在他的后面，到了河边之后，它们又纷纷跳进河里，全都淹死了。”

|第三十六章| 王超档案

我接着说："吹笛人回去领赏，可镇长和镇民们却反悔了，他们认为他只不过吹吹笛子，没花什么力气，所以拒绝付出赏金。

"吹笛人笑了笑，一句话也没说就走了。

"那天夜里，他又开始吹起那奇妙的乐曲。这一回，每家每户的孩子，就像那些老鼠一样，全都从床上爬起来，跳着舞，奔向那个吹笛人，无论父母们如何呼唤、拦阻，都不回头。

"只有一个孩子例外，他怎么奔跑也跟不上其他的孩子，跟不上那个吹笛人的步伐，他在月色里面朝远方大声哭泣。

"就这样，除他以外，那个小镇上所有的孩子，都跟在吹笛人的后面，越走越远，终于全部消失，再也没有回来。"

楚楚和秦剑听完，又回去看了看那五幅画，楚楚说道："师兄，这里挂这幅画的意思是？"

我回答道："第六幅画里宴会的主人，就是这个吹笛子的男人，他在催眠我的时候，自称叫作修普诺斯。"

秦剑问道："修普诺斯，听着怎么这么像希腊的名字，他又是个什么角色？"

我回答道："修普诺斯是希腊神话中的睡神，是四千八百多年前古希腊神话中的第三代神祇，是掌管睡眠的神，同时也主管了快乐和自在，因为能够安稳睡觉的人才是真正快乐与自在的，不能睡觉的人是痛苦的，如同假死一般。

"他总是身穿白色的衣服，手上拿着一朵罂粟花，凡是被罂粟花扫过的人，就可以一夜安眠到天亮。

"只要他以神力诱使人类，就能使人入睡，而他的催眠术，是人神皆不能相拒的。他力量大于诸神，连宙斯也逃不过他的魔力。

"修普诺斯的妻子，是海仙女中的一位，帕西提亚。在特洛伊战争期间，天后赫拉计划把宙斯催眠，趁他熟睡暗暗帮助希腊人。

"赫拉找到了修普诺斯，让他帮忙催眠宙斯。修普诺斯一开始不敢帮，怕宙斯发怒。

"于是，赫拉许诺把帕西提亚嫁给他。所谓色令智昏，事发后宙斯气得到处追杀修普诺斯，还把他从天上狠狠打入地府。

"据传说，修普诺斯所居住的洞穴位于希腊某个岛屿的下方，洞穴内流动着有'遗忘之河'之称的勒忒河。

"修普诺斯和帕西提亚生有三个儿子，他们三个是其他所有梦神的头头，分别是司掌'野兽姿态的梦'的伊刻罗斯，司掌'物体形态的梦'的方塔苏斯，司掌'人类姿态的梦'的摩耳甫斯。这三人出没于万物的睡梦之中，并分别能化成人形、动物及没有生命的物体。"

楚楚问道："这个修普诺斯是希腊神话中的睡神，和这个灵修班有什么关系，为什么他们要挂这样的故事和传说的画呢？"

我回答道："如果灵修班的背后是个教派组织的话，那么，修普诺斯应该就是这个邪教的神祇，他具有强大的催眠能力，这个邪教的教徒也是通过催眠劫财害命。"

秦剑刚要发问，突然电话响起，他接完之后对我说："他们找到了标记为王超的卷宗，沈队让你下去看看。"

我把第六幅画摘了下来，卷好拿在手上，和秦剑、楚楚走去地下室。

到了地下室之后，沈度正在翻阅灵修班留下的学员档案，看来灵修班能够对那么多人谋财害命，而不留后患，果然有其独到的地方。要不是我们误打误撞破解了灵修班的手法，还不知道会有多少人遇害。

秦剑和沈度说了第六幅画的事情，沈度转脸对我点点头，表示他知道了，然后拿起那本卷宗，对我说道："新建，你们看看吧，这个就是灵修班关于那个王超的档案。"

我接过来，回话说好，然后和楚楚、秦剑拿着文件盒去了一楼客厅细看。沈

度和其他警察则忙着把剩下的档案证据整理装车，带回警局。

到达一楼客厅，我打开档案盒子，里面是厚厚一摞A4纸。我先看，我看完一张给秦剑，秦剑看完给楚楚，楚楚则一边看一边拍照，作为写作素材。

第一张是王超自己填写的灵修班表格，我看到这个表格除了姓名年龄之外，还有家庭成员、家庭住址、工作收入一类，看起来像个调查表格，作用应该是套取学员个人隐私和财产信息。

剩下的几张都是王超写的对于灵修班学习的心得，我一张一张翻看下去，发现王超的大部分心得中都夹杂着对家庭生活的恐惧，对母亲的怨恨，其中一张居然写到了王超找了私家侦探调查他母亲张素兰被强暴的旧案底。

我把这张仔细读来，居然有了新的发现。

身世对于王超来说，是心里的隐痛和秘密，但是张素兰不可能告诉他，也许张素兰自己都没法确定或者不愿意面对王超的身世，所以从未对王超说起过。

但是王超从王大庆当时的反应中察觉，自己并不是王大庆亲生的，而且他仔细回想自己和王大庆的相貌，似乎并没有什么相似性。

这个事情对王超来说，在很长时间内，都影响到了正常的社交，王超知道王大庆死后，他的所有同学几乎都在对他指指点点，说他是个野种。而王超内心深处，想破解自己的身世之谜的念头越来越强。

终于有一天，他找了个私家侦探，复制出了张素兰强奸案的卷宗。

卷宗显示，张素兰是在1982年底被一个叫刘元的人强暴的，这个刘元是一个小混混，因为打架斗殴屡次被张素兰父亲拘留，所以怀恨在心，跟踪张素兰一个月之后，强暴了张素兰。

案子很快侦破，刘元被判处了无期徒刑，而且送到了新疆石河子监狱服刑。

王超去了新疆石河子监狱，在当地找了刑事律师帮忙，去监狱探望刘元，王超心里是想看看自己和刘元到底会不会长相相似。

待得王超和律师到了石河子监狱之后，得到的消息却是，刘元在监狱中图谋越狱，并且打伤狱警，被狱警当场击毙了。

不过，监狱给王超提供了刘元的照片。王超看到照片之后，几乎在第一时间确认自己的生理学父亲就是刘元。因为监狱留存的刘元的服刑档案照片正是刘元三十多岁的样子，王超去调查此事的时候正是三十岁。王超和刘元三十岁时的照片酷似，生理学遗传特征明显。

王超的心得里写道，在他看到那张照片的一刻，他心里先是松了口气，因为自己的身世之谜终于解开了。

　　但是随之而来的就是难以压抑的恨意，因为张素兰如果当时没有生下他，而是选择流产的话，他也就不用来到这个世界上，受人耻笑，而且还要杀死自己法律上的父亲王大庆了。

　　杀人之后，王超做了两年的噩梦，但是又没处诉说，只能憋在心里。

|第三十七章| 自杀他杀

张素兰对王超的感情很是复杂，结果就是王超在张素兰身上几乎感觉不到母爱。当时王超和李静秋相亲，能够结婚也是因为李静秋的性子绵软沉闷，让王超能够得到一丝安宁。

可是后来王超和李静秋的夫妻生活因为种种原因被毁掉，王超压抑的欲望和精神始终无法得到解决。

直到王超接触灵修班后，灵修班的尚婕扮演了心理医生的角色，听王超诉说，给王超疏导，王超通过写心得和诉说的方式宣泄了一部分情绪。

看完王超的心得，下面居然是灵修班对王超的记载。其中一篇写道："王超的恨意针对他的母亲，而且把自己的压力同时指向了整个家庭。"所以尚婕给王超不断模拟杀死全家的情景，而且让王超写下了杀死全家的感受。

王超在不断模拟杀死全家的情境中，感觉心里畅快多了，而且还自己发挥了被发现之后的反应，那就是去玩两天，然后自杀，并且写好了自杀的遗书。

遗书！整个尚婕对王超的模拟杀人情景都记录得详详细细，而且连王超自己写遗书的事情也记载了下来，但是我没有找到遗书！

秦剑看到之后说道："这个遗书是不是放在王超自杀现场了？"

楚楚反问道："如果自杀现场的遗书是王超模拟的时候写的，那么王超怎么会拿着留到现场的？"

我说道："按照模拟，王超是想玩两天再自杀的，但是他直接就死在路上了。那么是不是有一种可能，王超是别人杀死的，然后凶手把王超模拟所写的遗书留在了现场。"

秦剑说道："如果有外人留下遗书，那么现场王超的车全部密闭，又怎么解释？"

我和楚楚都想不透怎么样在车密闭的情况下把遗书放进车里，所以就没有继续探讨这个问题。

我们继续翻阅下去，尚婕记录道，王超有一天说起，妻子李静秋的手机号绑定了他的银行卡。尚婕还在这段话下面加了注释："可以催眠实现模拟情节。"

剩下的就是2013年3月中旬尚婕引王超到了这里，然后由亨利对王超开顶催眠。

催眠之后，尚婕带着王超去转款，并且送王超回到家里。

尚婕在记录里说道"已经开启指令，成功"，之后又增加了一条，"王超已死，天衣无缝"。

看完灵修班王超的卷宗，我、秦剑和楚楚都许久没有说话，从整个卷宗来看，我们能知道王超杀死全家和出行路上在车里自杀的整件事件背后，都是受到了尚婕、亨利二人的操控。

仅仅因为李静秋的手机号码绑定了王超的银行卡，就催眠王超，勾起王超杀人宣泄情绪的欲望，直到王超灭了自己满门。

秦剑和楚楚也在怀疑王超自杀的真实性，不过两个人观点不同，又互相说服不了。

楚楚认为灵修班对其他汇过钱款的学员都是通过催眠，让他们跳楼或者撞车的，至少从惯例上讲，应该都是采用类似的方式自杀。

于佳是因为被李老太紧紧看住，我们又及时赶到，才没有跳下楼去，酿成悲剧；贾兰则是因为无意间被路上的钉子刺痛醒了过来，没有撞车身亡，但是选择了装疯避祸。

楚楚认为，既然其他人都是被灵修班催眠后采用这两种方式致幻自杀，那么王超应该也是跳楼或者撞车才对，但是王超却是吃安眠药后汽车尾气中毒而死。

既然王超被催眠了，为什么还要选择吃安眠药呢？所以楚楚认为王超可能是被尚婕直接杀人灭口的，但是无法解释的是，王超的车是锁死密闭的，而且遗书又在旁边，凶手是怎么做到的？

秦剑则认为，其实我们有可能把事情想得复杂了，王超很有可能是在路上醒了过来，然后想起自己杀死母亲、妻子和孩子的事情了，承受不了心理压力自杀了。

至于档案里说的那份遗书，也许是王超曾经写过，所以第二次写，就把第一

次写的情节都写了下来。

楚楚和秦剑都为自己的观点争论不休，趁着他们两个争论的时候，我用手机调出和李静秋的聊天记录，看看能不能发现蛛丝马迹。

果然，在李静秋死亡的白天，李静秋和我说起过，她收到了一条转账短信，不知道是真是假，她还给王超打电话询问过怎么回事，但是王超没接电话，所以她以为是诈骗信息，就没太在意，没想到的是，她的生命就此终结了。

楚楚跑过来打断了我的思绪，"师兄，你怎么不说话？你认为是自杀啊还是他杀啊？"

我想了想，捋捋思路，回答道："我没法确认王超是自杀还是他杀，但是我能破解怎么往密闭的车里放东西，比如说——遗书。"

楚楚和秦剑闻听此言，都做出了不可思议的表情，秦剑说道："小贱，你要是能做到往密闭的车里放进东西，那么王超的死因还真不能确定是自杀还是他杀了，那得重新鉴定侦查了！"

我说道："问题的关键其实在于如何破解思维的盲点。"

我刚说完这些，一名警察进来，对我们说道："沈队让我过来通知三位，准备回市里了，这边的证据已经整理装车结束。"

我们答应一声，让那名警察回话，我们坐自己开过来的车回去。

我们三人拿着卷宗和第六幅画，出了别墅，随即有警察将别墅重新锁死贴上封条。

秦剑和楚楚对能往密闭的车里面放东西很是怀疑，让我给他们说说明白。

我示意他们到了车那边的时候我演示给他们看，并且强调这是个思维盲点的问题。

走到车跟前之后，我对秦剑和楚楚说道："其实这个谜题很容易破解，只不过我们陷进了思维盲点里无法跳出，其实我们可以换一种思考路径。

"我们原来的题目是：如何往密闭的车里放进一封遗书。这个题目下，我们只能认定王超是自杀的，而且遗书是他自己写的，因此我们不可能把遗书放进门窗都从内部锁死的车厢里的。因为在这个思路之下，我们假设尚婕在现场的话，她面对的是一个门窗锁死的车厢，就像现在我们面对的没有打开锁的这辆车一样，除非把锁撬开，不然不可能在不破坏车的情况下，把这个卷宗放进去的。"

楚楚说道："难道尚婕把车锁撬开了？"

秦剑道："可能性不大，撬开车锁是个技术含量很高的工作，还得有专业工具，尚婕能开锁的可能性不大。而且，如果车门锁是被撬开的话，应该是有痕迹的。当时现场检查的时候，是不可能发现不了的。"

　　我让秦剑打开车门，然后把卷宗和画放到副驾驶的位置上，对秦剑说道："秦兄，麻烦你坐到驾驶位上，模拟王超。"

　　秦剑说好，然后问道："你要给我们变魔术吗？要把卷宗变进来？我现在是不是要把车打着火，然后把门锁上。"

　　我笑了笑说道："打着火之后，你扮演好死人就可以了，不用锁死门。"

　　秦剑和楚楚惊讶道："王超不是锁死车门之后自杀的吗？为什么不锁死门？"

|第三十八章| 死亡之谜

我拉开驾驶位的车门，然后按动驾驶位的车窗按钮，把驾驶位车窗完全打开了，继续说道："其实没法确定是不是王超自己锁死了车门，只能确定王超死亡的空间里车门是锁死的。至于是谁锁死的，可不一定是王超！"

楚楚问道："如果不是王超锁死的，难道是尚婕在外面把车锁死的？她有车钥匙？"

秦剑道："那不可能，王超那款车子在启动了发动机之后，就只能在车内部锁住，无法用车钥匙在外面锁上了。"

楚楚道："那就不可能从外面锁上了，那不反而证明了王超是自杀的？"

我说道："其实谜题的关键就是如何破解我们的思维盲点。"

秦剑和楚楚问道："思维盲点？整件事就那么几个点，我们都考虑到了啊，怎么还有思维盲点？"

我说道："思维盲点不单是指思维的死角，还有一点，就是思维的角度。我刚才说了，如果我们要破解的谜题是，如何把遗书放进一个密闭的车厢里，是不可能做到的。

"但是，如果我们把题目换成如何不用钥匙把车从外部锁住，就可以做到了！"

秦剑瞪大眼说道："你的意思是，尚婕是先把遗书放到车里，然后再想办法在外面把车从里面锁住？"

楚楚道："那也不可能啊！"

我不再说话解释，而是直接操作起来。

我把车门关上，先通过窗子伸手进去在驾驶侧车门把车锁锁上。这样车的门锁就已经锁上了，剩下的就是驾驶位的一个车窗了！

基本上驾驶位的车窗开关都有一个功能，为了方便司机开关车窗，在把开关按到底或者拉到底的时候，车窗就会自动升到完全关闭或者降到完全打开的状态。

所以，我只做了一个动作，就是把驾驶侧的门的车窗开关拉到了底，车窗缓慢上升，在车窗关闭之前，我把手缩了回来，片刻，车窗升到完全关闭的状态，车的门窗都已经锁死了。

现在秦剑和卷宗、画都在车里，而车却是我从车外锁死的！

楚楚瞪大眼睛，愣了半晌，还拉了拉车门，确认车已经锁住了，摸了摸车窗，确认车窗也已经是关闭的状态了。

秦剑则在车里瞪着眼睛，看着车外的我和楚楚，过了一会儿，秦剑打开车锁，示意我们上车，准备出发回市里。

车上，秦剑说道："居然就是这么简单！"

楚楚说道："那么说，完全可能是尚婕杀死王超之后，把遗书丢到车的副驾驶，然后用同样的手法把车门车窗锁死！等王超被发现的时候，警察面对的就已经是密闭的空间了，所以……"

"所以，"我接道，"我们的第一反应就是，怎么把遗书从车外放到密闭的车厢内，而不愿意去想遗书是放好在车里的。"

秦剑开着车，说道："这样看来，王超还真有可能是他杀！一会儿到了局里，我和沈队汇报一下，重新勘查吧。"

楚楚说道："其实还有个办法知道真相，就是审问尚婕。"

说起尚婕，楚楚问秦剑："尚婕还没弄醒吗？"

秦剑回答道："还没醒，今天已经第三天了，和冬眠似的，不吃不喝，不拉不撒，像个活死人。估计再过几天就得自己把自己饿死，所以沈队安排人把她送到公安医院去了。"

楚楚担忧道："尚婕不会半路自己醒过来，然后又催眠押运警察，然后跑了吧？"

秦剑说道："沈队这次防范措施做得很严格！我在商场里找亨利的时候，听崔鹏说，押解尚婕的时候，是把尚婕捆死在担架上，然后用胶带把尚婕的嘴粘住，并且用的是专门的押解车辆，车内用防弹玻璃隔离的，隔音性也很好，所以

路上出事的可能性不大。沈队现在最关心的是怎么唤醒尚婕……"

楚楚见我没有参与交流，拉了我一下，对我说道："师兄，你怎么不说话，你是不是想到什么了？"

我"嗯"了一声，回答道："想倒是没想到什么，就是有点困。"

秦剑打趣道："小贱估计是很享受被那幅画催眠，所以现在还在回味呢！哎……小贱贱，你给我们说说，你被那幅画催眠的时候都看到什么了啊？"

说起那幅画，我现在回想起来，除了那些让人血脉贲张的情景之外，印象最深的就是修普诺斯这个名字，以及那几个数字字母了。UBS、AEMLIL、12141221……这几组字母和数字代表什么呢？

我打开手机准备搜索一下UBS，刚好路上3G信号不稳定，网页打不开。

这个时候秦剑又接起了电话，接完之后，一脸严肃地对我们说："沈队让咱们三个赶紧赶到公安医院去，医院出事了。"

我和楚楚虽然一直都很担心尚婕出问题，但是没想到居然这么快，而且是在公安医院出了问题！

秦剑一路鸣着警笛，我们漂移到了公安医院。

要说秦剑开车的手艺，真有《头文字D》里头赛车手的感觉，不过下了车之后，我和楚楚都强行抑制住了呕吐的冲动。

到了医院之后，根据沈度的指示，我们直接进了特护病房区。

走进病房区，看到四名警察全副武装地执勤，凡是想进入特护病房区的人员都要里面来人接进去才可以。

沈度派崔鹏将我们三人接到病房区之后，我们才看到病房区里警察更多，而且全面戒备，崔鹏带着我们走到了特护区4号病房。

我们进去之后，看到尚婕全身被捆死在病床上，仍然沉睡不醒。不过手上扎着输液针，吊着管子，看起来是葡萄糖生理盐水。

沈度、赵娟和另外两名看起来眼熟的刑警都挤在这个面积大概只有八平方米的病房里。

沈度看到我们三个到了，让那两个刑警出去，然后和我们说道："尚婕是两个小时前送到医院的，一个小时前，给尚婕更换输液药瓶的护士突然用手术刀刺向尚婕，还好赵娟在现场，把护士打翻，尚婕才没有被刺死。

"那个护士被我们控制之后，我们做了审讯，结果护士的反应和陈明他们一样。

"现在支队里都知道陈明等人被催眠之后持刀街头追砍于佳的事情，所以那个护士的反应，支队临时审讯的刑警队员都认为是被催眠了，所以就赶紧上报给我。

"我到了之后，主要担心两点：

"第一，现在灵修班的同伙对尚婕的动作已经不是营救，而是杀人灭口了！

"今天还好安排了赵娟看守尚婕，赵娟经历过尚婕催眠攻击，对这类事件反应足够机敏，不然的话尚婕就被杀了，我们的这条线索就又断掉了！

"第二，楚楚被掳、尚婕被袭击，这两件事发生的时机都太巧了，我怀疑我们这里可能有内奸！

"要是有内奸的话，事情就复杂了……而且，要确定有内奸，必须证据确凿，才能清理内奸！我现在只能采取加强防范的做法来避免万一。"

|第三十九章| 冲击病房

我插话道："楚楚被掳，我也怀疑过有内奸，因为亨利等待的时机太巧合了，他怎么就刚巧不巧地在二楼密室等着呢？不过暂且只能认定是巧合，因为没抓到亨利，无法知道真相呢！"

沈度点了下头，继续说道："你的怀疑是有道理的，只不过今天我们忙于追捕亨利，所以来不及碰面讨论案情，交换看法。我们的当务之急是，在灵修班亨利等人再次发动袭击之前，把尚婕唤醒，然后转移回局里，毕竟局里的安全性要远高于医院。另外，新建，我听秦剑说，楚楚被掳的路上，也可能被催眠了，你是怎么唤醒楚楚的？"

楚楚说道："孟师兄为了唤醒我，险些没把我闷死！"

秦剑也问道："是啊，新建，你怎么把楚楚唤醒的，会不会也同样能把尚婕唤醒？"

我回答道："我试了用刺痛感唤醒楚楚，发现没用；然后又用音量较大、节奏很快的音乐试过，也没有效果；后来也试过把水滴到楚楚脸上，楚楚也没有醒过来；最后，我想起来，人被深度催眠的时候，五官五感都被关闭了，所以对外界的刺激并不能接收到，我们看到的反应就是被深度催眠的人无法醒过来。

"但是有一种情况下，人会本能地唤醒自我，那就是——窒息。

"呼吸是人从生下来开始一直到死亡都要进行的无意识行为，也就是说，不论我们是醒着还是睡着，是走路还是坐下，是喝酒还是吃饭，是说话还是沉默，呼吸都一直自行运行。

"那么如果我们因为外力被窒息，因为窒息带来的外界刺激，大脑就会把我们的躯体唤醒，让我们排除引起我们窒息的外力，结果无非就是我们能否顺利排除外力罢了。

"比如说上吊的人，在窒息状态下会四肢乱抓抽搐，但是解不开上吊绳子；被人掐住脖子的人，会非常用力地拼命挣扎，只不过是能不能挣扎脱离加害人罢了；对于溺水窒息的人，则是在水里手脚乱动，试图抓住救命稻草，不过是能不能遇到救命稻草罢了。

"不过这种方法，必须在旁边做好保护，不然窒息太久，就可能真的因为大脑缺氧而死亡。

"当时我唤醒楚楚用的就是这种办法。倒是可以在尚婕身上试一试，看看有没有效果。"

赵娟在旁边跃跃欲试地打算做辅助工作，不过每次看到沈度的眼神就又缩了回去。现在听到我说要用窒息的方法唤醒尚婕，就又站了起来，摩拳擦掌地要去准备窒息的工具。

沈度说道："赵娟，你配合孟顾问，用窒息的方法唤醒尚婕，做好保护工作！"

赵娟"啪"地一个立正，举手敬礼道："是，沈队！保证完成任务！"

然后兴奋之情溢于言表，随即嘿嘿笑道："多谢沈队啦！孟顾问，需要做什吗？用绳子勒她脖子还是用手掐她脖子……"

楚楚憋不住"扑哧"一声笑了出来。

秦剑虽然一脸严肃，但是也嘴角咧了咧，把笑憋了回去。

我笑道："不用绳子勒，也不用手掐，是用沾湿的几层纸巾，蒙在尚婕嘴鼻之上，让她模拟溺水窒息。不过你要在一旁保护，如果超过55秒她还不能醒过来，就得赶紧急救，按压胸腔和人工呼吸！"

赵娟又是"啪"地立正，说道："是，孟顾问！保证完成任务！"

我们都再也憋不住，笑了出来，赵娟也跟着笑了起来，然后说道："孟顾问，您有空的时候一定要教我催眠术，这个真是太好玩了！"

赵娟找来纸巾和矿泉水，开始做准备工作，就在这个时候，突然听到外面传来呼喝之声："站住！不准冲进来！冲进来就是妨碍公务！"

沈度对我们摆摆手，示意我们暂停，他和秦剑先出去看看。

沈度和秦剑出去之后，我也示意赵娟和楚楚看好尚婕，这间病房是在10层，

应该不会有人从窗外进来袭击的风险，所以我也打开病房门，出去观察。

走到病房外之后才发现，有十来个病人和医生护士两眼发直地往特护区冲击，门口的警察和病房区走廊里的警察被人群挤压得不断后退，看起来门外还源源不断地往里冲击。

沈度正在电话联系支援，但是这么多人中邪似的往病房区里冲击，既不能开枪——担心引起医院的骚乱，也不能暴力逮捕——担心误伤无辜！

沈度和秦剑看到我之后，秦剑喊了句："孟顾问，你看他们是不是也被催眠了？"秦剑此话一说，其他执勤的刑警都把眼睛瞅向了我。

沈度看到我也出来了，对我说道："孟顾问，你赶紧看看，这些人是不是都被催眠了，还有，有没有什么办法把他们都唤醒，我们现在的工作很被动啊。"

我分开警察，走到冲击的人群面前，看到最前面的几个病人，眼神发直，只是机械地向前冲击，并未发动暴力袭击。

不过沈度等人就很被动，因为冲进来的都是病人、医生等人，他们不能开枪，鸣枪示警也没什么用处，而且还容易引起医院骚乱，甚至不能暴力对抗，只能节节后退。

沈度急得团团转，但是束手无策，其他警察没有沈度的命令也不敢乱动，只能是被冲击进来的病人和医护人员逼得不断后退，很快就要到关押尚婕的病房里了！

沈度不断地看向我，希望我能拿出解决的方案来。

我看向人群，恍惚间都有点丧尸围城的感觉了。我恨不得林正英附体，拿出一摞符贴上去，不过估计也没效果……

横竖死马当活马医，我看到了墙边的火警警报器，我对沈度说道："沈队，用消防水枪，看看能不能淋醒，不能的话，就打破警报器用！"

沈度看看情形，也没有更好的办法，点头同意，秦剑迅速行动起来，打破玻璃，旁边两个刑警队员帮忙一起拉出水管，打开水龙头阀门。

秦剑打开水枪龙头，片刻工夫，水龙喷出，走在前面的病人开始尖叫起来。

"怎么下雨了？"

"我怎么在这里？"

"谁推我呢？"

"你们怎么用水冲我们？"

沈度连忙指挥已经退到一边的刑警把清醒的护士病人安排到身后，让病房区的护士和警察把他们从病房区的消防通道带离，剩下被催眠的人群继续用水枪冲射。

我很好奇亨利怎么做到催眠这么多人的，而且冲击病房区的人有病人，又有护士，我看还有些穿便衣的，看起来是家属，难道亨利就藏在门外，随机催眠不成？

我正在想着，沈度走到我身侧，说道："新建，会不会有人在特护病房之外催眠，这么多人怎么可能同时催眠的？你要不要去看看？"

我说道："我也正打算去看看，但是我担心楚楚她们。"

沈度考虑片刻，决定让秦剑去病房保护楚楚，并且和赵娟防止尚婕受到攻击。沈度担心力量还单薄，另外加派了四个刑警守住病房门口。

我看人手应该差不多了，但是还是担心混进来灵修班余孽施展催眠，因为从这些被催眠的病人、医生的反应来看，他们都是在特护病房门口路过的一瞬间失去意识的，肯定是被瞬间催眠的，至于怎么催眠的，我还不知道，而这个催眠的人是不是亨利，也不能确定……

|第四十章| 破解催眠

　　我摸了摸手指上佩戴的突刺戒指，想了想，把它摘了下来，进门递给楚楚，让她见机行事，然后顺手把特护病房区护士台桌面上的图钉拿了过来，递给秦剑和赵娟，用来防备催眠。

　　安排好这些之后，沈度安排崔鹏和另外一个刑警跟我一起出特护病房区查看情况，争取破掉催眠，最好能顺便抓住施展催眠术的人。

　　我们贴着墙脚，崔鹏两人不断推开人群，保护我走了出去，我让他俩各自手里夹住一枚图钉，钉子头对着手心，遇到催眠的时候，紧紧握拳，对人袭击的时候，一掌拍过去，也让人好受。

　　逆着人群，路上崔鹏告诉我另外那个小伙子叫凌宇。我们走到门口，看到门口的人群还在源源不断地进入，服饰混杂，其中居然还有拿着拖把的保洁大婶，不过整个人群中没有金发碧眼的外国人，看来亨利并没有混在人群之中。

　　走到门口，崔鹏走到前面，打算逆着人群挤过去，我拉住崔鹏，指指另一半锁住的门，意思我们从那边出去。

　　凌宇反应也甚是敏捷，几步穿过人群，从里面打开另一半门，我和崔鹏也穿过人群贴了过去。

　　崔鹏小心翼翼地把这扇门打开，我们三个人探头向外面看去。

　　门外是电梯大厅，大厅的另一侧是普通病房区。我们三个人看到从另一个病房区不断有病人和家属机械地往这边走着，还有个骨折的病人，头上缠着绷带，推着轮椅也跟着往前运动。

　　电梯大厅里并没有亨利的踪迹，我让崔鹏联系沈度，通知医院安保处中控室，把这个电梯大厅的电梯先关掉。

我和崔鹏、凌宇则逆着人群走向另一侧病房区。

这个病房区连医护人员加各个住院的病人应该有两百人左右，看来冲击的人群也是有数量的，亨利要是想利用这些人搞鬼的话，他应该趁机冲进去才对啊！

亨利有没有同伙啊，他一个人怎么做到将这么多人瞬间催眠？

我一边思考一边前进，进了病房区之后，看到人群还是顺着走廊向着特护病房区走去，但是靠近电梯大厅这边的病房都门户大开，空无一人。

我们快步穿过人群，走到走廊的尽头，看到的是个L形走廊，那边走廊剩下的几间病房的人群正在不断地出来，拐角之后，看到这个病房区的走廊尽头还有两间病房没有动静。

就在我们小跑要到尽头的时候，我们看到一个敏捷的人影钻到了最后一间病房里面，而他刚才出来的病房里，则有几个穿着病号服的病人机械地走了出来，其中还有个护士也跟在里面。

我、崔鹏、凌宇互看一眼，迅速跑到最后一间病房门口，打算把这个人堵个正着。

崔鹏让凌宇守在门口接应，他一脚把病房门踢开，门踢开后，两个医生手持手术刀向他刺了过来。

崔鹏一路避让，躲出门口，凌宇和崔鹏共同冲过去几下夺下了两个医生的刀，并且把医生打倒在地。

我看两名医生还试图爬起来继续攻击，但是被打得太重，半天爬不起来。

我看他们两人已经没有攻击能力，就决定不着急唤醒他们，而是招呼崔鹏、凌宇两人，先进这个病房，抓住施展催眠术的人。

我提示崔鹏凌宇务必小心，崔鹏、凌宇走在前面，我跟在后面。我们三个人小心翼翼地推开病房的门。

进入病房，先是嗅到了什么味道，然后觉得有什么东西在脑子深处嗡嗡叫了起来……

我晃晃脑袋，并没有听到什么声音，只是觉得不太对劲，不由得按了按手里的图钉。

崔鹏、凌宇突然身子一软，倒在地上，我险些被他们两个绊倒，我踉跄一下，总算站稳，戒备地抬头四处打量。

我居然看到了李静秋！李静秋双手被吊在房顶上，人事不省……

她不是死了吗？怎么会出现在这里！

我正要冲过去把李静秋放下来，探个究竟，这个时候，李静秋后面的门打开了，出来一个黑衣人，看身形，是个女子，不过脸蒙黑纱，看不清楚样貌长相。

那女子对我视若不见，却抡起长鞭，对着李静秋狠狠地抽了下去。

我要冲过去保护李静秋，却发现自己身子动弹不得，只能眼睁睁看着她被鞭打。

鞭子飞舞，李静秋疼痛地呻吟起来，但是呻吟之中，却夹杂了兴奋的味道。

李静秋的衣服被鞭子抽打得破碎开来，肌肤隐隐露出。

我发现自己不但身体不能动，而且连声音都发不出来，只能看着这个蒙面女子鞭打李静秋，很快，李静秋的衣服就被打碎了，几乎半裸的李静秋一边因为疼痛而躲避，一边却因为兴奋而迎合。

那个蒙面女子鞭打了李静秋之后，转过身来，面对着我，幽幽地说道："孟新建，你看我是谁！"

这个声音，我这辈子都不会忘记的！蒙面女人把黑纱从脸上摘了下来，果然是让我魂牵梦萦的欧阳芳菲！

等等，不对……欧阳芳菲应该远嫁澳大利亚了，怎么会出现在这里？李静秋已经死了，怎么可能在这里？

我想起手心里还放着一枚图钉，用力攥了攥手，感觉到了手心的疼痛。

随着手心的疼痛感加强，我清醒了些，瞬间李静秋和欧阳芳菲都不见了。

我再次睁开眼睛，看到一把锋利的刀子正在向我刺来，我赶紧转身躲过。看来我刚才是被什么手段控制进入幻觉了，但是还没接收到指令，或者说这个致幻我的人，并没有给我意识植入，而只是趁我陷入幻觉的时候袭击我。

我转身一躲，这把刀正刺在凌宇的腿上，凌宇激灵一下，立刻就醒了过来。凌宇醒过来后，一把就攥住了持刀的手，两个人僵持起来。

我赶紧用图钉刺崔鹏的指甲缝，稍一用力，崔鹏就醒了过来。

崔鹏看到凌宇腿上流着血，而且还和一个粗壮的男人争夺刀，迅速冲过去一胳膊就勒住了粗壮男人的脖子。

粗壮男人的脖子被崔鹏勒得越来越紧，两手又在和凌宇夺刀，很快就落入下风。

眼看就陷入败局，粗壮男人突然开口对我骂道："八嘎！"

日本人！真没想到，灵修班还算得上八国联军啊！

这个日本人一说话，气泄掉，迅速进入败局，凌宇一把掰开日本人的手腕，刀坠落地上，发出当啷的声音。

崔鹏则用膝盖用力地顶着日本人的腰眼，然后用胳膊把日本人勒得脸都开始发紫了。凌宇把日本人的刀打落之后，一个双风贯耳过去，就把日本人打晕在地。

日本人被打晕，身体倒地的时候，身上掉下来个U盘大小的金属盒子。我捡起来，看了看，一时无法判断是什么东西、有什么用途。

凌宇见日本人晕倒了，也一屁股坐到了地上，他的腿被刺了个洞，流着血，还好没有伤到动脉。崔鹏看到周边刚好有个医生的手推车，里面有手术刀、药棉和医用纱布，赶紧先给凌宇包扎起来。

|第四十一章| 又见亨利

我接过崔鹏的手铐，把这个日本人铐到了病床栏杆上。

铐住日本人之后，我顺手搜查了日本人身上的东西，果然找到了一个香囊类的东西，我用鼻子嗅了嗅，味道很淡，但是却觉得有点头晕，我赶紧把这个香囊用医院纱布包了起来，放到身上。

崔鹏给凌宇包扎好伤口之后，也过来跟我一起搜查日本人，从日本人身上搜出了一部手机和一个钱包，凌宇也一瘸一拐地凑过来看。

钱包打开，除了几张银行卡和一些现金之外，还有日本人的护照，护照上的名字表明，这个日本人叫安倍青木。

姓安倍？崔鹏喃喃道："这个姓安倍的家伙难道是日本首相安倍晋三同族？"

凌宇疼得龇牙咧嘴的，还是说道："安倍晋三同族？一会儿好好审审他，他这一刀好险，差点把我这条腿废了，我绝饶不了这个王八蛋！"

我突然想到，日本历史上有个阴阳师也姓安倍，好像是叫安倍晴明，这个搞鬼的日本人是安倍晴明一族？

我正暗自推测，安倍青木醒了过来，发现自己被铐在病床上，拼命挣扎，一边挣扎一边大叫："你们这群支那猪，赶紧放开我！浑蛋！"

崔鹏听到"支那猪"三字，跳将过去，"啪啪啪"连扇了安倍青木几个耳光，直扇得安倍青木嘴角流血。

崔鹏喝骂道："小日本，你丫的以为这会儿是1937年吧，老子抽死你！"

安倍青木吐出一口带血唾沫："你们三个打我一个，不公平！有本事你们和我公平决斗，你们这群支那猪肯定不敢的！"

凌宇正要上去接替崔鹏继续抽安倍青木耳光，我拦住他，问道："安倍青木，难道你是安倍晴明的后人？"

安倍青木眼神一冷，竟嘿嘿冷笑起来："你这个支那人居然知道我先祖的大名，还算有些见识！不过没想到你醒来得那么快，不然你早就被我一刀捅进心脏了！"

崔鹏和凌宇眼神都看向我，崔鹏问道："孟顾问，安倍晴明是谁？这个日本人是什么来路？"

我简单解释道："安倍晴明是活跃于平安时代中期的阴阳师，从镰仓时代至明治时代初期统辖阴阳寮的土御门家始祖。安倍晴明是位对当时处在科技与咒术最先端的'天文道'和占卜为主的'阴阳道'的相关技术有着卓越知识的专家，是位受到平安贵族们信赖的大阴阳师。江户时代流传着一句名言'不知源义经，但知晴明公'。从此安倍晴明便被人们称为'晴明公'，成为日本家喻户晓的人物。"

我继续道："这个安倍青木居然是阴阳师家族余脉，难怪对催眠迷魂之术多有造诣！"

我正要喝问亨利去哪里了，突然听到"砰砰"两声枪响。听声音，正是特护病房那边，我心头一紧，担心楚楚、秦剑等人，正想着过去看一看，电话来了，我一看是楚楚："师兄，你快来！秦剑中枪了，门要被撞开了！"

我心头一紧，心说那边那么多人，怎么还出了状况？

崔鹏和凌宇听到枪响，看向我，我让凌宇留下看押安倍青木，然后叮嘱凌宇用医用胶带把安倍青木的嘴勒紧，把他的眼睛也蒙住，把门关牢。凌宇点头答应，让我们放心。

我和崔鹏赶紧跑去特护病房区，跑去的路上我突然想起那个推着轮椅，脸上也蒙着纱布的人，那个人如果站起来的话应该身形高大。特别重要的是，他的脸被蒙着，而且，都坐了轮椅的人是怎么被驱动的？

从被催眠的这些人的表现来看，他们应该是被浅度催眠的，机械地迈步前行是无意识行为，可以做到；但是转动轮椅是后天习得的行为，在被催眠的情况下应该做不到……那么这个人，很有可能是亨利假扮的！

一路上，看不到冲击的人群了，看来这些被催眠的病人护士已经被消防水枪都唤醒了。我们跑到了特护病房区，看到沈度正和秦剑拼命，其他刑警也在捉对厮杀，关押尚婕的大门被撞开了。

崔鹏看到这个场景，连忙问我："孟顾问，他们都怎么了？催眠能这么厉害？"

我边跑边说："崔鹏，你去用水枪喷他们，看看能不能喷醒。至于亨利是怎么做到在这么短的时间内对这么多人瞬间催眠的，我还没法判断，先救人！"

崔鹏反应很是敏捷，迅速穿过相互打斗的同事，抓起消火栓来向这些刑警队员喷水过去。

我则跑过去，趁着沈度和秦剑互相锁住，用图钉唤醒他们。秦剑看我过来，跟我说道："新建，你先别管我，亨利冲进去了，快去看看楚楚她们！"

我看到秦剑胳膊上有血迹渗出，心想刺沈度一下，没效果我就不管了，等着崔鹏来处理。崔鹏那边用消防水枪冲向互殴的刑警队员有了效果，很快就有人晃着脑袋清醒了过来，清醒之后纷纷叫嚷道："有人袭警，怎么回事？我怎么和你打起来了？"

崔鹏说道："你们被催眠了，还好我和孟顾问赶了过来。"

我用大头针狠狠地刺了沈度的手指甲缝和人中穴，以加大痛感促使沈度清醒过来，效果立竿见影，沈度疼得大叫起来，然后看到自己正掐着秦剑的脖子，赶紧松开手："我不是抓住了亨利，怎么和你打了起来？"

我见沈度也已唤醒，赶紧冲进关押尚婕的病房。病房里，楚楚晕倒在一边，赵娟眼神迷离，正对着病房门口，看我们进来，冲向我们就要开打。

崔鹏和另外两名刑警队员赶紧把赵娟控制住拉出门外，崔鹏的消火水枪又开始工作起来。片刻就听见了赵娟的呼喊之声，看来赵娟也被唤醒了。

秦剑见楚楚晕倒，一个箭步冲了过去，把楚楚揽到怀里，伸手试探楚楚鼻息。

亨利果然是把自己包裹起来，摇着轮椅混进来的，包裹的纱布还在脸上。亨利似乎把尚婕从深度催眠之中唤醒了过来，不过尚婕并未睁开眼，看来还处在催眠状态之中。这一刹那，亨利还在问尚婕："密钥你藏在了哪里？"尚婕轻声回答："画里……"

亨利听到此言，也看到我们冲进病房，就要捉拿他，突然从手里扔出一个小包过来，然后迅速矮身避过可能受到的袭击。

小包碰撞到墙上，一股烟尘四散开来，淡淡的还夹杂着奇怪的香味。我暗道不好，这个味道刚才在另一侧病房里就闻到过。

我大喊一声："大家屏住呼吸，崔鹏，用消防水枪把烟尘冲散！"

大家纷纷避让，崔鹏则蹿出病房，拿起消防水枪对着屋内就喷。

沈度反应极快，几步就冲过烟尘，跳到尚婕病床另一侧，去捉亨利。亨利则趁乱拉开病房窗户，一下就跳了下去。沈度差了一步，只抓住了亨利的衣角，还是让亨利逃了出去。不过这间病房是在十楼，亨利居然跳了下去！

|第四十二章| 尚婕口供

　　我紧跟着跑到窗口，看到亨利下坠过程中居然打开了类似小型降落伞样的装备，一下在空中滑行出了医院之外。

　　秦剑也不顾伤痛，几步追到窗口，正好看到亨利在空中滑行的场景。

　　沈度气得捶胸顿足，急忙通知其他人赶紧要求交警、巡警支援堵截。

　　我想起来安倍青木还只有受伤的凌宇一个人看守，急忙通知沈度："沈队，我们抓了个日本人，现在凌宇在那边病房看押，你赶紧让崔鹏带着几个人过去，免得出意外！"

　　沈度闻听此言，几乎是声嘶力竭地吼道："崔鹏，你跟着我，还有带一半弟兄过去！剩下的在这里保护嫌犯尚婕和孟顾问等人，秦剑你留在这边……"

　　沈度话音还未落下，人已经带队去了另一侧病房，崔鹏等几个小伙子都跟着过去了。

　　赵娟在一边摩拳擦掌，很是气愤，一直在嘟囔着自己都不知道怎么被催眠的，同时照顾着楚楚。秦剑则自己找了卷医用纱布给自己包扎伤口，他的胳膊被子弹擦伤了，还好并无大碍。

　　我看看楚楚，应该是被打昏过去的，我的突刺戒指突刺朝外，看楚楚的样子应该是试图和亨利搏斗，但是力所不敌，结果被亨利打晕了。我让秦剑赶紧联系医院的医生过来救治楚楚和因为相互格斗而都有小伤的刑警队员。秦剑让另外一个小伙子去找医生支援了，不大一会儿，两个医生和四个护士都赶了过来。

　　事情虽然繁杂，但是经过的时间却只有短短的十分钟左右，我看看尚婕，模仿亨利的语气说道："密钥藏好了吧？"

尚婕回答道："藏在画里……"我突发一念，可以趁着尚婕已被催眠，赶紧录取口供！

我一边示意秦剑赶紧去找沈度过来，一边拿出手机录音。

我继续道："你现在安全了，但是有些事情还得交代给你。"

尚婕说道："好的，我就知道你会来救我。"

不大一会儿，沈度赶到，示意其他人退出去，我、赵娟、秦剑和他一起听取尚婕口供。

我看到沈度眼神中怒火稍弱，看来安倍青木已经被控制住，凌宇也没有出意外，我就没再多问，继续套取尚婕的口供。

沈度拿起笔纸，给我写了几个问题，然后想办法套出尚婕的回答来。

我看了看，第一个问题是，亨利有无其他落脚点？

我模仿亨利的语气问道："现在咱们刚跑出医院，咱们要去……"

尚婕哼了一声，支支吾吾地说道："你带我去就行了，那几个秘密藏身点不是都只有你才知道吗？"

我对沈度做了个耸肩的姿势，沈度也无可奈何地撇了撇嘴。

我看了看第二个问题，灵修班的钱都转移到哪里去了？

我问道："那几笔钱都放好了吧？"

尚婕回答道："钱都按照灰衣长老的指示转移出去了。"

灰衣长老？尚婕和亨利在灵修班里都被称作导师，难道他们的上级叫作长老？这个灰衣长老又是个什么角色？

虽然我从那六幅画中得到的信息看来，这个灵修班绝不只是一个简单的诈骗组织，但是也没想到能有多复杂。现在按照尚婕的回答来看，至少知道两层层级组织了——导师、长老。

我看到第三个问题，王超怎么死的？看来沈度对王超之死也有怀疑。

我说道："咱们上车，我带你去安全的地方，王超你都处理干净了吗？毕竟灭门案容易引起警方重视。"

尚婕说："我已经和灰衣长老汇报过了。王超已经处理得很干净，不会留下线索和痕迹的，你放心！那天我本来想催眠王超杀完全家之后，跳楼自杀的，但是不清楚哪个环节出了问题，王超居然自己开车要逃出去。我跟踪他到了那个路上，王超看到是我，放我上车，在车里对我痛哭流涕，说他杀了他全家，他很害

怕，也很后悔，他要去向警方自首。

"我耐着性子听他说完，然后在他情绪绝望沮丧的时候把他催眠。王超曾经跟我说过，他经常睡不着觉，所以在车上备有安眠药，他晚上开黑车的时候，有时候会只有吃了安眠药在车上才能睡着。我从车上找到了王超备用的安眠药，给他吃下，然后拿出王超在被我催眠治疗的时候模拟杀害全家后写下的遗书，放在一边。

"为了避免他没死成，我还下车把尾气管堵上。做完这些后，我先把驾驶位的车窗打开，然后下车，从驾驶位外面把车锁死，然后把车窗的开关按到底，把手抽回来，这样王超的车窗就自己上升关死，车就是个密闭空间了。没有人会怀疑还有人做了手脚！所以，你放心吧！"

我和秦剑对视一眼，果然如同我们推测的一样，王超是被尚婕杀害的，并不是自杀。王超杀掉自己的母亲、妻子儿子之后，心里承受不住自我的谴责，曾经打算自首，但是灵修班尚婕为了杀人灭口，在催眠不成的基础上，直接下杀手除掉王超。这一条故意杀人的罪名是可以落实了！

沈度也长吁了口气，单凭尚婕的口供，完全可以对整个灵修班的案子深挖了。虽然亨利外逃，但是好歹获得了尚婕的口供，并且抓获了安倍青木。

纸条上第四个问题：亨利等人是怎么知道尚婕被抓的，而且转移到了公安医院？

这个问题并不容易套取尚婕口供，这明显应该是亨利知道的内容，我伪装成亨利，却要再问尚婕，很容易被尚婕的潜意识识破防卫。我思考了一下，说道："还好我收到消息及时，知道你到了公安医院，不然还真没办法去公安局营救你！"

尚婕说道："灰衣长老让我放心，他有办法通知你来救我，你果然就来了。你我此次脱身受阻，我倒是很担心让长老责罚……"

原来通知亨利的是这个灰衣长老，看来只有抓到亨利或者唤醒尚婕严加审讯，才能获得这个灰衣长老的信息了。

纸条上没有其他问题了，我看向沈度，询问还需要再问什么？沈度摇头，一时之间也没法询问太多，让我想办法唤醒尚婕。

我想到一个办法，可以假扮亨利奉灰衣长老的命令除掉尚婕，让尚婕在惊吓之下清醒过来，然后我们假装亨利已经被我们捉到，利用尚婕被催眠时说的内容加强审讯。

我和沈度沟通之后，沈度认为可行。

我就用手做尖刀状，比画比画尚婕的心脏位置，然后模仿亨利的语气说道："其实灰衣长老让我救你出来，还有一件事……"

尚婕问道："什么事？"

我用手狠狠地戳到尚婕的胸口，然后狞笑着说道："长老让我除掉你，因为你把自己暴露了。"

尚婕发出"啊"的一声大叫，然后手脚拼命挣扎起来。挣扎了一会儿，猛地睁开眼睛，大喊道："长老，不要杀我！我什么都没泄露！"

我看尚婕醒来，把手背到身后，沈度秦剑铁青着脸，一脸严肃地看着尚婕。尚婕发现自己被牢牢地困在病床上，睁眼看看，并没有亨利的踪迹。

尚婕喊道："亨利呢？我怎么在这里？"

沈度喝道："亨利要杀你，幸亏我们把他抓住了。你现在唯一的出路就是和警方合作，不然没法保障你的生命安全！"

尚婕不甘心地吼道："不可能，你们骗我！"

秦剑配合做戏道："亨利已经招供，他说是灰衣长老命他除掉你的。"

尚婕脸色一变："什么？你们怎么知道灰衣长老，难道亨利真的要杀我，你们真的抓到了亨利？"

|第四十三章| 次声波仪

我说道："我们不但抓到了亨利，还抓到了安倍青木！"

尚婕脸色大变："你们连安倍导师都抓到了？这不可能！安倍导师还身修阴阳师秘数，催眠术的造诣甚至在亨利之上，你们怎么可能抓到他？"

我掏出从安倍青木身上搜出的U盘大小的盒子在尚婕眼前晃了晃，说道："你看这个。"

尚婕看到，大惊失色："安倍导师的次声波仪，居然让你们拿到了！唉……"

原来这个东西是发出次声波的，次声波可以直接作用人脑，让人产生困倦和幻觉。

原来安倍青木瞬间催眠这些病人和医生靠的就是次声波仪和迷药。

沈度看到尚婕已经相信亨利被擒，并且确认亨利是奉灰衣长老的命令过来杀她灭口的，估计尚婕会放弃抵抗，如实交代问题了。所以沈度就让赵娟、秦剑继续审讯尚婕，但是把我叫出了病房，看来有话要说。

我见尚婕全身被捆绑在病床之上，即使使用催眠术，也不具备攻击能力了，便先和沈度出去，同时叮嘱秦剑、赵娟，一有不对劲就立刻找我处理，秦剑、赵娟点头称是，继续审讯尚婕。

沈度和我走出病房，稍微离远了几步，沈度小声和我说道："我们过去的时候，发现那个日本人安倍青木也陷入了深度睡眠状态，我们没有办法弄醒，估计还得你出马把他催眠或者唤醒，我们才能够获得更多情报，争取把灵修班一网打尽！"

我回答道："一网打尽，需要时间，就尚婕的口供来看，背后还有个灰衣长老我们完全没有信息和线索。而且亨利还未抓到，亨利这次失败逃走，会不会就此销声匿迹，我们再难抓捕？不过他是个西方人，金发碧眼，在中国这片土地上，应该更好辨认抓捕。但是困难在于，亨利的催眠术很是高明，我担心普通的警员难以控制亨利，反而深受其害。"

沈度沉思片刻，道："你说得不无道理，不知道有没有让普通警员防范催眠的办法？免得我们的工作被动难堪。就像今天，要不是你及时赶到，我们刚才因为被催眠互相攻击的时候发生伤亡，后果真是不堪设想！"

我道："这个问题我得想想，不过我认为亨利这次的催眠能够做到如此程度，应该和这个次声波仪有关系，还和他们使用了迷药有关系。"

我把从安倍青木身上搜出的次声波仪递给沈度，沈度接过来看了看，说道："次声波还有催眠的作用吗？这个仪器回头我让技术部门检测一下，看看怎么使用破解。"

我回答道："频率小于20Hz的声波叫作次声波，次声波不容易衰减，不易被水和空气吸收。静止是相对的，运动是绝对的，其实我们可能感觉不到，但是我们人体，甚至细化到我们的某个器官，都是一直以自己的固定频率做着'运动'，简单说，就理解为万事万物都有自己的频率，而某些频率的次声波由于和人体器官的振动频率相近甚至相同，容易和人体器官产生共振，对人体有很强的伤害性，危险时可致人死亡。

"次声波会干扰人的神经系统正常功能，危害人体健康。一定强度的次声波，能使人头晕、恶心、呕吐、丧失平衡感甚至精神沮丧。有人认为，晕车、晕船就是车、船在运行时伴生的次声波引起的。住在十几层高的楼房里的人，遇到大风天气，往往感到头晕、恶心，这也是因为大风使高楼摇晃产生次声波的缘故。更强的次声波还能使人耳聋、昏迷、精神失常甚至死亡。

"历史上有很多次声波杀人的案例。1890年，一艘名叫'马尔波罗号'的帆船在从新西兰驶往英国的途中，突然神秘地失踪了。二十年后，人们在火地岛海岸边发现了它，奇怪的是，船上的东西都原封未动，完好如初。船长航海日记的字迹仍然依稀可辨，就连那些已死多年的船员，也都'各在其位'，保持着当年在岗时的'姿势'。

"1948年初，一艘荷兰货船在通过马六甲海峡时，一场风暴过后，全船海员莫名其妙地死光；在匈牙利鲍拉得利山洞入口，三名旅游者突然齐刷刷地倒地，停止了呼吸……科学家后来经过验证，这些人都死于次声波共振。

"五十年前，美国物理学家罗伯特·伍德专门为英国伦敦一家新剧院做音响效果检查，当剧场开演后，罗伯特·伍德悄悄打开了仪器，仪器无声无息地工作着。不一会儿，剧场内一部分观众便出现了惶惶不安的神情，并逐渐蔓延至整个剧场，当他关闭仪器后，观众的神情才恢复正常。这就是著名的次声波反应试验。

"人体内脏固有的振动频率和次声频率相近似，倘若外来的次声频率与人体内脏的振动频率相似或相同，就会引起人体内脏的'共振'，从而使人产生上面提到的头晕、烦躁、耳鸣、恶心等一系列症状。特别是当人的腹腔、胸腔等固有的振动频率与外来次声频率一致时，更易引起人体内脏的共振，使人体内脏受损而丧命。

"前面提到的发生在马六甲海峡的那桩惨案，就是因为这艘货船在驶近该海峡时，恰遇上海上起了风暴，风暴与海浪摩擦，产生了次声波。次声波使人的心脏及其他内脏剧烈抖动、狂跳，以致血管破裂，最后促使死亡。

"因此，科学家们发现，当次声波的振荡频率与人们的大脑节律相近，且引起共振时，能强烈刺激人的大脑，轻者恐惧，狂癫不安；重者突然晕厥或完全丧失自控能力，乃至死亡。

"当次声波振荡频率与人体内脏器官的振荡节律相当，人处在强度较高的次声波环境中，五脏六腑就会发生强烈的共振，刹那间，大小血管就会一齐破裂，导致死亡。

"从这个角度来说，次声波可以让人进入眩晕状态，如果应用得法，是可以直接把人催眠的。

"难点在于，安倍青木和亨利是如何把指令植入到被催眠的人脑子里的。因为单纯地用次声波催眠的话，只能让人丧失感知能力和行动能力，但是并不能控制人的行为。只有在人进入催眠状态中，给人植入意识，下达指令，被催眠的人才会被催眠者操控行为。"

沈度道："催眠术结合次声波仪如果能达到这个效果的话，那真是防不胜防！这个情况我得及时和王铁副局长反馈。另外，新建，还希望你想出办法破解，不然的话不但亨利难以捕获，他们还会继续用催眠谋财害命。"

沈度说出此番话的时候，眉头紧锁，心事重重，不过事情至此，也得迎难而上。

我说道："把安倍青木从深度睡眠中唤醒，这个我倒是有几分把握了。但是直接把安倍青木从深度睡眠状态转换到催眠状态，这个我还不能做到。不过我想办法看看能否从尚婕身上得到些有用的信息，至于如何破解次声波仪倒是简单，用专用耳塞就可以了。关于亨利他们是如何利用次声波仪催眠的时候进行集体意识植入的，我需要看看能否从尚婕身上得到些有价值的东西，或者问问我的导师文俊峰老师。"

|第四十四章| 画中密钥

　　沈度听到次声波仪能够简单破解，眼神一亮，连连说道："我先去和王铁副局长汇报这些状况，让分局先采购一批专门防范次声波仪的耳塞耳机一类设备以作备用。其他事情还要辛苦新建你，想办法套出口供，获得破解之法！"

　　我点头允诺，正要回尚婕病房，和秦剑、赵娟等人共同审讯尚婕，医院的医生走了过来，和沈度说道："沈队，那个女伤者醒了过来，想要见一个姓孟的心理顾问。"

　　我和沈度闻听楚楚醒了过来，赶紧随着医生去了楚楚所在的临时病房。

　　我们走进病房，楚楚正在床上休息，看起来并无大碍，我也就放下心来了。

　　楚楚见我过去，虚弱地喊了声："师兄，你还是及时赶到了！沈队，你醒过来了啊？刚才可吓死我了……"

　　沈度脸色一红，然后又铁青下来，看来刚才刑警队员们被催眠互相攻击，而且还开了枪的事件的确让沈度心中气愤不已。

　　我估计要是安倍青木被唤醒过来，亨利被抓获后，沈度都能想办法撕碎了这两个会催眠的家伙！

　　我坐到楚楚身边，这才有工夫观察得仔细一些：楚楚的额头一大块淤青，看来是被人抓住头发向墙上碰撞的结果，万幸，没有撞楚楚的后脑。

　　医生在一旁解说道："楚楚小姐是被外力击打头部，造成的脑震荡，然后昏厥了过去。我们刚才做了检查，骨头没有伤到，休养一阵子就会自行康复了。不过病人可能会头疼，我一会儿开些止疼药物。"

　　医生在场，沈度和我都无法询问楚楚，医生倒也识趣，说完之后，转身离开病房，还把门轻轻带上。

沈度对我说道："你过来之前，我们正在按照你的方法用消防水枪把冲击特护病房的被催眠的病人和医护人员唤醒。

"本来都已经快要全部唤醒疏散了，这个时候却来了个摇着轮椅的病人，他过来之后，我闻到了一股味道，就和亨利逃脱前扔过来的那个小包里散发出的味道是一样的！

"之后我就迷糊过去了，等我醒过来的时候，就发现自己正掐着秦剑的脖子。还好其他队员没有配枪过来，只有我带枪过来了。

"我记得我当时要迷糊的时候，意识到不好，赶紧把枪扔到了一边，后来还是崔鹏给我找到的。看来秦剑的枪伤就是我的那把枪造成的。这个报告我都得写几千字了……"

我给楚楚倒了杯水，楚楚喝了两口，然后声音很是虚弱地对我们说道："师兄、沈队，我们在房间里的时候，听到枪声，秦剑就被打中了，秦剑怎么样了？"

我回答道："秦剑没事，只是被子弹擦伤了，包扎过后，正在审讯尚婕呢！"

楚楚继续道："秦剑没事就好，当时把我吓了一跳！审讯尚婕……尚婕被唤醒了？肯定又是师兄想的办法！"

我温和地看了楚楚一眼，示意她把病房里发生的事情说完，楚楚眼神里有了些神采，继续说道："枪声响起之后，秦剑受伤，我害怕出事，就把你的突刺戒指尖刺转到了掌心，紧紧握拳，生怕被催眠，然后又被掳走。

"这个时候病房门被踢开了，我也觉得心头一阵迷糊，好像有声音直接进了脑海，但是却又没听到什么。不过我一直用力握拳，掌心的疼痛让我没有迷糊过去。

"赵娟最先眼神迷离起来，这个时候亨利满脸缠着绷带进来了，虽然他遮住了脸，但是他身上那股羊膻味我认了出来。

"秦剑不知道怎么回事，也没有被催眠。秦剑向亨利冲过去，试图抓住亨利，我则赶紧给你打电话求救。

"就在这个时候，沈队冲了进来和秦剑打在了一起，赵娟则过来抓住我的头发把我撞到了墙上，然后我就晕了过去，什么都不知道了……"

我侧眼观察，沈度听到是他冲进去攻击秦剑之后，脸色都发白了，看来这次沈度吃亏太大，心中愤恨难平。

原来把楚楚撞晕的是赵娟，也算幸运，要知道，以亨利的力气，很可能会把楚楚的颅骨撞成骨裂的。

楚楚说完，大眼睛望着我，等我告诉她我过去之后的事情。

我简单地和楚楚述说了一遍如何抓到了安倍青木，如何接到楚楚电话赶紧赶回特护病房，然后又让崔鹏继续用消防水枪将互殴的刑警队员们唤醒，之后我们冲进病房，发现亨利正在催眠尚婕，问"密钥在哪里"，尚婕回答在画里，然后亨利居然从十楼的窗户跳出去滑翔逃走了……

楚楚听到亨利居然滑翔逃掉了，眼睛瞪起，沮丧道："这个亨利真是太狡猾了！而且他把我抓走，又催眠赵娟把我撞晕，师兄你一定要想办法抓到亨利，给我出气！"

我点头说好，要楚楚好好休息，然后我和沈度继续去套取尚婕的口供。楚楚不肯再在病床上休息，执意要和我们一起过去，我本来还想劝说，楚楚娇嗔一下，对我说道："师兄，我要是不跟着你，万一再被掳走，可怎么办？我还是紧跟着你才安全些！"

听楚楚这么说，我也就不再坚持，带着楚楚一起回到了尚婕所在病房。

到了尚婕所在病房，还好秦剑和赵娟仍在讯问，尚婕估计是确信自己要被灵修班灰衣长老灭口，所以态度逆转，基本上问到的都回答了。

秦剑和赵娟需要问的关于灵修班一案的各种问题都已经讯问得告一段落，我进来之后，尚婕要了杯水喝。毕竟尚婕也是两天两夜没有进食，身体虚弱。我们又找来医护人员给尚婕通过输液的形式补充葡萄糖。

尚婕休息了一会儿，我问尚婕，她怎么做到进入深度睡眠的。尚婕和我们说道："我有一颗衣扣里面藏有秘药，咬碎吞下之后，就进入类似假死的深度睡眠状态，需要灰衣长老的解药才能唤醒。"

看来亨利能够让尚婕从深度睡眠的状态转成适合催眠的浅度睡眠状态，估计是已经掌握了所用解药的剂量。我们没有解药，很难做到这些了，不过既然是一种让人假死的药剂，就应该可以通过配制解药来破解。

我先把沈度叫出，让他协调公安医院的医生，赶紧给安倍青木和尚婕验血，看看他们吞下的秘药的主要成分是什么，有无现成药物可解。

沈度听罢，立刻安排手下队员去做。

我们回到病房，再问尚婕："亨利所说的密钥是什么？"

尚婕一开始不肯回答，但是见我又提到了在画里，尚婕才肯说出实话："灰衣长老派我和亨利共同掌握我们获得的款项，分为密钥和容器，我知道容器，亨利知道密钥。难道亨利连密钥都告诉你们了？"

　　尚婕此时此刻还在试探我们的底牌，我突然说道："容器是不是昌平别墅区二楼书房里挂的第六幅画？"

　　尚婕眼睛一直，看来我猜对了，尚婕惊道："你怎么知道的？那密钥是什么？"

　　我嘿嘿一笑，不再理会尚婕，让赵娟看住尚婕。和沈度出了病房，楚楚、秦剑都跟了出来，楚楚道："师兄，看来咱们拿来的那幅画是关键！"

|第四十五章| 最后一幅

我笑道："沈队、秦剑兄、楚楚，本来我们还很难找到亨利，但是现在我们就有办法抓住亨利和警队内奸了，就用放在我们车上的第六幅画！"

沈度、秦剑和楚楚听到我说要用从灵修班据点搜来的画作为诱捕亨利的方法，都疑惑连连，并未完全理解我说的意思。

我暂时没有详细解释这幅画的关键所在，而是对沈度说道："沈队，如果我所猜不错，亨利应该去了昌平别墅区据点拿画，但是他没有想到，关键的一幅画在我们手里了！咱们可以先去那里试试运气，看看能不能抓到亨利。"

沈度担心道："亨利会不会再来这里袭击？我还是找王局调动人手加强这里的守卫比较好，然后咱们一起去昌平看看能不能堵住亨利！"

我说好的，然后建议沈度把这个病房区域从内部锁死，免得受到外来力量冲击，在我们回来转移尚婕和安倍青木之前不要轻举妄动。

沈度思考了一下，还是打电话给王铁副局长，请求支援。王铁副局长听到事情的严重性之后，又协调了附近派出所和医院保卫处的人手过来加强守卫力量。

沈度、秦剑、我、楚楚、崔鹏和另外两个刑警队员，分乘两车，再次赶去昌平别墅区。

折腾了整整一个下午和一个晚上，我们都水米未进，也未做休息，身体疲惫而且饿得很。沈度在我们上车之前，就在医院采购了些面包饮料，让我们所有人在路上先充充饥，补充体力。我们车上是崔鹏开车，崔鹏一边开车，一边啃着面包，一边滔滔不绝地表达了对我从质疑到信服的心路历程。

楚楚和秦剑都有负伤，在车上闭目休息。我也疲惫得很，但是崔鹏兴奋起来，和我谈兴正浓，我也只好闭眼应答，给他讲解一些心理学和催眠术的基础知识。

一路无事，我们又回到了别墅区，孙小虎在门口接到我们，问我们又出了什么事情没有，我们问他那个警方封了的别墅有没有什么动静。

孙小虎回答道："目前还没什么动静呢。"

我又细问道："那个通向地下车库的门还有没有派人守着？"

孙小虎挠了挠头，和我们说已经撤了人了，因为看我们拉了不少东西走了，估计也没什么事了，所以就把看守的保安都撤了。

我心里不由得担忧起来，不过还是会同沈度等人，直接去了别墅区。

我们撕开封条，打开别墅门，进门查看。我、秦剑、楚楚飞奔上楼，到了二楼书房。果然，那其余的五幅画已不翼而飞！

看来亨利催眠尚婕之后，探知赃款密钥藏在画中，就先行到了这里，取走了能找到的五幅画。

还好，我被第六幅画催眠之后，对这幅画心存疑虑，把它摘下，带走研究。不然的话，亨利估计已经拿到了钱，消失无踪了。

沈度也赶了过来，看到二楼书房的画都不见了，脸上露出失望的神色，不过也没有再说什么。

我们顺着密道走到地下室去，打开通向地下车库的门，发现门外的封条果然打开了，可以确定亨利已经进来把画拿走了。

我们又在孙小虎的引导下到了小区的中控室，孙小虎调出了监控录像，看到果然是亨利，又一次冒充保洁，从消防通道入口开门进入，然后从保洁室旁边的人行入口进入地下车库，从车库进了别墅的门，然后又顺着这条路离开了，亨利离开的时间也就是半个小时之前。

沈度一路铁青着脸，一言不发，其他人也不敢说话，我和楚楚也不知道该说什么比较好。

最后秦剑问沈度下一步工作安排。

沈度想了想，说道："咱们先回医院看看，先把尚婕和安倍青木他俩安全押解回去，然后怎么诱捕亨利，看看新建的具体想法吧。唉……这次的犯罪分子真是太过狡猾，我们几乎被他牵着鼻子走了！出发回医院吧。"

我们两车人又回到医院。回到医院之后，医生对尚婕和安倍青木的验血报告也刚好出来，报告显示，尚婕体内含有东莨菪碱的成分，安倍青木体内则没有什

么异常成分。

　　沈度、秦剑都看向我，问我的看法和意见。我一时无法判断，只好先说出自己的怀疑："尚婕体内的东莨菪碱成分应该来自于一种植物，就是曼陀罗花。曼陀罗是最早的麻醉药材，一定剂量的曼陀罗花可以让人假死。看来尚婕为了逃避审讯所咬食的秘药应该是用曼陀罗花为主要成分制成的。

　　"至于安倍青木，从他的出身来历来看我怀疑他是用日本忍术中的龟眠法，让自己进入假死状态，不过现代医学体系，检查得更加仔细，所以他的状态显示的就是深度睡眠，活着但是清醒不过来。

　　"龟眠之法，如果修行到一定程度，感官还在，是可以自行靠意念清醒过来的。我倒是担心这个安倍青木是通过龟眠状态先逃避我们的审问，然后趁机逃走，所以要对他小心戒备。"

　　沈度听罢，赶紧布置人手，把尚婕和安倍青木都上了手铐脚镣，并且把两个人的嘴都用绳子紧紧勒死，免得他俩通过发声催眠押送警察。

　　同时调来专车，用专门的押送车辆将两人押解回公安分局。我们则分乘几车，紧紧跟着押送车辆，以免出现意外。

　　还好一路平安，我们到了公安分局之后，尚婕和安倍青木都是被捆在担架上抬进拘押室。两人被安全地关进拘押室，受到严密监控之后，我和沈度带着第六幅画去见王铁副局长，秦剑、楚楚则先行休息去了。

　　我又仔细看了看在路上搜索的"UBS"的意思，对第六幅画的意思心里基本有数了。

　　王铁副局长的办公室除了一张硕大的办公桌之外，都是书架，上面密密麻麻塞满了各种书籍和卷宗，在靠近门的沙发旁边还有一个书案，摆着宣纸和笔墨，看来王铁的兴趣爱好是书法。

　　王铁先给我们倒了茶水，扔过来一盒烟，沈度拿起烟，吞云吐雾起来，我并不抽烟，就端起茶杯喝了口茶。

　　沈度把各种情况都和王铁详细汇报了下，当然，也把我的所作所为说得清清楚楚。

　　王铁听完，说道："沈度，你也不必太过自责和气馁，毕竟我们之前没有经历过擅长催眠和心理学的犯罪分子。不过这个案子，还好有小孟顾问的帮助，不然的话，我们的损失可能会更大！

"小孟顾问，还真是得谢谢你的贡献。你看，你的加入，让我们的工作推进得更快了。你的专业知识也对我们非常有帮助，刚才沈度说，诱捕亨利的关键在这幅画上，你能先说说你的大概思路吗？"

我坐直身体，说道："王局，在说思路之前，我需要跟你和沈队汇报一个发现，这个发现我还没来得及验证。要是验证属实，那么这个案子，就已经破获一半了！"

王铁和沈度都惊讶道："什么线索这么重大？你快说说！"

|第四十六章| 千万美金

我打开第六幅画，给他们说道："秘密就在这幅画里，这幅画曾经把我催眠，不过也正是因为被这幅画催眠了，我才发现了这个线索。现在还是先验证线索，我再给两位领导详细解释吧！"

我拿出电话，打开免提，拨打了UBS银行的客服电话，选择了英语，然后按照UBS银行的客服电话系统的提示输入了账号"AEMLIL"，然后又根据提示输入了密码"12141221"，选择了查询余额，电话里传出了声音，余额是六千三百万美元。

六千三百万美元，折合成人民币就是三亿多元！

这笔款项应该是灵修班洗钱出境的赃款，虽然现在还不能破解亨利手里掌握的密钥具体是指什么，但是从这幅画里获得的账号密码却确实验证了存有巨款。

我们三个人听到余额的数字之后，都表示出了惊讶的表情。不过如此看来，灵修班的受害者绝对不止我们知道的那十六个人！

王铁副局长对我说道："小孟顾问，你可真是又给我们分局立了一个大功劳了！我得赶紧去向常局长汇报，同时让财务处的同志过来，看看如何将这笔钱转入局里的账户，待案子破获，发还给受害者。沈度，你赶紧让财务处的高汇同志过来，你们三人将这笔巨款安全转移到局里的账户！"

沈度问道："这笔巨款毕竟在钱进那边也有立案，要不要通知钱进？"

王铁副局长沉吟片刻，说道："等我和常局长汇报过后再做决定，这个消息暂时不要让其他人知道！"

王铁副局长离开，沈度打电话给高汇传达指示。电话那头高汇估计已经休息了，不过听到有紧急情况之后，立刻说很快就到。

我们等待的过程中，沈度一支一支地抽烟，我则喝着茶水驱赶倦意。

沈度突然开口："新建，你说咱们公安分局可能有内奸？"

我回答道："我只是觉得奇怪，亨利知道尚婕在医院和我们去别墅再次探查这两件事太过巧合！要是只是无意间遇到我们三人，可以说是巧合，掳走楚楚也许是为了让我们拿尚婕去交换。

"那么尚婕转移到公安医院的情报他是怎么知道的？就算知道是公安医院，怎么连在哪个病房都知道？这个就太奇怪了！基本上没法排除是内部有人泄露消息给外面了，至于是不是亨利得到的消息，还是由那个神秘的灰衣长老获知消息之后再告知亨利，咱们还没法证实……"

沈度的脸色更阴沉了一些，道："你说的这些情况，我刚才也捋了一遍，的确很多疑点，我之前和王铁副局长也明里暗里说了咱们的怀疑和担心。我刚才也在回忆我们把尚婕安排到公安医院的事情都有谁知道，我在赶到公安医院之前，都不知道尚婕所在的具体的病房，亨利又是怎么知道的？"

我道："这么说来，尚婕所在病房的消息可能是你到病房之前泄露的，也可能是你到病房之后泄露的。那么，今天在医院的人都有可能是泄密者！"

沈度道："对啊，这才是头疼的事情，这次出发去抓亨利，再加上医院遭遇袭击，刑警队除了办理其他案子的队员，三分之二的人都在其中，加上你们三个人，在医院里一共有二十三个人。这二十三个人难道要挨个调查不成？而且除了跟着你去擒获安倍青木的崔鹏和凌宇之外，其他人都被催眠了，也没法暴露谁是内奸……"

我问道："咱们去医院之前，医院都有谁在，沈队列个名单过来吧。我原来是这么想的，咱们把这幅画放在一个地方，然后引诱亨利来取，如果亨利知道在什么地方了，那就证明的确有内奸，同时也能趁机设下陷阱抓获亨利。

"但是现在这个情况的话，沈队，你看是不是可以这样：一会儿赃款转移之后，这个画也已经没有作用。咱们把画复制两份，然后让你到医院之前的那几个人负责保卫，把这两幅复制的画分别放到两处地方，然后以你到医院这个时间点为界，把这二十来个人分成两拨，咱们则负责支援巡视，看看亨利去哪里盗取，就能缩小怀疑范围了。"

沈度听完想了一会儿，说道："这个主意不错，可行！待会儿等王局回来，先和他汇报一下，然后看看怎么处理比较好，毕竟是要调查内部人员，得慎

重！"

我们正说话间，敲门声响起，沈度打开门，一个戴着金丝眼镜的中年男子穿着便衣走了进来。

沈度说道："高大处长，事情紧急，把你从被窝里叫了出来，嫂子不会怨你吧。我来介绍一下，这个就是局里的心理学顾问孟新建，对我们的工作帮助很大！"

沈度又转身对我说道："新建，这就是分局财务处高汇处长。"

我伸出手来，高汇则赶紧走近几步，和我握了握手，相互说了句"您好，久仰"。

我们正在寒暄的时候，王铁副局长推门进来，我们三人就都严肃起来，等王铁开口。

王铁走到办公桌后面，对我们说道："高汇，你配合小孟顾问将灵修班的六千三百万美元赃款转移到咱们局的账户。现在就处理！"

高汇道："是，王局！"

高汇拿出档案袋，从里面拿出一张公户账号的开户单，示意我提供UBS银行的账户密码。

我把账户密码给高汇写在了一张便笺纸上，高汇打开免提，按照提示，把款项转移到了公安分局公户之中。

办理完结之后，高汇说道："大概两个小时后到账，还好咱们分局开了外汇账户，不然还有些麻烦。我会去办公室一直盯着这笔款项到账的！"

王铁挥了挥手，说道："你去吧，没想到这个案子都让财务处的同志加夜班了……钱到账了你第一时间通知我！"

高汇说了声是，就退出了办公室。

王铁让我和沈度坐下，和我们说道："我刚才和谷钰局长详细汇报了情况，局长认为对内部人的问题要配合局纪委监察处开展工作，但是一定要慎重，要掌握证据！"

沈度说道："王局，刚才我和新建沟通了下，新建有个思路。"

王铁接话道："小孟顾问，你说说你的想法。"

我说道："我们做两份画出来，一幅让沈队到医院前的队员看守，另一幅让沈队到医院之后带的队员看守。如果亨利没来，那就可以暂时认为没有内奸，我们再想办法抓亨利；但是如果亨利来了，那么就可以确定有内奸了！亨利奔向哪个画下手，就可以确定内奸在哪组人里，我们就可以缩小怀疑范围了！"

王铁听完，考虑了片刻，说道："这个思路很清晰。沈度，你们就这么办吧！今天也晚了，这幅画先送到高汇那里，让他锁到保险柜里。你们先去休息一会儿，明天咱们再处理。"

沈度带我继续去了分局内部的招待所休息，然后沈度就离开了。

我看到楚楚和秦剑还在我们的微信群里聊天。

秦剑：新建现在很重要啊，都和沈队一起去和局长汇报了！这么几天在局里的重要性直线上升啊。

楚楚：那是啊！师兄还是有真本事的。你看，他就想到了王超的车是怎么伪装成密室的。

|第四十七章| 万事俱备

秦剑：的确！而且今天他想出来的用消防水枪唤醒那些冲击的人，真是太棒了，不然还真不好处理！这个亨利也真是狡猾！

楚楚：是啊是啊，要不是师兄及时赶回来，还不知道会怎么样呢！正如沈队说的，后果不堪设想……你胳膊上的枪伤没事吧？

秦剑：没事，就是碰破了点皮，不用担心！楚楚，你那个楚八妹到底怎么来的？

楚楚：（一个发火的表情）你怎么这个时候还关心这个，哼！

秦剑：（坏笑）没想到楚楚师妹还能有这么彪悍的外号！

楚楚（语音）：早上在生师兄的气，所以没理他，结果他贱兮兮地和我说，他心里拿我就当亲妹妹一样，我就更不高兴了！他大学的时候有七个干妹妹，要是我还是妹妹，那不就是排行第八，所以叫楚八妹。秦剑师兄，你知道了吧？

秦剑：（大笑的表情）原来是这么个楚八妹！不过你不希望孟新建拿你当妹妹，那拿你当什么啊？

楚楚：你讨厌，不说了，睡了！我可是伤员，哼哼！

秦剑：（呼呼睡的表情）

我加入话题道：我才回来，困死了，明天再和你们说吧。（呼呼睡的表情）

一觉睡到我的房门被敲得砰砰直响，我掀开被子，发现自己昨晚都是和衣而卧的，估计也没有洗漱，自己都觉得自己臭烘烘的。

我打开门，看到是楚楚，楚楚夸张地嗅了嗅，然后又夸张地捂住鼻子，说道："师兄，你身上臭死了，和我小时候家里猪圈里的猪一样臭！"

我瞬间石化，脑补各种猪的形象，楚楚则不等我回答，就大刺刺地走进我的房间，然后把窗户打开。

我挠挠头皮，嘿嘿笑道："昨天太累了，直接躺床上就睡着了。我先去洗个头发，估计这两天又得整日奔波了。"

楚楚说道："我得去报社和领导汇报情况了。一会儿就去，师兄你可要小心！"

我说道："好，我会的，放心吧！"

楚楚的眼神里又闪出了星星样的光辉看了看我，似乎想说什么，但是终究也没有说。

我心头一震，还是强行压了下去，玩笑道："楚八妹慢走！"

楚楚闻听"楚八妹"三个字，一脚就踢了过来，娇嗔道："师兄，你讨厌，你太坏了！走了，不理你了。"

我夸张地跳起来道："啊！疼死我了，残废了！楚楚，我的下半生要靠你养了，你要对我负责！"

楚楚忍不住大笑起来："你个坏人，师兄，你太坏了！那我就养你了，我现在要去赚钱，你在这里乖乖地等我吧！走了。"

我笑道："八妹注意安全，再见！有事电联。"

楚楚送给我一个大大的白眼，然后又忍不住笑出声来，离开了，还不忘把我的门关上。

我还在嗅着空气中楚楚的香味，沉浸在楚楚的一颦一笑之中，可是心底里又浮现出欧阳芳菲的影子。

欧阳芳菲，虽然你已经远嫁澳大利亚，但是仍然是我的心魔。

正胡思乱想之间，沈度的电话打来："新建，休息得怎么样了？要是可以了就过来王局办公室一趟。"

我回道："好，休息得很好了。十五分钟后到！"

匆匆整理收拾一下，从公安分局内部招待所出来，快步走向王铁副局长的办公室。到了之后，王铁、沈度都在。

王铁见我到了，跟我说道："凌晨四点左右的时候，高汇给我发来消息，说钱已经到账，赃款已经控制住，我也及时和常局长做了汇报。常局长很是惊喜，当场表态，要给小孟顾问一定的奖金作为奖励。但是赃款被追回的事情，要严格

保密，我也已经叮嘱了高汇，让他务必严守机密！

"我也和谷钰局长汇报了昨天你们说的诱捕亨利的行动方案，谷钰局长指示，这个行动地点可以放到咱们公安分局对面的证物档案楼里。为了保证安全，我们要把两幅画分别放到地下一层和楼顶，然后给两组人分别安排任务，我们在监控室监控。

"经过谷钰局长的协调，我们还调动了特警中队支持，他们埋伏在二楼、三楼和楼外。这次行动，只要亨利敢来，务必天罗地网将他拘捕！

"沈度，小孟顾问，你们要多辛苦了！打起精神，将亨利捉拿归案。要是让亨利在分局的地盘上来去自如，沈度，你和我的警服就没脸再穿了！"

沈度站起身来，"啪"地一个立正，大声说道："王局，这次要是再抓不到亨利，我自己脱了这身警服！"

王铁示意沈度坐下，继续说道："那就这样决定，务必注意保密！特别是特警中队辅助抓人的情况，现在只有常局长、我，还有你们两个知道，千万不要泄密！特警中队由我直接指挥，其他刑警队员由沈度指挥调度。沈度，你要找两个可靠的人保护和协助小孟顾问。"

沈度回答道："那就让秦剑和崔鹏协助新建，他们熟悉，秦剑和新建还是校友，而且从介入这个案子开始就共事了。"

王铁道："好，那就这么安排了！你们先想办法做出两幅一样的画来，密封好，然后晚上之前分配下去。现在先尽可能安排人休息，毕竟晚上还要熬夜。"

我说道："那个画简单，一会儿我和秦剑去琉璃厂买两个一样的装画的盒子，然后买个尺寸差不多的画卷轴，装好密封，就可以了，不打开看没有人知道。"

王铁沉色道："那就这么做吧，沈度去开会布置工作，注意分开安排。小孟顾问和秦剑去准备盒子和假画。"

我和沈度点头称是，分头去落实自己的任务。

时间已然中午，秦剑带我在公安分局食堂吃了午饭，下午秦剑开车，直奔琉璃厂。

秦剑路上和我说道："小贱，你说这个画对亨利他们到底有什么用，怎么亨利无论如何都要得到这幅画呢？"

我回答道："这幅画里应该隐藏着那笔赃款的秘密，咱们审讯尚婕的时候得知，灰衣长老将容器和密钥分开掌管。容器的秘密就是它是一幅画，这个秘密尚婕知道，但是尚婕不知道密钥；密钥就是钥匙，这个钥匙可能是一句话，也可能是能够开启这幅画秘密的药水，这个密钥由亨利掌握。

"所以亨利如果得到这幅画的话，再配合自己掌握的密钥，就可以破解赃款的秘密，得到那笔赃款，按照我们查到的十六名受害人所汇出的款项，总数怎么也超过一亿了。所以，亨利费尽力气，也要得到这幅画！"

秦剑说道："那这幅画是怎么催眠你的？"

我回答道："我现在回想起来，应该是那个时间段，夕阳刚好照射到那幅画里，画应该用了特殊的颜料，只有在被阳光照射的情况下，才有能够催眠的内容显现出来。因为我后来又再看过那幅画，再也没有感觉了。"

秦剑道："好吧，你们玩心理学的真玄奥，一幅画都能玩出这么多花样来！"

我道："嘿嘿，咱们先把假画和盒子准备好，就等晚上瓮中捉鳖了！"

|第四十八章| 瓮中捉鳖

秦剑摸了摸自己的伤口，黯然道："希望一切顺利吧！我一开始也以为能轻松地把亨利尚婕一伙捕获，但是三番四次不但被他们逃脱，而且还有不少兄弟被他们催眠，我现在可不敢轻敌了。

"原来还觉得你在大学校园的时候，用心理学就只能蒙骗蒙骗小女生，就是个花心的江湖骗子，亏得系花还和你谈恋爱。

"现在看来，果然不能小看心理学！这回要不是你参与到这个案子里来，估计我都可能光荣了……所以啊，咱们还是小心点吧！"

我不好意思地笑笑，没想到秦剑能这么谦虚谨慎。

我笑道："秦剑兄，要是没经历这些事情，我也不敢相信心理学是如此神奇。不过既然赶上了，也是冥冥之中，早有注定，我们就坦然面对就好了。"

秦剑道："你信命吗？"

说话间，我和秦剑找到一家专门销售国画用品的店铺，找到了合适的画轴和盒子，我们完成任务，往回赶路，我边走边说道："信，也不信！"

秦剑道："什么叫信也不信，这个回答，太矛盾了吧？"

我嘿嘿一笑，道："信命运，是信命运是必然中的偶然，我们没法选择偶然出现的变化，但是我们能够选择面对变化时的取舍；不信的命运，是封建迷信的命运。比如说，人生下来就注定了的命运，要是那样，我们就听天由命就可以了！哈哈哈！"

秦剑道："难怪你小子让无数小女生痴迷，果然有两把刷子，扯个瞎话都一套一套的！哈哈……"

正说笑间，楚楚打电话过来，和我们说她和总编汇报近况之后，总编要她在保障安全的基础上尽可能深入案情，她要我们顺路接上她，晚上一起诱捕亨利。

不过，楚楚说道："要形影不离地跟着你们两个，免得又被坏人掳走！"

我和秦剑相视苦笑，但是还是绕道接上楚楚，赶回分局。

到了分局之后，吃过晚餐，沈度把我们喊了过去，到了分局对面的证物楼的监控室，我看到监控室还有崔鹏、赵娟以及其他作为机动力量的四个小伙子。

地下室一层有八个小伙子，其中有带尚婕去医院的四个刑警，顶层则有十二个人，刚好是和我们一起去昌平堵截亨利的其他刑警队员。

有两个监控分别对着两个房间，房间里除了文件柜之外，都分别有一个隐藏在柜子里的保险柜，保险柜里则放着两幅我们从琉璃厂采购回来的卷轴和盒子，一模一样。

两组护送过去的人都认为自己护送的是真的。但是，其实，都是假的，真的那幅还锁在分局的财务室里。

过了半个小时左右，时间指向了晚上十点，王铁带着一个身穿特警制服的人走了进来，王铁和我们介绍道："这是特警中队的郭队长，郭强。这是刑警队沈度，这是我们分局的心理学顾问孟新建。这个是咱们都市报的法制专栏记者楚楚。"

我们和郭强纷纷握手，王铁继续道："小孟顾问在这个案子里可是发挥了很大作用！

"今天要诱捕的这个嫌疑人，是个催眠高手，我们有不少民警都吃过他的亏，还有的同志负伤了。

"所以，今天务必要通知特警队员小心应对！一定要戴好特制的耳机，那个耳机是能够防范次声波的！"

郭强立正道："王局放心，必须佩戴耳机，这个是我作为今晚行动的纪律传达下去的！我们的队员分成三组，一组在院内埋伏，一组在院外监控，还有一组隐藏在楼内机动。您一声令下，我们就过去抓人！"

王铁点点头，道："好，那我们就耐心等着吧！希望我们如此兴师动众，不要空手而回。大家集中精神，各自去各自的岗位上。"

气氛瞬间严肃起来，我们的手机也被收了上去，所以都瞪大眼睛盯着监控器。

这个时候也真是佩服那些特警队员，隐藏在角落里，几乎一动不动，要是不

留心，根本就不可能注意到这些角落里的战士。

监控室里王铁和沈度在一支接一支地吸烟，其他人则沉浸在二手烟的氤氲里瞪大眼睛。楚楚困得不断地点头，但还是强忍着保持清醒。

时间一分一秒地过去，很快，都已经快到凌晨四点了，还是没有什么情况。

这个亨利到底还来不来啊？所有人的疲倦都到了极点。

就在这个时候，我看到顶层的那个装有假画的房间的窗户被打开了。

整个证物楼只有四层，四层的高度说高不高，说矮不矮，但是绕过了院内院外的特警队员的监控，直接爬到了四楼，这个亨利难道是007？

不过话说回来，这个亨利还真是不可小视，凌晨四点是人最为疲倦的时刻，在这个时候，所有盯守的人都已经聚精会神了一晚上，早就疲惫不堪，选择这个时机，还真说得上是乘虚而入。

果然，我还以为所有人都注意到顶楼那个房间窗子被打开了，但是我却发现除了我之外，其他人都没注意到。

我捅了捅身边的秦剑，让他看向监控，秦剑一个激灵，赶紧报告给沈度，沈度本来半眯的眼睛瞬间瞪大了，同时汇报给王铁，这个时候，一个高大的身影已经跳进了房间里。

监控是远红外线的，房间里并没有开灯，但是我看到亨利嘴里一股幽幽的蓝光发了出来，光线聚于一点，但是并不能远射，而且光线也不分散。

看来亨利嘴里叼着个狼牙手电，一有风吹草动，就把手电含住，光线就消失不见，便于藏身在黑暗中了。

这个时候，监控室里的所有人都已经清醒起来，都等着王铁副局长下命令。

王铁副局长对郭强说道："郭强队长，你让你楼里的队员悄悄地摸上去吧，务必活捉这个亨利！"

郭强拿起对讲机，发布命令道："一队，摸到顶楼目标房间去，不要开灯，不要发出声音。"

监视屏幕里那些藏在阴影里的特警队员们纷纷从自己隐蔽的位置里轻手蹑脚地走出来，然后通过楼梯静悄悄地向四楼运动过去。

我突然想到一个问题，沈度安排在四楼的那十二名队员都藏到哪里去了？怎么都没有人反应过来。

按照计划，这十二个人应该是值守在四楼的，一有风吹草动，就要先行防卫。

　　正在我狐疑的时候，四楼的监控里，有两个刑警队员从楼道那边走到了放画的房间门口，其中一个队员对另一个耳语说了什么，然后他们两个打开了房门。

　　亨利嘴里的亮光瞬间熄灭了，然后闪身藏到了门后。

　　果然是个高手，专玩灯下黑。几乎所有进入一个房间检查的人都不会最先想到查看门后，但是往往门后才是最为危险的地方。

　　那两名刑警队员，进了房间，打开手电，四处晃了晃，看起来并没有什么发现，正打算出门。

　　其中一个队员突然瞥到了身后的亨利，正要高声呼叫，被亨利一个掌刀切在了脖子上，这个队员哼都没哼出来，就倒在地上。

　　另一个队员正走在前面查看，听到背后的风声，正转身来看，亨利两步跳到他身后，挥拳打在了他的脸上，这名队员瞬间躺倒在地，再无声息。

　　他手里的手电正要光柱乱晃地往地上掉下的时候，亨利一个侧身卧倒在地，一把把手电抓住，旋即关掉了手电。

|第四十九章| 捕获亨利

这几下干净利落，这个亨利肯定是个搏击高手，要知道，被他打倒的可都是受过搏击训练的刑警队员，并不是普通人，而亨利几下就把他们打倒在地。

我注意到一个细节，亨利抓到手电的时候，用手捂住了手电的灯光，我看到他的手上也戴着突刺戒指，戒指上却闪烁出蓝幽幽的光芒，看来涂抹了某种药品。

我对沈度说道："小心亨利手上的那个戒指，可能有毒！"

沈度看到自己手下的队员在亨利面前不堪一击，本来就沉着个脸，听到亨利佩戴的戒指可能有毒，更加放心不下其他队员。

沈度向王铁请求道："王局，我过去看看吧，我怕其他队员受伤！"

王铁看到监控里两名刑警队员瞬间被打倒的画面，也是面容严肃起来。

在王铁思考的时候，亨利已经直奔那个藏有保险柜的文件柜，打开文件柜，露出了保险柜。亨利从口袋里拿出来一个圆环状的东西，然后把那个东西扣在了保险柜密码圈上，按动按钮，只见那个东西自动转了几次，保险柜便"嘎嗒"一声，弹开了门。

"保险柜开锁器，这个装备在黑市上卖几十万。"沈度说道。

亨利已经把那幅画拿了出来，正要打开查看。四层的其他刑警队员开门闯了进来，同时打开了灯。亨利被灯光晃得闭了下眼。这个时候，有四名刑警队员已经把亨利围在了中心。

与此同时，十多名特警队员也已经包抄到了那个房间门口，见到这个变故，纷纷把枪指向亨利。郭强的对讲机里瞬间爆栗般响起特警队员的暴喝："举起手来，赶紧投降！"

沈度在一旁着急去四楼，一直在王铁身边转圈，王铁却并不着急让沈度过去。

　　我总觉得有些不对劲，猛然想起，那就是——亨利是怎么到了四楼那个房间的窗外的？

　　我让崔鹏给我调出楼顶的监控，崔鹏和我说道："楼顶并没有监控，所以看不到亨利是怎么到了窗户外面的。"我突然想起亨利从医院的十楼滑翔逃走的场景。

　　我转身对沈度说道："亨利逃跑的路线是房顶，他可能还会通过楼顶飞走，他应该穿了飞鼠衣一样的装备！"

　　王铁对郭强说道："派人去楼顶设防！"

　　郭强发布命令道："二队，二队，去楼顶！"

　　就在这个时候，亨利突然一把抓住一个刑警队员，另一只手则扔出了一个类似手雷的东西。

　　我的天啊，他居然有手雷！

　　由于房间狭窄，亨利手里又有人质，特警队员又没有接到命令开枪，所以茫然之中，那个手雷已经扔在了门框上，所有人纷纷卧倒在地，离得远的则想办法找掩体。

　　手雷撞到门框，爆裂开来，并没有想象中的弹片横飞的场景，而是爆开了一股淡淡的烟尘。

　　"迷药！"我和沈度同时叫道，"不好！"

　　眨眼之间，整个四楼的刑警队员和特警队员都纷纷昏倒在地，人事不省。

　　就这么简单，三分之一的力量已经折了。郭强也惊得目瞪口呆，王铁眉头紧锁，沈度惊得嘴都没有合上。

　　我说道："王局，你派人务必远处将亨利击伤，我上去看看情况吧！"

　　王铁点头道："郭强，通知特警队员，一旦发现亨利，直接开枪击伤，不必请示，不必示警！小孟顾问、沈队、秦剑、崔鹏，你们去吧，务必小心！戴好特制耳机，用耳麦联络。"

　　郭强在对讲机里发布了命令，楚楚也要跟着我们过去，王铁点头同意。我说道："已经来不及去四楼了，亨利肯定要通过楼顶逃走，我们现在直接去楼顶！郭强队长，麻烦你告诉到达楼顶的特警队员，务必隐藏起来，不要轻易出击！"

　　郭强看向王铁，王铁说道："按照小孟顾问的说法执行。"

　　郭强说是，继续发布了命令。

监控室在三楼靠近楼梯的一间房子里，我们出了监控室，刚好顺着楼梯到了楼顶天台。

沈度和我们说道："刚才监控室传来消息，说亨利并没有打开画查看，而是直接跳出了窗户。监控里看不到了，王局叮嘱咱们务必小心！"

崔鹏和秦剑蹑手蹑脚走到了靠近四楼藏画的房间的窗子的楼顶，正要查看房间，只见亨利抓着一根绳子从楼下一跃翻到了房顶。

亨利看到秦剑崔鹏，脸露狰狞之色，秦剑和崔鹏欺身上去，分别从两侧对亨利发动了攻击。

我对沈度说道："让一半特警队员继续埋伏，随时用枪击伤亨利；另一半队员围住亨利，争取活捉亨利！"

这时，秦剑和亨利居然搏斗了起来，看来秦剑的身手着实了得。有七八名特警队员围了过去，我让楚楚紧跟沈度，也靠近了些。

崔鹏被亨利一脚踹到了腰上，一下趴在地上，只剩亨利和秦剑相斗，两个人出掌出拳出腿速度太快，而且身形步法来回变换位置，其他特警队员都没办法帮上忙，只能将亨利团团围住，还要小心亨利用其他的装备发动意想不到的袭击。

亨利和秦剑对打一番，突然后退，猛地就窜出了包围圈，其他特警队员反应过来，猛追过去，只见亨利突然猛地跺了跺脚，我们都感觉到亨利的脚底下一股气浪翻起，他居然弹跳起了数米之高，而且瞬间衣服上弹出了两翼，就要飞翔走了。

就在这个时候，沈度开枪了，应该一枪打到了亨利的腿上，亨利明显腿部抽搐了一下。其他特警队员纷纷举枪，打向亨利的两翼。

亨利刚跳出楼顶，眼见滑翔不成，向楼下坠落，但是因为飞鼠衣的阻力作用，下降的速度并不快。沈度用对讲机汇报给王铁，王铁应该是调动其他所有人手，都到院子里去拘捕亨利。

我们也赶紧顺着楼梯跑了下去，到了楼下之后，看到亨利趴在地上，身上至少有四处弹孔，不过看起来都没有打在要害。

其他特警队员一拥而上，把亨利紧紧捆了起来。

我提醒沈度，亨利身上可能很多东西都是装备武器。沈度随即命人把亨利所有的衣物都剥光，然后把他捆在担架之上，找了个被单给他盖上，送到医院先行抢救。

王铁和郭强也到了现场，王铁看到亨利被擒获，长吁了口气。

虽然惊险，但是总算擒获了亨利。

正在此时，王铁接到电话，瞬间脸色铁青起来，王铁对我和沈队厉声说道："安倍青木越狱，尚婕被杀灭口！"

本来抓到亨利，所有人都长吁口气，从王铁到沈度，都很期待着将亨利的嘴撬开，得到口供，然后顺藤摸瓜，抓获灰衣长老，再扩大战果，一举破获灵修班一案。

没想到，这边刚刚集中警力抓获亨利，另一边，本来已经到手的尚婕却被杀死，安倍青木居然也从戒备森严的拘禁室逃走了！

王铁脸色铁青，刚才抓获亨利的愉悦一扫而空，沈度听完，则面露惊讶，进而脸色深沉起来……

|第五十章| 内奸是他

王铁道："沈度，你和郭强把亨利押解到医院去，这次去武警医院特别病区。你底下的队员，除了秦剑、崔鹏，其他人就都不要安排了。所有的安保防护工作都由特警队员来负责。"

沈度领命而去，带走了秦剑和崔鹏。楚楚不能拍照，只能用心记录细节。王铁安排楚楚回去休息，但是留下了我。

楚楚看着氛围凝重，王铁脸色难看得紧，虽然意图和我共同进行下一步工作，但是还是服从了王铁的安排，在一名特警队员的保护下离开了现场。

王铁安排妥当之后，对我说道："小孟顾问，还烦请你和我们的医护人员去四楼把受伤的同志查看一下，如果是被迷药迷晕或者催眠的话，还需要你把他们唤醒，然后你来分局大楼，这边安倍青木逃走和尚婕之死，我需要单独听听你的意见。"

我说道："好，我这就先过去救人，然后再去您办公室找您！"

王铁的脸色缓和了一些，说道："辛苦小孟顾问了！"

我道："王局您客气了，这个案子我从一开始就跟过来了，也是想一探究竟。您放心，我肯定尽心尽力！我先过去忙了。"

王铁带着剩下的人马回去分局善后，我则带着两名局内医务室的医生去证物楼四楼查看情况。

到了四楼，又闻到了那股奇怪的味道，看来就是亨利跟安倍青木上次所用的迷药。

我先安排助手把四楼的窗户打开，同时也戴上了口罩作为防护。好在经过我们抓捕亨利的时间，迷药已经飘散得差不多了。

两名医生分别查验了躺在地上警员的眼底和呼吸，对我说道："孟顾问，他们只是晕过去了，生命安全没有问题。"

我回答道："应该是中了迷药，用冷水泼脸看看能不能唤醒？"

我找了个杯子，跑到四楼的洗手间，接满了水，走到距离最近的特警队员身边，把冷水泼到他的脸上，然后观察他的反应，那两名医生也凑到我身边观察起来。

不大一会儿，这名队员睁开了眼，还有些迷糊。看来这个办法有效，其他两名医生纷纷如法炮制。

不过十来分钟，昏倒在地上的队员们纷纷清醒过来，晃晃悠悠地站了起来。他们站起来之后，都面色羞赧，心里估计是想着这么多人居然被亨利一个人放倒了。

醒来之后，有一个刑警队员认出我来了，问道："孟顾问，亨利抓到没有？又是您把我们救醒了！"其他队员附和着笑了笑，有些队员还不好意思地挠了挠头。

特警队员清醒之后，估计是一队的小队长的一个小伙子，用对讲机找郭强汇报，发现没有动静，问道："孟顾问，我们郭队哪里去了，我怎么联系不上他？"

我回答道："他带着其他两组队员去执行任务了，估计已经出了对讲机的通信范围了。你们要是身体没事了的话，就先跟我回分局，然后我用手机联系沈队，让他找到郭队，看看下一步怎么安排。"

正在说话间，楼道口跑上来一个特警队员，那名特警队员跑到一队队长跟前，立正说道："一队长，中队长指示，让你们一小队先回营地休整。我和你们先回营地，取些器材，然后我再去和他们会合。"

特警中队一小队队长立正说道："收到指示，这就行动！"话音落完，就率领全副装备的特警队员列成一队自行离去了，剩下的十二名刑警队员则跟着我们回到分局总部去。

回到总部，已经早晨七点，分局内戒备森严，我自行走到王铁的办公室。到了办公室，敲门，却没有人应答。

这时隔壁办公室有一个年轻警员出来，看起来是做秘书工作的，这名警员说道："孟顾问您好，王局交代我，你要是过来找他，就带你去他办公室稍等，他和常局去开局党委会去了。"然后推开办公室的门，让我进去，给我倒了杯茶，就出去了。

我自己在王铁办公室沙发上，闭上眼睛休息。脑子里却乱得很，时而是安倍青木倨傲欠揍的表情，时而是尚婕丧失希望的神色，时不时又会想起李静秋。

迷迷瞪瞪之中，听到开门声响起，我睁开眼，看到王铁满眼血丝地走了进来。

王铁一屁股坐到自己的办公椅上，一副疲惫的样子，我看着他，能感受到王

铁的愤怒和无奈。

真是前门捉狼，后门来虎！

现在王铁通过我的帮助拿回了灵修班的赃款，捉获了亨利，这是功劳，但是逃走了安倍青木，死亡了尚婕，这又要负责。

果然过了几分钟，王铁坐直身体，开口说道："小孟顾问，这次安倍青木逃走，尚婕被杀灭口，对整个分局的压力都非常大！我的压力自然不用说。"

我静静地等着王铁继续说下去，这种诉说也是缓解压力的一种方式。

王铁继续说道："小孟顾问，我刚才和常局详细汇报了抓获亨利的细节，也汇报了我的猜想，犯罪嫌疑人能够趁我们把警力放到证物楼抓捕亨利的时间，在分局总部劫走安倍青木，杀死尚婕，肯定是内奸所为！"

王铁顿了顿，看向我，我问道："怎么确定是内奸的？"

王铁道："所有的监控都被破坏了，肯定是内部人所为！"

我道："那也就是说我们没法看到监控录像了？连安倍青木怎么越狱的都不知道，更不要说尚婕是被谁杀的了……"

王铁道："是这样，我们刚才盘问过门口站岗的警卫，结果发现凌晨四点的时候，有两个人穿着警服出了分局，他看着其中的一个人很像钱进。"

我大吃一惊："什么？经侦支队队长钱进！他是被催眠控制还是自己有意而为啊？要是他是内奸，那就太可怕了！"

王铁颓然道："如果他是内奸，那么肯定不是被催眠控制的，因为这几次行动都走漏风声。催眠术就算神奇，也不可能催眠这么多次，这么久吧？"

我点头道："催眠术不可能长久催眠，只能催眠一时。要是这样说的话，那就很有可能是钱进了！可是他在分局的发展应该很好，为什么会成为灵修班的内奸呢？"

王铁说道："我回办公室之前，四楼安排的十二名队员之中，有个叫杨冲的小伙子，原来是经侦支队的成员，后来调到了刑侦支队。他悄悄找到我和政委坦白，说钱进要求他把刑侦支队的行动告知他，因为他想从中获得线索，破获该案。这个小伙子一直对钱进心怀感激，所以虽然知道这是违反纪律的行为，但是还是抹不开情面，和钱进都汇报了。"

我道："这么说来，那就可以确定是钱进了。"

王铁道："已经安排人手去找钱进了，我们等消息吧。"

|第五十一章| 屋内狼藉

王铁和我道出钱进可能是内奸之后，告诉我当天晚上值班看守安倍青木的民警被钉子刺中了喉咙，正在医院抢救；而看守尚婕的民警还好只是被打昏了，也正在医院检查。

王铁估计是考虑到我自己去询问看守民警并不符合规程，但是现在沈度和其他刑警在武警医院看守亨利，也并没有人方便带我一起去询问。所以就安排我先去休息，等待亨利的枪伤处理好之后再做定夺。

我离开王铁办公室，拿回手机，时间已经是上午九点。昨天一天一夜未眠，这个时候脚底下已经和踩着棉花一样了。想起我已经两天两夜没有回家，身上都要臭了，就打算先开车回家换衣休息。

我打开手机，看到楚楚给我发来的微信：师兄，给我回个电话。

我给楚楚打电话过去，楚楚和我同样也是两日未回家，身体疲惫不堪，而且都没换衣服。

我说那正好咱们一起回去一趟，估计亨利处理枪伤也得一天时间，我和王铁副局长打个招呼。

楚楚说好。

我和王铁、沈度分别说了一声我和楚楚的安排。王铁、沈度都表示让我和楚楚好好休息，但是要保持联系畅通，好能随时帮忙。

秦剑过了一会儿在我们的微信群里发了一个可怜的表情，说他还要在医院值班，和其他同志轮流看守亨利。

我和楚楚回复道："加油，剑剑！"然后疲惫地笑了笑。

　　我提议先送楚楚回家，楚楚却和我说她自己回家有些害怕，要我先陪她回去拿衣服，然后她和我去我那里。

　　这个提议，我的感受是无可奈何却无法拒绝，只好先陪着楚楚去她家里。

　　楚楚在香河园某小区租了个单身公寓，距离我的房子倒是不远。

　　把车停到了这个小区的地下车库，然后七拐八拐地找到楚楚家所在的五号楼电梯，楚楚刷卡，电梯开动，直奔十八楼。

　　我基本上一进这种商住两用公寓就会晕头转向。电梯井在中间，四面都有通道，两部电梯后面是二十户。

　　我随着楚楚转来转去，终于到了楚楚的房间门前，楼道里的声控灯随着我们的脚步声亮起又灭掉，还有点阴森的感觉。

　　到了门前，楚楚掏出钥匙正要开门，却突然停了下来，并且对我嘘了一声，把我拉到了一边。

　　楚楚压低声音和我说道："师兄，我的房间进去过人。"

　　我问道："你怎么知道？"

　　楚楚回答道："我自己一个人住，平时经常晚回来，出差的时候又不回来，自己也会害怕屋子里进来人袭击我，所以我每次出门都会对门做个记号。我会把我掉的长头发收集起来，然后把一根头发拴在门锁锁舌上，拉着头发到门外，再锁好门。这样，每次我进门的时候，摸到那个头发就说明门没有被开过。但是今天那根头发不见了，里面肯定进去过人了！"

　　我本来脑袋晕乎乎的，听到楚楚这么一说，心里除了佩服楚楚心思缜密、自我保护意识强、自我保护措施妥当之外，也惊出一身冷汗。

　　但是我们现在没法确定进去的人是在房间里面，还是已经出来了。

　　楚楚两个手紧紧地抓着我的胳膊，我都能想象到她瑟瑟发抖的样子，毕竟一个小姑娘也不容易。

　　楚楚看着我，两眸忽闪忽闪，在昏暗的楼道里看起来还真是有楚楚可怜的感觉。楚楚问我道："师兄，咱们现在该怎么办？"

　　我想了想回答道："还是先去我家吧！然后等秦剑有空的时候，咱们再过来处置，这样比较安全。"

　　楚楚点头道："那咱们走吧，我害怕了……"然后拉着我的手顺着原路返回。

　　开车大概过了半个小时，我和楚楚到了我家，我倒是从没想过做个记号防范之类。

掏出钥匙打开了门。有了楚楚住处的阴影，我一改推开门紧跟着进屋的习惯，而是把门推到底，然后进屋，后背靠着墙，避免受到攻击，同时让楚楚先在楼道等候。好在我的房子是一梯两户的户型，楼道间狭小，并不会有什么太大的危险出现。

我走进门，看到屋里被翻得乱七八糟，看来是进来过人了。

我退出门，给秦剑打了个电话。秦剑说他刚下班，马上赶过来，让我和楚楚不要破坏现场，等他来了再做处理。

我和楚楚很是庆幸没有进去，要是楚楚家里藏着个人意图袭击，我和楚楚还真不一定应付得了，还真得等能打抗揍的秦剑到了再做处理！

我退出来，锁好门，想想也饿了，就和楚楚先去小区附近的一个茶餐厅连休息带吃点东西去了。

坐到茶餐厅的软沙发里，点了广味早茶，一股舒服的感觉从脚底盘升起来。再吃了点东西入肚，心里感觉踏实了。楚楚也半坐半躺在沙发里闭目休息。

我在微信群里给秦剑分享了位置，告知他等他到了顺便也吃点东西。

等了大概一个小时，电话响起，秦剑已经到了茶餐厅。我起身招呼秦剑，看到崔鹏也跟了过来，心中一喜，赶紧招呼他们过来。

秦剑和崔鹏走了过来，我看他们两个也是面带青色，眼底满布血丝，看来这两夜熬得辛苦得紧。

秦剑坐到了楚楚旁边，崔鹏坐到了我的旁边。崔鹏说道："孟顾问，你有空可得教我点催眠术！这玩意太邪门了，让人防不胜防啊！"

秦剑也附和道："我们来之前，沈队还说，这个案子拿下之后，让你先开个课，给我们好好讲讲，省得以后我们再吃这么大的亏！新建，这回还真多亏有了你！"

楚楚道："你们还是吃东西吧，咱们孟师兄那可是牛刀小试，他的本事可不是只能用来泡妞的！"

大家闻听此言，不由得开怀一笑，疲惫压抑的气氛也淡了些。

崔鹏笑道："催眠还能泡妞呢，那更得给我们讲讲了！你们不知道我们刑警队就是光棍多吗，都不会谈女朋友的！"

四人听到崔鹏这番话，又大笑起来，秦剑趁机点了吃食。不大一会儿，东西

送到，看来秦剑和崔鹏体力消耗巨大，饿得狠了，狼吞虎咽了我和楚楚吃的两倍的食物。

秦剑、崔鹏吃饭的时候，我和楚楚对他们两个描述了我们在楚楚门前的发现和我家里被盗的情况。

秦剑说："我担心不是普通的蟊贼，而是灵修班一伙，所以带崔鹏过来帮忙了。一会儿上去看看，要是只是普通蟊贼，就报警找派出所处理，反倒简单了。"

我说："我也担心如此，要是两位酒足饭饱，能量充盈了，咱们就先去我家里看看！"

秦剑和崔鹏喝掉最后一口茶水，点头等我付账。

我们到了我家，我打开门，秦剑和崔鹏递给我手套鞋套，我们一起进去。家里被翻箱倒柜，一片狼藉。很多衣服都扔在地上，枕头、被子都被刀划开了。秦剑让我先检查下有没有丢失什么财物。

我平时从不在家里放钱，都是卡随身带，钱卡里装。我检查之下，并没有什么丢失，但是看现场被翻的程度，不亚于抄家了。

秦剑看看没有什么线索，问我有没有什么损失。我说除了被子枕头被划开之外，其他的倒没有。

秦剑说："也不用报案了，反正你这些破东西也得换新的了。这些损失案值也不够两千块，报案也不会立案的。不过从现场来看，不像普通盗案，应该是有人到你家里要找什么东西。"

我说："到我这找什么东西？那除非是灵修班的人，来找那第六幅画！不过那幅画在你们公安分局呢！"

秦剑说道："肯定是找那幅画，这不公安分局也遭到了袭击，王局沈队他们也压力山大！"

说到此处，大家的神色又凝重起来。

|第五十二章| 再擒安倍

秦剑建议我把门锁换成防盗性能好一点的锁，我原来那个门锁太容易打开了。

我想了想，说："还是尽快肃清灵修班余孽吧，不然换什么锁都不安全……咱们赶紧去楚楚那里看看吧！"

我连家也没有整理，就先去楚楚那里了。

到了楚楚家门前，我们都蹑手蹑脚起来。楚楚打开门，秦剑小心翼翼地推开门，发现屋子里窗帘拉住，昏暗非常，就一把把灯打开。

楚楚的这个公寓是个三十平方米左右的大开间，并没有客厅，但是有卫生间和开放式厨房。

我们四个人，八只眼，四处审视，并没有看到人影。不过我走进房间之后，总是有种感觉，那就是——有双眼睛在看着我们！

眼睛是有能量的，这种能量是能被生物体感觉到的；同样，像眼睛形状的图案，要是对着人久了，人也会感觉不舒服。

崔鹏慢慢地把洗手间的门推开到底，进去看了看，出来和我们摇了摇头，看来并没有人。

整个屋子一览无遗，剩下的就是靠在墙边的大衣柜和床底了。

秦剑和崔鹏把搜查范围也缩小到了衣柜和床底，他们两个小心翼翼地同时探到床底，并且用手摸了摸床底的木板。

不少罪犯是藏在床底的，因为我们并不习惯往脚下观察，所以来自床底的袭击往往很难设防。

正在秦剑和崔鹏跪在地上探查床底的时候，大衣柜门突然从里面开了。一把

短东洋刀迅捷地向我刺来，我慌忙躲闪的时候，看到了安倍青木那张不屑的脸。

安倍青木一边持刀袭击我，一边呼喝："就是你这个支那猪坏了我的事情，我的要取你的命！"

楚楚一把把我推倒，她也跟着倒在了我的身上，安倍青木这一刀刺空，看来这个安倍青木的刀法也不怎样，都好几次刺空了。

安倍变刺为砍，砍向不断避让的我和楚楚，我和楚楚只好打着滚避开。

正当我和楚楚狼狈不堪的时候，秦剑和崔鹏分别单掌一拍地板，从地上跃起。秦剑跃起的同时，一记鞭腿踢出，直攻安倍青木的脑袋；崔鹏则一拳打出，直指安倍青木的腹部。

安倍青木急忙闪避，挥刀砍向崔鹏的手。崔鹏则赶紧收手，随即秦剑趁机一个旋踢，踢向安倍青木拿刀的手。

这一记旋踢真是漂亮！毫不拖沓，动作连贯！秦剑那一脚正踢在了安倍青木的手腕之上。只听"哐当"一声，刀落在了地上。

刀落地上，崔鹏一脚踩住，向我们这边踢了过来，然后欺身上去，和安倍青木厮打起来。

我和楚楚滚到门边，看到安倍青木被秦剑、崔鹏两人缠住，这才狼狈地爬了起来，刚好刀被踢了过来，刀柄还碰到了我的脚趾，把我疼得一哆嗦。不过我赶紧把刀捡了起来，装模作样地拿在手中，把楚楚护在身后。

屋子狭小，安倍青木、秦剑、崔鹏三人不时地撞到衣柜和床上，衣柜都要被撞破了。

安倍青木看起来空手道应该很是厉害，转瞬之间，就把崔鹏踢翻，崔鹏一时爬不起来。秦剑和安倍互相捏着气势，两人势均力敌，都在寻找对方的空隙，好发动袭击。

不过好在安倍青木要聚精会神地和秦剑搏斗，并不能分身使用其他手段。

安倍青木脚趾在地上点了两下，突然发难，一脚踢向秦剑，秦剑避过安倍青木攻来的一腿，抓住了安倍青木的脚，安倍青木试图用力抽回，但是抽不动。秦剑用力扭动安倍青木的脚踝，试图把安倍青木翻倒，但是没想到安倍青木借着秦剑紧紧抱着右脚的时机，居然跳起用膝盖朝着秦剑的面门戳来。

秦剑眼看不好，赶紧松开，然后闪身躲避，但是还是躲避不及，被安倍青木的膝盖扫到了脸上，秦剑倒在地上，鼻血蹿了出来。安倍青木旋即一脚踢到了秦剑胸口，秦剑躲闪不及，被踢到了墙脚。

秦剑不断调整气息，但还是不能一下爬起来。

安倍青木倨傲地笑道："支那猪，我是空手道黑带！你们支那猪根本不可能战胜我的！"

我和楚楚看秦剑和崔鹏居然都被安倍青木打倒，赶忙转身逃跑。安倍青木本来还想趁机继续攻击秦剑和崔鹏，但是看来目标是我和楚楚，所以转过身来，看着我手里的东洋短刀狞笑道："你这个支那猪最可恨，我一定要把你杀死！"

安倍青木一步步逼近我和楚楚，我拿着刀却并不知道该怎么攻击。

这个时候，崔鹏缓了过来，过来一把搂住安倍青木，安倍青木也不闪避，在崔鹏抱住安倍青木的腰的时候，侧身夹住崔鹏的头，就要扳崔鹏的脖子。

我心说不好！要是这一下下去，崔鹏估计就得牺牲了！

趁着安倍青木双手抓住崔鹏的头，崔鹏双手抓住安倍青木双手的时候，我持刀向安倍青木刺去。

我还没刺到安倍青木，就感觉到腹部一阵剧痛，我被安倍青木踢到了肚子。果然还是应该去学习一下搏击，这一下疼得我直接蹲在了地上，气都喘不匀了！

安倍青木嘿嘿冷笑："支那猪，你的，刀根本不会用！"

我正在喘气，突然听到安倍青木一声惨叫，我抬眼看去，看到安倍青木正捂着双眼痛苦不已，我再看楚楚，手里不知什么时候多了瓶防狼喷雾，看来里面装的是辣椒水一类的。

我突然想起电视剧《亮剑》里的搏斗场景，孔捷受伤用刀戳伤日本鬼子的脚面那一幕浮到心头，这个时候气息也恢复了一些，我拿起东洋刀，刀面朝着安倍青木的脚就砍了下去。

安倍双手揉眼，又害怕受到袭击，正在用手胡乱防卫的时候，我蹲在地上，一刀砍中了安倍青木的左脚。

这把刀真是锋利！一刀下去，血就冒了出来。安倍青木居然还试图踢我，我转手反转刀口，朝着安倍青木踢过来的那条腿就砍了下去。这下安倍青木再也站立不稳，摔倒在地。

秦剑、崔鹏连忙站起身来分别踩住安倍的手，然后让楚楚找来绳子，把安倍青木死死地捆绑起来。

我看了看我用刀砍安倍青木的成果，砍得并不深，也没有伤到要害，只是砍

了个大口子。安倍的肉已经翻了出来，考虑到自己是第一次砍人，这个成绩应该也算不错了。

安倍青木倒地，疼得翻滚起来，但是还是破口大骂不止。不过我们几人都没力气去听了，分别瘫软在地，调匀呼吸。

|第五十三章| 内奸已死

楚楚打电话给沈度报信，说安倍青木藏在她的寓所，但是被我们又一次抓住了。

我似乎都能听到沈度在电话那边高兴得要跳起来的声音，沈度说，他和王铁请示之后，马上派车过来，把安倍青木押走。

安倍青木兀自"支那猪支那猪"地痛骂，我们缓了缓劲头，崔鹏又跳了过去，抡圆了巴掌对安倍青木就扇了起来。只听噼啪作响，安倍的脸不一会儿就肿得像猪头一样了。

崔鹏一边打一边骂道："我问候你姥姥，你个小日本，我让你骂！"

安倍青木骂到后来，居然开始说要投诉崔鹏。我们不由自主地笑了起来，心说这个日本鬼子还真是外强中干。

楚楚看到安倍青木脸肿得像猪头一样，拿起手机拍起照来。

安倍青木睁开肿得只剩下一条缝的眼，看到楚楚正在对着他拍照，嘟嘟囔囔地问道："你这个女人，为什么要拍我？"

楚楚阴阴一笑，对安倍青木说道："安倍青木大师，我要把你被打成猪头的样子的照片发到你们日本论坛里，文章题目就是《安倍家族传人——安倍青木，调戏中国女子，被朝阳群众见义勇为，当场抓获！有图有真相！》。"

我、秦剑和崔鹏都配合地坏笑起来，安倍青木的脸色却阴沉起来，看来有损安倍家族在日本的形象的事情让他感到恐惧。安倍青木恐吓道："要是我的家族知道是你们干的，你们都会不得好死！"

崔鹏闻听此言，毫不客气地用脚踩住安倍青木的脸，呵斥道："我倒要看看你们日本鬼子能在中国闹出什么大事了！我等着你！"

　　安倍青木哼哼唧唧地还在痛骂，这个时候楚楚的电话响起来，是沈度的，沈度问楚楚的具体位置，他亲自押车过来了。

　　楚楚告知沈度之后，我们不再理会安倍青木。安倍青木见我们不再理他，也就闭上肿胀的眼睛，装死般休息。

　　我突然想到，安倍不会又要用龟眠法自我催眠，害得我们又没法及时审讯吧？

　　正在狐疑之间，敲门声已经响起，沈度的声音传了进来："秦剑、崔鹏，我们到了，给我们开门。"

　　崔鹏打开房门，沈度带着四个民警走了进来。

　　沈度看到我们，脸上有了笑容："这回你们又立功了！我刚把安倍青木再次被抓住的消息汇报给王局，王局也非常高兴，要是安倍青木逃脱，常局、王局估计都没法交代了。王局让新建和我们一起回分局总部，参与对安倍青木的审问。"

　　沈度先是指挥一同来的四个民警，把安倍青木铐住，让崔鹏和秦剑共同押解下去。安倍青木腿脚受伤，不过这回没人抬他，他几乎是被四个壮小伙半拖半架地押解出去的。

　　沈度继续和楚楚说道："楚楚小姐，你这里暂时不安全了，王局指示，让你收拾些衣物，暂时住到分局招待所里，然后再重新找房子，免得出现人身危险！"

　　楚楚点头道："也只有这样了，这里我也不敢住了！那我收拾下东西，跟师兄一起回分局吧。"

　　楚楚从衣柜里找出一个大行李箱，整理了一些衣物，沈度看起来也是疲惫不堪，不过安倍青木再次被我们擒获，让他的脸色看起来又活泼了些。

　　沈度对我说道："新建，你有没有想法能撬开安倍青木的嘴巴？"

　　我说道："安倍青木为人强悍，一般的办法未必能够问出口供，不过刚才楚楚拍下安倍青木脸被打成猪头的难看照片，并且玩笑说要把这些照片发到日本论坛，这件事安倍青木有反应，这一点没准可以成为安倍青木心理防线的突破口！"

　　沈度道："这也是个思路和办法！可是我们警方没法直接用这点迫使安倍青木开口啊……"

　　我回答道："我想知道，安倍青木的背景是不是可以查到，看看他参加这个灵修班是不是他家族知晓的。据我所知，安倍青木的阴阳师世家保守得很，是不大可能愿意自己的子弟参与其他组织的。如果安倍青木家族本身就参与这个组织，那么安倍青木被捕，很有可能引起他们整个家族干涉和攻击；如果不是，那么安倍青木本身就会受到他们家族的惩罚！"

沈度听完我说的话，想了一想，和我说道："我和王局汇报一下，看看能不能获得些帮助，暂且用这个思路作为突破口。"

楚楚这个时候已经收拾完毕，我和沈度暂停交流，跟着押解车辆再次回去分局总部。

到了分局总部，沈度联系王铁，告诉我王铁正在会见其他部门的人，让我先抓紧时间休息一下。

我和楚楚又回到了那个小招待所，楚楚把房间调到了我的隔壁。我和楚楚分别回了房间，我才突然想起，自己的衣服忘了拿过来。只好忍着身上瘙痒的感觉，冲了个澡，在床上补一补觉。

昏头昏脑地睡了不知多久，突然被房间电话吵醒。

我接了电话，是秦剑。秦剑跟我说，要我赶紧去王铁副局长办公室，刚才我手机关机了，联系不上。

我一看手机，果然已经没电，我却连充电器都没有带。

我到隔壁敲了敲楚楚房门，还好楚楚还在房间休息。不过楚楚开门的时候，穿着真丝睡衣，在我眼前晃来晃去，让我瞬间精神了起来。我跟楚楚借用移动电源，楚楚找来给我，并且叮嘱我注意休息，说我满眼都是血丝。

我脚下加快，到了王铁办公室中，沈度也在，两人脸色又共同铁青成一个色度，不会是安倍青木又跑掉了吧！

王铁见我到了，也未客气招呼，开口就直奔主题："小孟顾问，钱进的尸体在他家里找到了！"

我一听大为吃惊，但是还是忍住询问的冲动，听王铁继续说："钱进作为分局的经侦支队长，协助安倍青木逃脱，杀死重要犯罪嫌疑人尚婕，现在又被杀死在自己的家里。这件事如果扩大起来，对我和常局的压力很大！现在迫切需要你帮助沈度，撬开安倍青木的嘴巴，问出实情。现在整个案子，已经惊动政法委田书记。我们必须尽快破案！"

王铁说完，看向沈度，沈度对我说道："刚才王局和常局一直在给上级领导

汇报案情，我们派了八个小伙子看守安倍青木，上次看守安倍青木的那个民警，医院已经传来消息，伤重牺牲了！现在我们又面对一个难题了，安倍青木再次陷入了自我催眠状态，根本就没有反应！所以还需要新建想办法催眠他或者唤醒他！"

我说好的，我尽力而为。我问沈度道："沈队有没有调查安倍青木的家族背景，看看我们商量的方案能否实施。唤醒安倍青木我想我应该能够做到，至于在现在这个阶段直接催眠，有难度，得看情况。"

沈度回答我道："王局亲自联系了国际刑警方面的朋友，国际刑警那边反馈过来的消息是，阴阳师安倍家族在日本极其神秘，但是并没听说什么违法乱纪的事情；至于其家族内部的东西，目前没有资料。不过那个国际刑警强调了一点，说安倍家族十分护短，会为了自己家族子弟全族发动报复，所以在日本，就是山口组也不敢轻易招惹安倍家族！安倍家族如同冰山一样，势力庞大而隐秘，让我们务必小心！"

|第五十四章| 审讯安倍

沈度介绍完安倍青木的家族背景，我倒吸一口冷气，看来原来设想的计划行不通了。而且现在安倍青木又自我催眠，深睡不醒，摆出一副死猪不怕开水烫的样子，我们的工作的确很是被动。

不过王铁、沈度两人指望着从亨利、安倍青木身上获得口供，争取破获此案。

沉默一阵，王铁发布命令，让我和沈度先去审讯安倍青木，以免夜长梦多。

沈度答应一声，带我去了拘押安倍青木的拘押室。到了拘押室之后，我发现拘押室外四个膀大腰圆的小伙子严密监视着动静。拘押室内安倍青木则半坐半靠在椅子上，呼吸平稳，应该是又进入深度睡眠之中。

沈度和我说道："你有没有办法在这个状态把他催眠？"

我摇摇头，说："我做不到，估计我得问问文俊峰老师。"

沈度道："要是再有其他人过来辅助的话，还得找王局批复。你先试试把他弄醒吧，然后我们实施审讯，要是不成功再想其他办法吧。"我点头称是。

打开拘押室的门，安倍青木脚上被我斩的伤已经包扎上了，手脚都被铐了起来，脸上依然肿胀，看来没人给处理。

这次为了保证安倍青木的窒息效果，我没有选择用纸巾和水，而是选择了保鲜膜，用保鲜膜把安倍青木的口鼻封了个严严实实。然后打开计时器，考虑到安倍青木可能修炼过龟眠之法，所以把救护的时间延长到了九十秒。

随着秒表到了八十秒的时候，安倍的手脚开始抽搐，看来有反应了！

我们看着安倍青木使劲地想吸气，每次都把保鲜膜吸到口鼻处——为了保证效果，我足足裹了三层保鲜膜。

我和沈度等人，就看着安倍青木紧闭着眼，努力地呼吸，但是保鲜膜很是结实，随着安倍青木呼吸的动作鼓起来，瘪下去，鼓起来，瘪下去。时间到了九十五秒的时候，安倍青木猛地睁开眼睛，剧烈地挣扎起来。

当安倍青木看到自己的口鼻被保鲜膜封得严严实实的时候，眼露怒色，不断挣扎，从拘押室的椅子上翻滚了下来。

沈度身后的小伙子们迅速冲了过去，把不断挣扎的安倍青木牢牢地压住手脚。

我和沈度看安倍青木已经唤醒，再继续下去，安倍青木估计会因为窒息昏过去。我走过去，把安倍青木脸上的保鲜膜撕了下来。

安倍青木先努力地吸了几口空气，这才对着我破口大骂起来："又是你这个支那猪！我早晚要让你求生不能，求死不得！"

我嘿嘿一笑，揶揄道："那等你抓到我的时候再说吧！"

沈度则过去拍拍安倍青木的脸："安倍先生，既然你醒了，就不要想办法自己睡着了，你要是再睡着的话，我们还会用这个方式把你叫醒的。那么你跟我们去审讯室，回答问题吧。我们现在有证据证明你，袭击警务人员致其死亡，并且杀死尚婕。另外告诉你，中国是有死刑的，你这辈子估计再也看不到日本的樱花了！"

安倍青木缓了一会儿，总算喘匀了气息，对沈度说道："我没有杀人，我只是从你们这里逃走了！"

沈度不再和安倍青木废话，指挥那四个民警把安倍带到了审讯室，我和沈度也随之去了审讯室。

审讯室内，安倍青木腿上包扎着绷带，被全身捆绑在审讯椅上；安倍青木身后站立着四名膀大腰圆的年轻警察；整个审讯室的氛围如临大敌，十分严肃。

除了我和沈度之外，秦剑也在，旁边还有一个小姑娘，穿着便衣，不知道是什么来路。

我坐在沈度左侧，沈度坐在中间，那个小姑娘坐在右侧。

沈度开始询问安倍例行问题：姓名、职业一类，旁边那个小姑娘则用日语问了一遍。原来这个是找来的翻译。

安倍青木则一脸倨傲，开始用日语回答问题。

沈度问："姓名，年龄。来中国做什么？"

安倍青木道（日）："安倍青木，三十岁，来中国旅游。"

沈度问："你在医院利用催眠术鼓动病人冲击特护病房，并且持刀刺伤一名警员。你是什么目的？有没有人指使？"

安倍青木道（日）："什么催眠术？我听不懂，我在病房里看望朋友，有三个中国人进来袭击，所以我和他们发生了冲突。至于伤害了一名中国警员，我并不知情，表示遗憾。"

沈度一拍桌子，喝道："那你从拘押室逃走，用钉子刺伤一名警员，这名警员已经伤重致死，这是事实，你不承认也没有作用！"

安倍青木道（日）："你说我用钉子刺伤警员逃走，这些你没有证据。我那天只是看到你们的一名警官刺伤了他，然后打开了门，示意我离开，我就离开了。不过我为了顺利地离开你们这里，偷了一件你们中国警察的衣服，才离开的。后来在你们的这个楼的楼门口还遇到了那名警官，他把我带离了警局。至于其他的，我一概不知！"

沈度道："你不要告诉我尚婕也不是你杀死的！"

安倍青木道（日）："尚婕这个名字是我第一次从你这里得知，我都不知道这个人是男是女，多大年纪，长什么样，干吗杀他！"

沈度道："你以为我们没有证据吗？那么你在楚楚的公寓里埋伏，意图杀人，人证物证俱在，你总不能抵赖了吧！"

安倍青木道（日）："那位警官把我带走之后，给了我这位先生的女朋友的地址，让我去教训教训这位孟新建先生。我过去，只不过想吓唬吓唬他们，并没有想杀死他们；要是我想杀死他们，他们怎么可能还活下来。"

我、沈度、秦剑互看一眼，心说这个安倍青木一到了审讯室里，就开始抵赖，真是个难缠的角色！

关键的问题是，我们目前也只能抓到他潜入楚楚寓所，攻击我和楚楚的犯罪行为的证据；其他的问题，尚婕的死和那名看守警员的死，我们都没法确认到底是安倍青木做的还是钱进做的，监控录像都已经毁掉了，原因现在还没有查明。

沈度反复问安倍青木，安倍青木就是不承认，翻来覆去就是那几句话，问得多了，就不再说话，又开始装死起来。

沈度又问起灰衣长老、亨利的事情，安倍青木就开始一问三不知，拒绝承认认识亨利，知道灰衣长老。

沈度看已经没有可能从安倍青木嘴里套出有价值的消息，只好和我小心翼翼

地与那四个民警一起押解安倍青木回拘押室，以避免出现意外。

安倍青木回到拘押室的时候，眼睛冒着光芒，露出了超然的笑意，让我们觉得他还有后手。

沈度带着我去王铁办公室，正准备汇报审讯安倍青木的情况。

王铁副局长正在接电话，在接电话的过程中，脸色渐渐凝重起来。王铁放下电话，示意沈度先说说情况，沈度则汇报了审讯安倍青木的情况。

王铁听完，默然良久，对我们说道："安倍青木这个线索要断了，刚才常局打来电话，日本国际刑警不知怎么知道安倍青木被我们抓捕了，提出安倍青木涉嫌一件国际案子，要将他带走；作为交换条件，日本方面要将我们一直通缉却没有捉拿归案、逃到日本隐姓埋名的一个贪官引渡回中国，上级部门已经同意，一会儿就会派员过来把安倍青木提走！"

|第五十五章| 意外收获

王铁告知我和沈度安倍青木要被日本方面带走，我和沈度才算反应过来为什么安倍青木那么嚣张，毫无顾忌。

不过形势比人强，我们也只能等人过来将安倍青木带走。现在我们手里就剩下一个嫌疑人亨利，重中之重，疏忽不得！

王铁很快对我们下达指令，在公安部来员提走安倍青木之前，再审讯几次，看看能不能获得些情报。等安倍青木被提走之后，让我们赶紧去武警医院，争取第一时间讯问亨利。

沈度答应一声，带着我赶紧再去提审安倍青木。等我们到了审讯室之后，安倍青木又被全身捆绑在审讯椅上了，后面照例站立了那四个膀大腰圆面无表情的小伙子。

沈度又一次反复询问安倍青木，安倍青木先是不开口回答，过了不久之后，突然阴恻恻地笑了起来。

沈度重重地拍了桌子，喝令安倍青木："浑蛋！你放老实一点，到了中国这片土上还这么嚣张！"

旁边的翻译员也忠实地翻译道："八嘎！中国のこの土にはこんなにもはびこっがある！"

还好我还能听懂"八嘎"这个词，以前都只是在我国的各种抗日剧中听日本鬼子说，现在居然听到了我们对日本鬼子说，心里有种莫名其妙的高兴。

安倍青木收住笑声，继续用很不屑的表情看着我们，道（日语）："要是我没有猜错的话，我马上就要脱离你们的控制了吧。所以你们才虚张声势地要利用

最后的时间想撬开我的嘴巴，得到些'牙慧'吧。"

　　翻译员把这几句话翻译过来之后，我和沈度都心头大惊，心说安倍青木在如此严密的监视之下，是怎么知道这些信息的。难道警队之中还有内奸？这样的话，可是太可怕了！

　　安倍青木觉察到了我和沈度的惊讶和细微表情变化，嘿嘿冷笑后继续得意地说道（日语）："这次要不是因为你这个叫作孟新建的家伙搅局，你们怎么可能抓得到我！不过孟新建，我对你有兴趣了。早晚你会落到我的手里，到时候我要把你变成我的傀儡，受我驱使！你想不想知道我会让你做什么呢？哈哈哈！"

　　沈度一时没有说话，我说道："我倒是很有兴趣，你能用什么方法把我变成傀儡？"

　　安倍青木道（日语）："你这个家伙倒是有些机智，我越来越喜欢你了，我们家族喜欢聪明的傀儡。我可以告诉你一些，反正以你的水平，也不可能领悟到这一层！"

　　我不语，只是用不相信的微笑看着安倍青木，这种表情传递的意思是挑衅，面对这种表情的人往往忍不住要证明自己，进而暴露更多的信息。

　　避免因为别人的轻视而情绪失控，是我国传统文化中修身的重要环节。

　　从心理学上说，不在意别人的轻视态度的人，心理上是强大的，因为这种人有客观清晰的自我认知和足够强大的自我认可，足以让这个人不在乎其他人的负面评价。

　　也就是说，对自己的面子看得特别重的人，往往是因为不够自信，不够自信又往往是因为底气不足。

　　我之所以只选择用轻视的表情来试探安倍青木，而不是用语言，是因为，人类的表情所能传达的信息要远丰富过语言。不同的国家民族有不同的语言文字，有不同的肢体姿势来传递信息。但是人类的表情却不分国界民族、性别种族、年龄身份，表达出的意思是一样的。

　　比如说最为简单的分类：笑和哭，分别代表人类情绪中的高兴和悲伤。我们看到对我们笑的人，会默认这个人是高兴的状态；看到这个人哭泣，会自动识别他处在悲伤状态。

　　再比如：和善和凶恶，和善的表情会让人放松警惕，默认无害；凶恶的表情则会让人提高戒备。

当然，在具体的生活中，表情会非常丰富，光是笑就可以分为：微笑、大笑、奸笑、淫笑、阴笑、苦笑……

我做出不屑一顾的笑容给安倍青木，正是用表情来激怒他，人在被激怒的时候会努力地证明自己的强大，特别是他引以为自豪的东西被我表现得看不上，就会努力地在这方面透露更多的信息来证明他们这个方面的内涵。

一般人都会有反应的，更何况是傲慢的安倍青木，看看他的修行如何吧。

安倍青木看到我这个表情之后，果然如同屁股着了火一样，愤怒起来，几乎吼叫着和我说道（日语）："我们安倍家族从奈良时代开始就精研阴阳道，家族之中人才辈出！在数百年前就研究出怎么通过秘药和咒语来将人变成我们家族的傀儡！你这个支那心理师，还只停留在催眠术的水平，估计你会认为秘药和咒语是落伍的巫术吧。但是我现在告诉你，我们安倍家族已经控制了好几家制药厂家，从古老相传的秘药中成功分析出了有效成分，在不远的将来，应该能做到量产！可惜的是，好多药物只有你们支那才有，上天真是不公，给了你们这么多宝贝，你们却不知不觉，更不要说利用了。至于咒语，嘿嘿嘿，告诉你你也不一定能理解。咒语是能够打动人心的声音！"

"咒语是能够打动人心的声音。"这句话突然如同打雷一样在我脑海里响了起来。

世界各个民族有各种各样的巫咒，掌握这些咒语的人都是密语相传，并不大范围传播出来。但是这些咒语在传说中都有着共同的作用，那就是能够召唤鬼神，驱使他人。

召唤鬼神无法验证，当前的科学也无法证明鬼神存在；但是驱使他人却是的确可以做到的。在这方面，非洲和南美丛林深处的某些原始部落的巫师还代代相传着这些咒语和能力。而且这些咒语有着奇怪的现象，那就是，他们不论文字和语言如何不同，但是发声和吟唱的节奏频率却极为相似。

我和文俊峰老师学习心理学的时候，毕业论文题目就是《古老心理学探秘——咒语的奥妙》。论文里我只是大胆推测，咒语是靠旋律来催眠的，和某些催眠音乐的效果是一样的，音乐同样是对人心影响很大的存在。

安倍青木说道："咒语是能够打动人心的声音。"这句话扩大了我对咒语的理解，看来不单是我浅薄地理解的乐律，还有发音，但是为什么这些发音能够打动人心，目前还无法解密。

　　安倍青木看到我愣了一下，开始得意起来（日语）："跟你说，你也听不懂的！我们有一代祖先，天生异于常人，对所有的声音模仿能力极强，过耳不忘。正是他发现了这个奥秘！"

|第五十六章| 两个秦剑

　　安倍青木为了向我炫耀他家族的力量，正在滔滔不绝地跟我介绍一些阴阳道中催眠和蛊惑人心的事迹，我则在一旁乐得听些有用的内容。

　　安倍青木刚跟我介绍他的一名先祖，生下来则拥有异能，能够过耳不忘，进而破解了咒语的奥义。这一点引起了我的极大兴趣，因为我的论文方向也正是关于咒语的。

　　正在安倍青木要继续深谈下去的时候，审讯室的门被推开了。王铁副局长亲自陪同公安部派来提走安倍青木的人员走了进来。

　　安倍青木看到来了陌生面孔，停止了滔滔不绝的炫耀。

　　王铁副局长对沈度说道："沈度，这是上级部门的同志，由他们带走安倍青木，你派几个小伙子跟随押解过去吧！"

　　沈度立正道："是！王局！"然后对那四个看押民警挥了挥手，几个人迅速过来，把安倍青木从审讯椅上解开，但是不解开安倍青木的手铐脚镣，押着他到了公安部来员的面前。

　　公安部警察和王铁副局长握手表示感谢之后，就打算带着安倍青木离开，王铁示意沈度和他共同将公安部来员一行送到车上。

　　安倍青木被喝令跟随。安倍青木在走出审讯室之前，扭头看着我，森然笑道（日语）："孟新建！用你们中国人的话来说，叫作山水有相逢，我早晚都会抓到你，先让你做傀儡，等你没有用的时候，就把你变成我们家族的马路大！哈哈哈！"

　　说完之后，安倍青木被四个警察押送着扬长而去，虽然手铐脚镣哗啦作响，

但是脚步轻快稳定，似乎并不惧怕。

我本来想多听安倍青木说些关于咒语的奥义，但是可惜正到关键点的时候，安倍青木被带走了。

不过安倍青木这句"咒语是打动人心的声音"，我倒是可以去问文俊峰老师。文俊峰老师除了擅长催眠之外，还是国内公认的心理学杂学的专家，特别是关于古代巫医宗教的心理学研究领域，只有文俊峰老师才能号称权威。

一念到此，也就释然了。至于安倍青木，我们也只好不动，等有机缘了再做打算。根据王铁的指示，安倍青木一走，我和沈度、秦剑就要出发去武警医院，想办法在最早的时机内，获取有用的情报。

我和秦剑互视几次，都是欲言又止。那个女翻译也在审讯室等候下一步指令，秦剑要出去抽烟，拉着我出了审讯室，走到了楼道口。秦剑递给我一根烟，我本想拒绝，但是想起这几天发生的事情，也是身体疲惫，心里劳累，就把烟接了过来。

我本并不会吸烟，不过为了配合秦剑，也就陪着吞云吐雾起来。

秦剑抽了小半支烟之后，突然和我说了一句话："安倍青木和亨利，让我想起了《西游记》。虽然这样的事，我工作了这许多年，见识也不少了。但是没想到，背景这玩意，都能跨国使用！"

安倍青木关《西游记》啥事？说到背景，我听明白了。我黯然一笑："果然是有背景的妖怪都被神仙救走了，没背景的妖怪都被孙大圣打死了！"

秦剑无可奈何地笑了笑，我继续道："大闹天宫的孙悟空都无可奈何，只能遵循潜规则。你我两个，现在连占山为王的小妖都说不上，还是努力修炼自己吧！"

秦剑脸色凝重，狠狠地抽完最后一口烟，把烟蒂掐灭在垃圾桶的烟灰缸里，说道："小贱，你说得没错，我们的确还是得靠自己修炼。咱们哥俩以后要多亲多近多团结！"

我笑道："对，以后争取也能罩着小妖怪，然后还能把他们救出来！哈哈哈！"

秦剑闻听此言，也忍不住"扑哧"一声哈哈哈地笑了出来。

我和秦剑笑了一阵，感觉心情舒畅了许多，这时楼道门被推开，沈度抬脚走了进来。

沈度看到楼道里烟雾萦绕，就摸出一包"冬虫夏草"，分别给我和秦剑又散了一根，又自己抽出一根叼在嘴上，待三个男人吐出第一个烟圈之后，沈度才开口说道："这是王局刚刚给的好烟，哥儿几个尝尝。"

本来秦剑递给我的"红塔山"我都没能吸入肺部，因为刚到喉咙就已经感觉到烟呛得喉咙发干。但是这个"冬虫夏草"吸入到喉，却感觉柔和非常，便试着吸入肺中，入肺之后反而一股暖意袭来，感觉四肢百骸都舒展了一下。

难怪那么多人喜欢抽烟，我这才体会到抽烟的妙处！

我们三个大老爷们先抽过半支烟，沈度再次开口道："两位，抽完这根烟，咱们还得去武警医院继续干活呢。唉，就剩下这个亨利了，要是再出意外，这个案子就没得破了！还好新建找出赃款的秘密，不然整个案子让我们分局还真是灰头土脸了；也多亏秦剑对这个案子不弃不舍一直深挖，不然我们也就放过去了！"

我和秦剑都谦逊两句，但是想到案子的详情，也是心力交瘁，想说点什么，也无从说起了。

估计大家心里想的都是一件事情，就是赶紧把亨利搞定，然后才能了结此案，我们就都可以松一口气了。

我们三人默默地抽完烟，转身下楼，秦剑开车，我们直向武警医院奔驰而去。一路无话，到了武警医院，我们停好车，直奔亨利所在特殊病区而去。

我们进了病区大楼，看守的武警检查过我们的证件，把我们放行进去，只是检查到秦剑的时候，稍微犹豫了一下，不知道为什么。

我们三人坐了电梯，直奔亨利的病房楼层，十三楼。出了电梯，进病房区的门口除了有两名武警守卫之外，还有两名特警。

特警认得沈度、秦剑和我，所以并未查验证件。我们三人进了病区，正好看到楼道里执勤的几名刑警，亨利的病房门口还站立着两名特警守卫，真算得上戒备森严，如临大敌！

几名刑警看到沈度进来，纷纷站立起来打招呼，我看崔鹏也在其中，正在忙碌着什么。

崔鹏看到我们，和沈度和我打过招呼之后，看到秦剑，突然诧异地说道："秦哥，你怎么又过来了！刚才的事情没办完？"

沈度正在忙着询问其他刑警队员这几天的情况，我和秦剑都听到了崔鹏的疑问，不由得心中一惊，秦剑更是发声询问："我一直都在分局总部忙着审讯安倍

青木，没有来过医院啊！"

崔鹏听后大骇，惊道："秦哥，你大概二十分钟前就来了这里！说是受沈队指示，来查看亨利的情况，我们刚还议论来着……"

沈度也听到了我们的对话，快步走了过来，几乎是吼着对崔鹏问道："你说秦剑来过这里，还去过亨利的病房？"

崔鹏被沈度的态度吓得后退一步，连忙说道："对啊，我们几个都在，都看见了。而且秦哥刚从亨利病房里出来，刚走！所以我才奇怪秦哥怎么又和你们一起过来了……"

我们三人暗叫不好，赶紧推开亨利的病房进去查看，秦剑边跑边说："我一整天都没出分局总部，二十分钟前才开车带着沈队和孟顾问过来武警医院的！真是见了鬼了！"

崔鹏等人也觉出不太对劲，都急忙跟着进了亨利的病房。

|第五十七章| 亨利醒来

亨利的病房之内也安排了一名特警和一名刑警守卫。我们进去之后，那两个兄弟已经眼神迷离，对我们走进房门毫无反应。

我赶紧过去查看亨利的情况，看到亨利的生命体征还在，只是仍然昏迷不醒，心说还好，但是还是觉得不太放心。那个假扮秦剑的人进来不可能只是弄晕两个看守的，肯定是针对亨利而来的！

沈度用眼神询问我亨利的情况如何，我回答道："亨利还活着，只是还在昏迷。具体是不是还有其他情况，还得进一步测试。"

沈度让秦剑和我在病房里继续监控亨利的情况，带着崔鹏等人出门去追赶假秦剑去了。

我和秦剑也都明白沈度的意思：把秦剑和我放在一起，是为了避免两个秦剑混在一起，到时候真假难辨，反而不易抓捕。

秦剑看着亨利，想想居然有人假扮自己，混进医院做了手脚，不禁心中寒意陡升。秦剑看了看亨利，又看了看我，说道："新建你说，这个假扮我的人，是本来就是长相和我相似还是乔装打扮？居然都能瞒过了崔鹏等人……"

我想了想，道："除非你有一个失散多年的双胞胎兄弟，不然的话还是乔装打扮的可能性比较大！"

秦剑奇怪道："我不可能有失散多年的双胞胎兄弟！但是乔装打扮能这么像吗？就算打扮得像，那么声音呢？还有，这个人怎么就选择了假扮我，为什么不是你，不是沈队王局？"

我也茫然不知该怎么回答，只好玩笑道："你要不要先打电话问问伯父伯

母，如果确认能够排除，那么就肯定有选择假扮你的原因了！"

秦剑拿出手机，一边拨号一边说道："我这就问我妈！这事想想都觉得瘆人……"

秦剑拨通电话："喂，哎，妈！那个……我问您点事……我有没有失散多年的兄弟啊？还是双胞胎的……啊，我没发烧！妈，我这有正经事，您先回答我……没有！确定没有吗？会不会医院偷走一个什么的……我没犯病！真有急事……肯定不可能？怎么确定的……我不是在医院出生的，我是农村大院出生的！我爸就在门口守着来着，就生了我一个……哎呀，谢谢妈！妈再见！回头我再和您详细说……我先挂了啊！"

秦剑挂完电话和我说道："我刚和我妈核实了，我肯定没有失散多年的双胞胎兄弟，那么就肯定是有人假扮我了！可是为什么是假扮我呢，还扮得那么像？"

我看了看亨利，枪伤也不可能让他连续昏迷两三天的，估计要么是自我催眠进入深度睡眠，按照尚婕的说法，也许是自己服用了某种秘药；要么就是被人动了手脚。

我和秦剑说道："现在我们知道的灵修班成员，尚婕已死，并不能确定是钱进杀的还是安倍青木杀的；安倍青木被日本方面用一个在逃的腐败分子换走了；就剩下这一个亨利，已经搅得我们疲惫不堪了。我们这么多人，好不容易才抓住他，你们沈队说，要是亨利再出事，这个案子就只能成为悬案了！"

秦剑黯然无言，也被这个案子搞得筋疲力尽。

我们两人有一段时间都沉默没有说话，想想从这个案子开始，我还是秦剑的调查对象来着，这一路走来，险象环生，而我和秦剑也成了好弟兄……

我打破沉默，开口说道："现在除了亨利，就剩下神秘莫测的灰衣长老了。"

我话音未落，就听到病床上的亨利有了反应，不过仍然紧闭双目，但是口鼻之中，已经哼哼唧唧地发出了声音。我和秦剑看亨利醒了，赶紧过去查看情况。

我们走到亨利病床前，看到亨利正在挣扎着起身，应该是已经苏醒过来了。

过了一会儿，亨利果然手指收紧，猛地睁开了眼。不过亨利睁开眼之后，先是眼色中闪过了一丝狐疑，然后看到我和秦剑，嘴角再次抽动，露出了一丝狰狞，不过旋即嘴角抽动，又恢复到面无表情的阴冷状态。

亨利并不开口说话，我和秦剑也没有开口讯问。病房里的气氛迅速凝重起来，我和秦剑冷冷地盯着亨利，亨利也满眼阴冷地对我们发出仇视的眼神。

沈度不在旁边，我们也没办法开展审讯工作。僵持一会儿，亨利开口说道："孟新建，你果然有些本领，居然能把我从深度睡眠之中唤醒！"

我闻听此言，心生疑惑，并不是我将亨利唤醒的，那么亨利是谁唤醒的？

这么看来，应该是假冒秦剑闯入亨利病房的那个人把亨利唤醒的。这个人又为什么要把亨利唤醒？那段时间，他到底做了什么？又发生了什么？这个病房里没有安装监控吗？

我和秦剑对视一眼，我对亨利说道："亨利，你是怎么知道那幅画藏在证物楼的？"

亨利冷哼一声，对我说道："孟新建！你身为一名心理师，却学警察对我审讯，你不觉得很失败吗？好歹你也破解过我的催眠术。你有本事对我催眠了，我自然能受你摆布！但是你这样问……哈哈！那你就什么都别想问出来了！"

我闻听此言，并不发怒，只是对亨利说道："我很佩服你的手段，毕竟我们那么多人都没能抓到你。但是你的催眠术，要想破解，也并不太难。"

秦剑则怒喝道："亨利！你现在所做的事情，我们证据确凿，已经足够让你把牢底坐穿！所以你最好还是和我们警方合作，才能争取立功表现，宽大处理！"

亨利闻听此言，更是哈哈大笑："你们能抓住我，那是因为有这个心理师在，难道他还能陪着我坐牢不成？只要没有这种心理师在，你认为你们的监狱能困住我？"

我和秦剑互望一眼，倒也真是无话可说，像亨利这种层次的心理师，催眠的本领说不上出神入化，但是也算是手到擒来。要是把他关到普通的监狱里面，还真说不上会发生什么事情。亨利说的内容倒真是戳中了我们的软肋，毕竟我们不可能派一个能防范催眠的心理师去日夜盯防亨利。

秦剑稍一思索，对亨利说道："你肯定没有体验过坐牢的滋味，我们可以把你一直单独拘押，不让你接触到人，看你怎么蛊惑人心！"

亨利嘿嘿笑道："我倒想试试你们的手段！"我冷眼看亨利，亨利的眼睛突然眯成狭长状，眼神中凝出了妖异而挑衅的光芒，对着秦剑不断地看去，同时语气压低："来啊！我看看你们有什么手段！"

眼睛是动物非常奇异的器官，这个器官除了生理解剖学上用于感光之外，还能散发出能量，这种能量同样能被动物感受到。

人的眼睛被称作心灵的窗户，正是因为人的眼睛既能接收到能量，也能散发出信息。

亨利的眼神闪烁妖异，我冷眼看到秦剑在不断盯着亨利的眼睛的过程中，脸上的表情开始愤怒起来，就要冲过去殴打亨利。

|第五十八章| 真相浮现

我看秦剑心神失控，已经着了亨利的道，赶紧把秦剑拦住，用突刺戒指轻轻刺了秦剑的掌心一下，秦剑这才清醒过来，恍然大悟般看着我和亨利。

亨利则一脸嘲讽地看着秦剑，道："这位警官，看来如果你看守我的话，很容易失职啊！哈哈哈……"

秦剑脸色变了变，但是这次忍住没有发作。而亨利毕竟有伤在身，刚才和我们说话的时候，已然耗费体力，这个时候伤口疼痛牵动，亨利不由得倒吸着冷气闭上眼睛休息，也闭嘴不再说话。

我和秦剑在旁边也都默默地监视着亨利，正在气氛凝重之际，病房门被从外面推开了，沈度带着崔鹏走了进来。

崔鹏手里拿着一个黑色的垃圾袋，里面的东西鼓鼓的，看不清楚是什么。

沈度进来，看到亨利已醒，便用眼神向我和秦剑探寻过来，要我和秦剑说明情况。我示意沈度，出去详说。

秦剑考虑到亨利醒来，担心在房间里的看守会受到亨利催眠蛊惑，所以找来一堆医用绷带，把亨利的嘴紧紧勒住，让亨利无法说话发声。亨利拼命试图挣扎抗议，没少受到秦剑的拳头。

把亨利捆成"木乃伊"之后，我们才放心一点走出病房。

走到病房之外，沈度先听秦剑汇报了亨利醒来的情况，秦剑强调了看押亨利的难度和亨利的危险性，沈度听罢凝眉未语。

过了一会儿，沈度让崔鹏把袋子里的东西拿出来给我们看。

崔鹏打开袋子，取出那个晃来晃去的东西，原来是硅胶人脸皮套。这个皮套看起来和秦剑几乎一模一样，看来那个假秦剑是戴了这个皮套才蒙混过关。不过这个硅胶皮套看起来纤毫毕现，惟妙惟肖，看来是有人采集了秦剑的详细生理数据，然后用3D打印机直接制作出来的。

不过奇怪的是，秦剑的生理数据是怎么被采集到的？

秦剑把玩着这个硅胶皮套，看着就像捧着自己的脸一样。沈度示意崔鹏给我们详细说明一下，崔鹏说道："我们调出监控，发现这个假秦剑进了门诊楼的洗手间之后就消失了，我们进去寻找的时候，正好遇到清洁工在埋怨有人把垃圾扔到了水箱里，抽水马桶的水箱都堵了。我们从水箱里找出了这个东西，这才发现为什么会出现两个秦剑。"

话说到此，线索又算断了，因为医院进进出出那么多人，已经不可能找出假冒秦剑的那个人了。可是还有个问题，那就是他为什么会选秦剑来冒充？

秦剑捧着那个硅胶皮套还在自言自语："为啥就是我呢？你为啥就非得选择冒充我呢？"

沈度听了面无表情，不做评价，崔鹏则忍不住笑出声来，笑道："秦哥，那个冒充你的人不论身高胖瘦都和你很像；戴上这个硅胶头套看起来又和你一模一样；我们和他说话，他就哑着嗓子和我们嗯哼应付，我们实在是没区分出来！不过好歹没出什么事情……不过他为什么选择冒充你，这个我们可真想不明白，没准是因为你长得帅！哈哈哈！"

秦剑拿硅胶头套趁着崔鹏哈哈大笑的时候，一下套到了崔鹏的头上，沈度正要阻止，但是来不及了。

沈度说道："不要乱动，那个头套里面还能提取犯罪嫌疑人的体毛等信息的！"

崔鹏闻听此言，正打算把硅胶头套摘下来，沈度阻止崔鹏道："你先戴着吧，就不要摘下来了，等技术科给你拿下来吧，免得影响证据采集……"

这下秦剑和我都忍不住笑了起来，崔鹏则嘟嘟囔囔地抗议，但是由于头套并没有套正，所以崔鹏说话的声音瓮声瓮气的并不十分清晰。

我们看崔鹏头上套着秦剑形象的硅胶头套，看起来也不像秦剑，因为崔鹏的身高比秦剑要矮半头左右，崔鹏比秦剑还要更胖一些，而且崔鹏的头要比秦剑的小，戴着那个硅胶头套看起来怪怪的。

我好像想明白为什么那个人要冒充秦剑了！那是因为他的身高体重和秦剑相似，所以才选择冒充秦剑，选择冒充别人做不到！

　　这个时候已经一目了然了，沈度和秦剑也都反应过来，秦剑说道："我说为什么选择冒充我，看来是因为他的身材本来就长得很像我！"

　　沈度道："秦剑，你带两个弟兄去医院的监控室找到那个洗手间，然后找到出来的人和你的身材相像的，找出他的运动轨迹，一定要把这个人挖出来！"

　　秦剑忍住笑，说声好的，然后带人去查监控。

　　崔鹏则躲在一边，打电话找技术科的人过来帮他摘下头套。

　　沈度和我说道："新建，我刚才听了秦剑的汇报，看来亨利还很麻烦，现在这个案子压力很大，王局叮嘱我，一定要想办法尽快结案，所以还是要麻烦你想办法获得亨利的口供！"

　　我回答道："亨利其人，精通心理学和催眠术，而且骨子里骄傲得很，所以用强硬的手段和方法都应该没什么作用。"

　　沈度说道："我也这么认为，但是我们现在摸不太清亨利的软肋在哪里，而且他和一般的犯罪者不同，用刑期做工作也没有什么用处。按照你们说的，亨利估计一直没放弃越狱逃走，但是我们目前也没有什么更好的办法防范。"

　　我道："我们现在还知道灰衣长老这个信息，但是这个人却完全没有实质信息。还有就是尚婕被杀，安倍青木被两次抓住。我们可以先用尚婕被杀的事情和亨利谈谈看看；若果不成，就想办法催眠。如果我做不到，就只有请文俊峰老师帮忙了！"

　　沈度道："先试试吧！毕竟催眠状态下获得的口供，只能作为侦查线索，并不能成为口供证据。还有我们关押亨利的时候，该怎么做好防范安保措施，也需要好好考虑……不然的话，要是在其他环节出了问题，我们的努力就全白费了！"

　　我道："其实现在还有一点没有弄清楚，那就是那个冒充秦剑进了病房的人对亨利究竟做了什么？不可能只是进来探望亨利的啊！"

　　沈度点头道："这点你说得有道理，我也想不明白这个人过来的目的，做了什么手脚。不过我还是倾向于认为，跟你们心理学有关系。"

　　我道："应该是这样，因为亨利本来把自己催眠进入到深度睡眠状态，要是我们没法把他唤醒，只能把他转移到医院，然后再有机会或逃，或被同伙劫走。但是这个人却提前把亨利唤醒了，他具体目的是什么？我们现在都推测不出来……"

　　沈度道："那有没有办法探知详情？"

我道："目前看来，还是先询问亨利，然后再催眠亨利，想办法探取实情吧！"

沈度道："那就先这样，毕竟亨利袭警，在别墅区杀害保洁员的事情证据确凿，这件事只要落实了，这个案子就不会成为夹生饭了。然后再催眠亨利，获得线索！"

|第五十九章| 如此顺利

　　这个时候，技术科的人马已经到了，来者是一男一女。男的四十岁左右，女的三十岁左右；男的看起来老气横秋，女的戴着眼镜，一副古典美人的样子。这两个人到场，气氛为之一凝。

　　沈度和我介绍道："这是技术科的科长胡木，资深法医，好多无名尸案都是在胡科的检验下破获的；这位是技术科的卫红，胡科长的助手。这是咱们公安分局的心理学顾问，孟新建。"

　　我主动伸出手去和胡木、卫红握手，但是胡木却并未伸手，只是冷淡地嗯了一声，然后面无表情地说了声你好。倒是卫红，虽然看起来同样高冷，却伸出小手让我握了一下。

　　寒暄过后，胡木冷冷地对沈度说道："你们队员自己不小心破坏证物，还让我们为了这点小事过来，你们可真是王局最喜欢的部门了！"

　　沈度平时严厉得很，这个时候面对这个胡木却堆起笑容："胡大法医，这次要不是这个硅胶皮套牵涉一个重要犯罪嫌疑人，我们怎么敢因为这么点小事劳烦胡大法医大驾。"

　　胡木这才脸有缓色，道："你们谁都说证据牵涉重要的嫌疑人，就没有不重要的！可是我们科就俩人，还有一个是女同志，每次我要加人王局就没反应了！"

　　沈度道："要不我们刑警队派个人到您那儿轮岗锻炼，也给您增加个人手？"

　　胡木道："你算了吧！你手下这些小伙子，能踏踏实实在我那儿化验证物，解剖尸体？还不够添乱的呢！算了，不瞎扯了……小卫，开工，干活。"

胡木说罢，不再搭理沈度，和卫红拿出一个小镊子和一把精致的小手术刀，顺着套在崔鹏头上的硅胶皮套的一侧把硅胶皮套切开，然后用镊子小心翼翼地将硅胶皮套揭了下来，揭下来之后，装到了证物袋里密封起来。

胡木和卫红收拾东西就要离开，离开之际，胡木转身对沈度说道："你晚上十点前来我那找我，除了这个证据的化验报告，钱进的尸体检验报告也出来了，我有事要和你说。"

沈度脸色肃穆起来，点头说："准时到达，不见不散！"

胡木、卫红离去，沈度对我说道："这个胡木是咱们分局一顶一的法医，是能让尸体说话的人。不过因为性子孤僻，总是冷冷的，不讨人喜欢。"

我道："要是我整天对着尸体，估计也会变成这种性格的。"

沈度沉默了一会儿，说道："新建、小崔，咱们事不宜迟，还是先进去讯问亨利，抓紧时间获得口供！"

沈度、我和崔鹏走进了病房，崔鹏打开手机录音，同时负责记录，我在旁边协助，沈度开口询问。

崔鹏小心翼翼地把亨利脸上的绷带都解了开来，亨利口鼻松开，先是畅快地呼吸了几下，然后继续用不屑的眼神看着我们。

沈度开口："亨利，你涉嫌2013年4月×日在昌平区×别墅杀害一名保洁人员×××，同时破坏警方查封的房子，涉嫌绑架楚楚女士；涉嫌2013年4月×日盗窃公安分局证物楼重要证物，袭警等。这些事情证据确凿，你说说你的作案过程吧！"

亨利"哧哧"地冷笑出声："这些事情都是我做的！我承认！"

我和沈度大吃一惊，与抵赖到底的安倍青木不同，亨利居然这么容易地就承认了，真是让我们不可思议！

沈度继续说道："你还涉嫌利用催眠术诈骗王超等十六人的钱款，总额三亿多人民币，而且诈骗钱财之后，还和尚婕合谋，利用催眠术操控王超等十六人自杀……"

亨利没等沈度说完，插话道："这些都是我和尚婕做的，我都承认！"

事情居然如此顺利，我和沈度根本没有费劲！

沈度绷紧的脸色有了缓和，看了看亨利，继续问道："那笔赃款你们藏到哪里了？"

　　亨利道："钱都是尚婕跟着王超他们转走的，我去医院找尚婕也是要问钱在哪里，你们去问尚婕吧！"

　　沈度又问："那你为什么要去公安分局证物楼盗窃，你要找什么？谁告诉你的？"

　　亨利迟疑了一下，做出一副奇怪的表情："我那天去你们那个证物楼，应该是找一幅画，我为什么要找那幅画？我怎么想不起来了……"

　　亨利突然做出惊恐的表情，喃喃自语道："我怎么想不起来了？"

　　沈度道："亨利，你不要装疯卖傻，到底是怎么回事！灰衣长老又是谁？安倍青木是不是和你在公安医院袭警，劫持尚婕的同谋？"

　　亨利做出努力想事情的表情："奇怪……什么灰衣长老？什么安倍青木？我怎么从没听过这些名字……"

　　沈度喝道："亨利，你不要装疯卖傻，避重就轻！你把你的同伙坦白出来，我会给你做立功处理的！"

　　亨利本来正在使劲地想着，听到沈度此言，对沈度不屑地说道："你那个什么处理，我才没有兴趣！我只是奇怪怎么我会有什么东西想不起来的感觉……我的记忆力非常棒，是不可能忘事情的！"

　　我仔细观察亨利，看他没有作伪的样子，我问道："亨利，你的国籍是哪里？是怎么来中国的？你的护照呢？"

　　亨利回答道："我是澳大利亚人，我为什么要来中国？怎么想不起来了……我的护照在什么地方？我怎么也想不起来了？"

　　沈度反复讯问亨利，发现亨利对自己和尚婕的事情都交代得清清楚楚，但是涉及亨利的身份，还有来中国的目的和情况，以及安倍青木和灰衣长老的问题，亨利都声称想不起来了。

　　沈度看再问也没有什么新的口供了，也只有先这样。把亨利继续捆绑成"木乃伊"后，我们出了病房，沈度询问我的意见，我想了想回答道："我怀疑，亨利可能是被清洗掉了部分记忆。"

　　沈度惊讶道："人的记忆也可以被删除，还能部分删除？"

　　我回答道："我也从来没接触过删除记忆这个领域，但是文俊峰老师曾经和我说过，人的记忆是可以删除和屏蔽的。一个高等级的心理师，是可以把人的记忆通过意识植入增加和通过意识删除而删除的。"

沈度道："如果你的说法成立的话，那个冒充秦剑进了亨利的病房的人所做的手脚就是删除亨利关于其他的记忆了！那么他为什么不直接杀了亨利灭口，而是选择用这种更为复杂的办法呢？"

我回答道："我想，尚婕被灭口肯定也是这个人做的，但是尚婕被灭口之后，我们反而追出了新的线索，所以他把亨利留下来给我们，可能是知道了你们目前结案压力很大，让亨利招供给你们结案的。案子结了，剩下的线索又没有实质性进展，你们刑警队也不可能一直追着这个案子不撒手，所以灰衣长老等人就安全了。你们再想抓到他们，也只有等他们再犯案才有可能了！"

沈度听后，沉思良久："的确有可能这样，有了亨利的口供，对上面总算能有交代，我们的报告就可以过关了；特别重要的是，赃款已经追回来了，剩下的线索就只有先进卷宗，等待同样的案子出现，才会被拆封来看了！这样吧，我去请示下王局，看看能不能想办法把亨利催眠，获得更进一步的线索。"

我点头道："催眠亨利，我估计得请文俊峰老师出山了！"

|第六十章| 奇怪发现

沈度道："我先去请示王局，估计亨利这边也就这样了，可以移交看守所了。"

我道："到看守所之后，还适合催眠吗？"

沈度道："按照程序，亨利也该送到看守所看守，至于催眠的问题，我会想办法协调的。亨利老是由我们警戒看守，耗费警力不说，还会让我们担负额外的责任和压力。"

我对沈度的意思心领神会，要是尚婕不是在分局的拘押室被杀，而是早就按照程序转移到看守所的话，王铁、沈度等人无非就是增加工作，但是不必承担失职的责难。

目前亨利认罪的口供已经获得，刑事侦查的工作成果已经到手，剩下的环节的确也应该把亨利转移到看守所去。这样，一方面能够减轻沈度等人的工作压力；另一方面，亨利是个随时能够用各种手段发动袭击和越狱的危险分子，把他转移到看守所去，某种风险和压力也就随之转移了。

我能理解沈度的想法，不过也只有如此了。

沈度看出我的无奈，和我说道："不过在报告打上去封案之前，我们还是要尽最大努力把其余的嫌疑人挖出来捉住，争取扩大战果。"

我淡然一笑，没有接茬儿。

这个时候秦剑走了上来，和我们说道："的确在监控看到了一个身形和我相似的男人，但是这个人脸上戴着口罩，头上戴着帽子，把脸压得低低的，没法辨认，估计我那么打扮也差不多这样子。我们根据那个男子的监控轨迹，追踪到了医院后面的巷子，那个巷子里没有监控，找不到这个人了。"

我和沈度都没有露出奇怪的表情来，因为已经习惯了灵修班成员的狡猾。

我们捉到安倍青木，是安倍青木低估我们，从而被两次擒获；我们抓到亨利，是利用亨利并不知道我们造了假消息给他，并且给亨利设立了陷阱；抓住尚婕是因为尚婕刚好回家拿东西……没有一次破获案件和捕获犯人，是我们准备充分，有计划地完成的！

身怀催眠绝技的灵修班成员无论如何都没有想到，自己的小小失误会让自己栽倒在我们这些他们并不放在眼里的人手里。

秦剑回来，沈度主意已定，我们就准备下一步工作行程，这个案子把我们的精力也耗去七七八八了，所以从心底深处来想，我们也渴望这个案子能告一段落。不过灵修班的力量我们都见识过，灰衣长老一直神秘莫测，安倍青木被引渡回国，我们就是休息也并不能觉得安全。

沈度也是满脸疲倦，起身打电话给王铁请示下一步行动去了，秦剑则又拉着我找地方吸烟。

过了不久，沈度过来和我们说道："王局指示，把亨利转移到看守所去，咱们回去汇报工作。现在就走吧！"

我们熄灭烟头，跟沈度出去回分局总部。我想起一路都没看手机，路上打开手机，看到微信群里楚楚的信息有十余条之多，不过大部分都是表情，我一条条翻上去，看到楚楚说道：师兄们，亨利那边如何了？然后是各路表情，焦急的、催促的、生气的……

过了一会儿，秦剑回复道：今天遇到了冒充我的人。

楚楚那边没有反应，看来并没有看手机。

我回道：亨利招了，但是很多事他忘记了，我怀疑是被删除了部分记忆！

秦剑回复：什么？！人的记忆也和电脑一样吗？可以随便选文件夹删除？那怎么可能！亨利肯定是装傻！

我：不管你们信不信，这是可以做到的！我得问问文老师，以前听文老师说过。

秦剑：我也想见见文老师了。不过说起来好神奇，但是我们经历的事情不都是很神奇的？

楚楚：你们终于有回音了啊！秦剑被冒充怎么回事啊？亨利都招了什么啊？

秦剑：楚楚，今天我都要吓死了，有个家伙戴了我的样子的硅胶皮套，冒充

我进了医院亨利的病房。还好那个时候我一直和沈队和小贱他们一起审讯安倍青木呢，不然还都说不清了！

我：亨利招了他和尚婕诈骗灵修班学员钱款和催眠他们自杀的事情，还有杀了保洁员以及袭警的事情，但是关于灰衣长老还有其他事情，亨利的记忆就消失了……

楚楚：难道不是要很费劲才能让亨利招供吗？

我：一点都不费劲，沈度简单问了问，亨利就招供了！

楚楚：这……

秦剑：呃……早知道和你们一起审讯，不去找假"我"了！

楚楚：哈哈哈。

我：那个人和秦剑很像！

群里说来说去的时候，已经到了分局总部，我和沈度直接去了王铁办公室。

王铁正在打电话，见我们进来，示意我们先坐下等候，我们见到王铁挺直身体接电话，语气完全是下级和上级汇报的样子，估计又不知道是哪个领导来询问案子了。

王铁电话中说了若干次："是！一有消息我就及时向您汇报！"之后，终于挂了电话，长吁了口气，看来这个打电话的人来头不小。

王铁和我们说道："刚才政法委田书记又打电话来询问案情，我刚才汇报有了重大发现，才算勉强交代过去……"

王铁喝了口茶水之后，先示意沈度把情况都汇报一遍。沈度把审讯亨利的情况都详尽地和王铁汇报完，王铁听完之后，想了一会儿，对沈度说道："沈度，你赶紧把审讯情况整理成报告，我和常局修改后，赶紧给田书记送过去！有了亨利的口供，这个案子就有一大半破获了。对了，你去一下胡木那边，他解剖了钱进的尸体，有奇怪的发现，需要和你核对一下情况。"

王铁给沈度下达指令之后，又和我说道："小孟顾问，关于你猜测的亨利的部分记忆可能被清除掉的情况，这个是不是有办法出科学的报告证明？要是没有，就不好处理了，没法作为证据采用。"

我回答道："记忆清除这种情况，目前还只是心理科学的假想和试验阶段，没法做出科学严谨的证明报告出来……"

王铁思虑一会儿，说道："那这样吧，作为补充侦查的方式，我和看守所那边打个招呼，你来邀请文教授催眠亨利，看看能否得到更多的线索。"

我回答道："好的，王局！"

沈度说道："我这就去胡木那里，让新建和我一起去吧。"

王铁道："好，你们一起去吧。"

我和沈度告辞出门，我跟着沈度绕到分局大院里的一个二层小楼，那个小楼就是技术科所在地。

我们进去之后，卫红跟我们说道："胡科正在解剖室吃晚饭，让你们进去找他。沈队，这个孟顾问，在分局里名气很大的样子，不知道有没有胆子跟你一起过去啊？"

|第六十一章| 法医胡木

　　我看到卫红用挑衅的眼神看着我。我看看沈度，沈度对我眼神示意了一下，和我说道："新建，我们警察经常看到各种死状让普通人不忍直视的尸体，胡法医早就练成了对着尸体吃饭的本领。你要是不愿意看这些，就不要跟着我过去了。"

　　我看着卫红的眼神，看来我在这件案子上发挥的作用让胡木等人不舒服了。不过我观察胡木这个人，应该是专业能力很强的人，但是性子孤僻古怪，要是能对他的专业能力给予足够多的赞美，应该能和这个人搞好关系。

　　一念到此，我看向沈度，但是却是说给卫红听："沈队，我辞职之前就听过胡法医的大名，敬仰得很，这次正好有机会，那一定要去见识见识了！"

　　沈度会心一笑，说道："好，那孟顾问就跟着我们去看看胡法医的发现吧！"

　　卫红见我并无畏惧，冰冷挑衅的眼神中有了些许暖意，嘴角露出了一丝笑意，这丝笑意倒是给这个冷冰冰的女子增添了亲和力。

　　卫红平时应该是冷冰冰惯了，嘴角之中稍有笑意之后，立刻又绷住了脸，扭转身形，带着我们去解剖室见胡木。

　　绕过两个角落之后，我们走到了技术科这座小楼最深处的解剖室里。到了门口，卫红把门推开，带着沈度和我走进了解剖室里。

　　解剖室内，解剖台上躺着钱进的尸体，尸体全身赤裸，腹部已经被剖开了，我们进来之后能够清楚地看到钱进的胃里塞满的食物，以及各种被半消化、未消化彻底的食物液。

在这个场景之下，我看到胡木坐在解剖台旁边的椅子上，正在用筷子不断地夹着饭盒里的食物。我走近一看，发现胡木吃的居然是老北京卤煮！看着钱进剖开的尸体，居然把各种动物内脏嚼得津津有味……

人对同类尸体有所恐惧是本能，而且人的内脏的味道本身就让人厌恶。胡木为了破解这种本能反应，选择了突破自己反应的极限。这种故意对着反感和恐惧的东西选择吃动物内脏的行为，本质上就是胡木自闭的反应，因为很多人会通过和人交流来释放恐惧的压力。

我虽然胆子算大的，但是在这个环境里，还是觉得脊背发凉，肠胃翻滚。不过我仔细看钱进的尸体，突然发现了问题，那就是钱进的身形和秦剑的身形很像。

这个时候，胡木咽下了卤煮最后一口汤汁，和沈度说道："你们是在4月15日发现钱进带着嫌犯逃走的，但是我刚才验尸的结果来看，钱进在4月13日就死了。"

我和沈度都大吃一惊，如果钱进在安倍青木越狱前两天就已经死了，那么那天的钱进就有可能是人冒充的，就像冒充秦剑一样！

胡木给我们说完钱进的死亡时间之后，继续说道："你们提供的那个硅胶皮套我们仔细检查过了，我们找到了一根头发。但是目前只能留存，将来做DNA比对。"

沈度听完，沉思良久，开口说道："要是老钱已经死了，那么他就可能不是内奸！唉……这么多年的经侦队长，要是说他是内奸，我还真不愿意相信！"

胡木说道："他清白不清白，得你们去查去证明，我只是科学客观地检验证据。"

沈度问道："那钱进的死因是什么？"

胡木说道："极度惊恐而死，就是被吓死的。我对钱进的尸体解剖结果表明：死者的心肌纤维均发生撕裂与损伤，心肌中还夹杂着大量玫瑰红色血斑。这说明心脏出血过多，损害了心脏功能，使之急剧衰竭而停止搏动。至于怎么被吓死的，可以问问孟顾问了。"

我看胡木把话头递了过来，回应道："被吓死，可能性很多。可能是药物造成的，也可能是心理因素造成的，这个还要胡科通过验尸再确定才可以。致幻的药物很多，成分各有不同，但是基本上都是一些生物碱。如果已经被吓死了，心理层面的原因就很难找出了。这个人的背景、心理状态、内心弱点，都有可能被

精通心理学的人掌握，然后趁机发难，把这个人内心深处的恐惧放大，让人自己放弃生念，或者心脏病发，或者自杀了事。"

胡木听我说完，面无表情，默然片刻，说道："孟顾问不愧是大机关出来的人，说话滴水不漏，又把问题踢回来给我。我的确给钱进验过血液，并没有发现有毒成分。不过钱进已死，估计孟顾问也没法探出他具体的死因了。"

沈度开口道："胡大科长，您先忙着，我得赶紧回去给王局汇报这个发现，毕竟这点关系着老钱的名誉。要是说他是内奸，整个经侦支队的弟兄就都不好过了！"

胡木道："那你赶紧去吧，想当初，你、我和钱进，咱们哥三个一起到的分局，要是老钱真出了问题，我心里也不好受。老钱的死因，你要是方便，还是好好查查吧！怎么都是好弟兄来着……"

沈度点头同意，带着我离开技术科，去了分局主楼找王铁汇报情况。

我们进了王铁办公室，沈度和王铁说了胡木的发现，王铁对我们说道："正好，刚才咱们信息中心排查监控的时候发现拘押室外还有一个监控不是联网的，而是最老式的储存卡的。刚才调出了监控的内容，杀死看守民警和尚婕的正是钱进，在监控里看得很是清楚！不过如果钱进在出事的两天前就已经死了的话，那么监控里的钱进就也是被冒充的了。如果这点能够证实的话，钱进就不用背着内奸的罪名进火葬场了！"

我说道："我今天和沈队去解剖室，看到了钱进的尸体，我有一个发现：钱进的身材和秦剑的很像。"

王铁说道："你继续说下去，关键是怎么证明？"

我继续说道："这个人之所以选择冒充秦剑，是因为他的身高体重与秦剑相似，而我看钱进的身高身形也和秦剑相似。那么就只有一种可能，那就是这个人挑选钱进和秦剑是因为他方便冒充。而且这个人了解公安局分局内部情况，所以才能抓到我们工作的空隙，趁机得手！"

王铁听完，对我说道："现在能证明的就是秦剑肯定被人冒充，但是钱进还需要证据。沈度，先把亨利的案子砸死，然后再调查钱进被杀一案！"

沈度趁机说道："亨利的案子证据确凿，口供完整，证据链已经闭合，已经可以送检起诉。但是我们想从亨利嘴里获得更多的线索，可能需要催眠亨利。孟顾问认为比较稳妥的方式是请他的老师文俊峰教授出面帮忙，您看？"

王铁道："可以这么操作，具体的手续你来打个报告给我，然后我给你协调相关部门，给予便利就好了！"

沈度道："是，王局！那我们先走了。"

王铁道："沈度，你先把亨利的案子报告加班做出来，先把这个环节砸实。小孟顾问，这几天也着实辛苦你了。对了，一会儿你去给财务的高汇一个账号，局党委决定给予你一定的奖励，以表彰你协助分局找回灵修班赃款！"

|第六十二章| 假死疑云

听到有奖励，我怎么感觉身心的疲惫都一扫而空呢！

毕竟半年来我都没有工资收入了……想想原来每个月工资打卡的时候，虽然不多，但是足够生活，都麻木了。辞职之后，就再也收不到多年不变的工资提醒了，想起来心里还有点小失落的……

这次听到王铁说还有奖励，感觉居然有点小激动。从王铁办公室出来，我直奔公安分局财务室，找高汇询问详情。

到了二楼财务室之后，找到高汇，高汇让我提供一个银行卡号，然后让我在一张奖金领取书上签字，我拿起来仔细一看，看到奖励金额上1 000 000元整的数字，我还没有数清楚，转眼看到后面的大写金额壹佰万圆整的字样，这才确认。

高汇让我把银行卡号码、开户行、收款人的信息填好，然后留了我的银行卡和身份证复印件，这才说道："孟顾问，这回奖励力度真大，你可要请客！你在这等一下，我用网上银行给你转账，很快就到你账户里了。"

果然，很快我的手机短信提示，我的账户收入1 000 000元整，余额1 043 454.27元。我和高汇说钱款收到，然后离开财务室。

沈度回去写报告，先把亨利的案情钉死，我则决定去找文俊峰老师寻求帮助。

我电话联系文俊峰老师，文老师告诉我他在上海出差，后天才能回京。我把情况和沈度沟通之后，沈度安排我先回家好好休息几天。

我在微信群里和秦剑、楚楚说了一下具体情况，楚楚要我下班后去接她，秦剑则说我好幸福，因为他要配合沈度加班写报告。

左右无事，我正要开车出门，电话却响了起来，是沈度打过来的，让我和他赶紧去王铁办公室。

我紧赶慢赶过去，沈度已经到了，王铁则脸色铁青，一脸疲惫至极的表情。

王铁缓了一会儿说道："刚才看守所来电话说，亨利在看守所里死了。法医已经过去了，是心脏病猝死！"

我和沈度大吃一惊，亨利看起来年轻体壮，怎么可能猝死？沈度提出要去看看亨利的尸体，王铁同意了；沈度提出要带胡木也去看看，王铁思虑了一下，给看守所打了电话，才点头同意。

我们一行三人，开车出发去看守所。看守所位于老宛平城东南，我们出发的时间正赶上下班时间的晚高峰。秦剑开车，我坐在副驾驶，沈度和胡木坐在后面。一路上大家心情都很沉重，并不说话，秦剑也没有打开警灯警铃，我们沿着莲石路缓缓前行。

一路无话，我们到了看守所，亨利的尸体在看守所内部医务室里，没有得到命令，并没有被送去火化。

我们一行人在看守所民警的引导下，走进了医务室。我们进入之后，看到亨利的尸体被横放在一间治疗室的病床上，亨利平躺不动，眼睛闭合。

我们走了过去，发现亨利的身上盖着单子，胡木眉头皱着，打开随身携带的工具箱，拿出一把小手术刀，然后小心翼翼地把亨利身上的单子掀开，看到亨利身上还穿着囚服。

胡木把亨利的囚服解了开来，露出亨利的胸腔。亨利身材健硕，肌肉鼓鼓的，因为刚死不久，所以肌肤看起来还很有色泽。胡木拿出一个听诊器，把听诊器放到了亨利的胸口，听了听，脸露疑色，然后又掏出了一面小镜子，放在了亨利的口鼻之上。

小镜子放上之后，胡木用手又探了探亨利的心窝，做完这些之后，胡木退回来，和我们站立一会儿，并不说话。沈度看来是习惯了胡木的行为，也并不开口询问，我和秦剑也都默默地看着胡木，静等结果。

过了大概十分钟，陪同我们的看守所的民警站不住了，和沈度说了一声之后，就出去抽烟去了。

时间过了十五分钟的时候，胡木戴上手套，小心翼翼地拿起小镜子，用放大镜仔细观察。

我突然想起来，尚婕曾经说过，亨利他们有一种秘药，吃完之后可以让人进

入假死状态，难道胡木发现了端倪？要是真是这样的话，胡木这个人虽然看起来冷冷的，而且说话又不中听，但是专业能力的确很强啊！

胡木看了一会儿，脸色又变了变，沉默一会儿之后，对沈度说道："我得解剖他，才能确定死因。就这么检查，我都没法确定他是不是真的死了！"

沈度奇道："难道亨利还有活着的生理体征……胡木你为什么怀疑亨利没死？"

胡木道："没有心跳，没有呼吸，也几乎没有体温了，但是心窝里还有一丝暖意。我见过休克假死的人，过不了几天就又活了过来。这个亨利很像休克假死的人，所以我不能确定他是不是真的死了。"

沈度问道："那除了解剖之外还有没有其他办法检测？毕竟解剖了，就是假死也变成真死了……我们还打算给亨利催眠，然后套取些有用的信息呢。"

胡木道："不解剖的话也有办法，检测心电波和脑电波。就算人假死，也会有轻微的脑电波反应。"

沈度道："那这里的医务室有没有设备检测？"

秦剑听到此话，赶紧跑出去询问监狱医务室的医生，回来回答道："这里可以检查心电波，但是脑电波检查不了！而且医生做了心电波检查，发现没有心跳了，所以才报告嫌犯死亡的。"

沈度说道："那这样的话，不是得把亨利从看守所转移出来，去大医院检查才可以？"

胡木说道："是这样，或者等十天之后，我来解剖再确定死因！我知道假死的人纪录最长的一个是八天。"

沈度道："我请示下王局吧。"然后转身出去打电话去了。

胡木在观察亨利的尸体，秦剑则靠在窗边休息，我想到假死秘药的事情，犹豫是不是和胡木直接沟通此事。稍做思虑，我决定还是和胡木交换这个信息。

我对胡木说道："亨利和尚婕都是灵修班的重要成员，尚婕曾经说过，他们有一种秘药，吃的量到了一定程度就会进入假死状态。"

胡木听到此言，用眼角瞥了我一眼，收回眼光，继续看着亨利的尸体，缓缓说道："你说的那种假死药，我有所耳闻，但是现在要验证他是真死假死，还是只能依靠设备，也没有更好的办法。"

我继续道："那假死的人是否都没有办法救治过来，只能等他自己活过来？"

胡木道："对于心脏骤停的假死之人，可以用电击方法，但是也要在心脏刚停跳不久之后赶紧电击才有效果。现在亨利从被报告死亡到现在，有四五个小时了，电击已经没有效果了。现在就只能等着他自行活过来，或者就此死过去！"

我道："好吧，那也只有去医院做脑电波检查和停尸几天观察两条路了。"

胡木点点头，不再说话，我见无趣，也就不再和胡木攀谈。

这个时候沈度推门走了进来，对我们说道："王局同意将亨利的尸体再送到医院检查，已经在协调了。"

胡木说了声好，然后就又冷漠起来。过了一会儿，那个引导我们的狱警走了进来，和我们说道，看守所领导已经给他下了指示，让他跟我们把亨利的尸体送去，而且他也联系了公安医院的救护车，等他们到了我们就出发。

等了大概二十分钟，终于听到了救护车的声音，看守所这边已经把亨利抬上了担架床，就等救护车一到，把亨利直接放到车上。

此时救护车已经到了，车上除了司机外，还有一名跟车急救医生，我们把亨利抬上救护车之后，胡木提出要去救护车上，我想到安倍青木自己能够控制苏醒的事情，就提醒沈度此事，沈度让秦剑跟着进去，然后让跟车医生和我们坐车。沈度自己坐到了驾驶位里，我和跟车医生分别上车，跟着救护车，向公安医院开去。

救护车警笛响起，车里拉着亨利的尸体，不知道是不是我的心理作用，救护车的警笛声听起来都是无精打采的感觉。

车很快就上了京周路，我们在车里并没有说话，随车医生见拉的是个死人，也就乐得轻松，在车后排闭上眼睛，休息起来。

我们刚进了京周路主路，前面的救护车突然摇晃起来，我和沈度迅速警觉起来！

前面的救护车开始减速，我们的车也跟着减速。正在这个时候，救护车后门突然被撞了开来，然后从救护车里滚下来了一个人，人掉下之后，救护车的门又弹了回去。

|第六十三章| 结局难料

沈度赶紧打轮并刹车，那个瞬间我看见亨利站在救护车车厢里，正一掌拍到胡木的脖颈之上，胡木倒了下去。亨利看见我们的车了，对我们咧嘴狞笑一下，把救护车的门从车厢里关死了。

救护车努力地靠边，估计是司机打算停车求救。沈度刹住警车之后，我们这才看清，是秦剑从救护车里掉了下来。这个时候秦剑已经从地上爬了起来，缓了一缓，看救护车正在靠边，要停下来，便拼命向救护车跑去，沈度见秦剑并无大碍的样子，也把车向前开起来，打算开到救护车车头前，把救护车别住。

就在这刹那之间，救护车驾驶位的车门打开，救护车司机滚了下来，然后救护车的油门猛地轰了起来，笨拙地向前蹿了出去，然后速度就加了起来。

秦剑刚跑到救护车尾部，救护车就开走了，秦剑看到地上的救护车司机，蹲下查看。

我们这时已经到了秦剑和救护车司机旁边，沈度停车，大声吼道："秦剑，你上车；后面那大夫，你下车！急救、报警、打120！"

救护车随车医生刚才还惊讶得目瞪口呆，听到沈度的指令之后，赶紧打开车门，几乎是滚了出去，秦剑则一个弹跳，居然用蹲着的姿势直接跳进了车里，车门还未关上，沈度的油门就踩了下去，飞一样地追着救护车开去。

秦剑在警车加速的时候把门关好。沈度一边开车，一边拨打电话："110指挥中心？我是××分局刑警队长沈度，现在有一名极其危险的嫌犯劫持了一辆救护车正沿着京周路进京方向逃逸，车上有一名法医。我们正在跟踪，请求支援！"

然后沈度又给王铁打了电话："王局，我沈度。亨利假死，现在劫持了一辆救护车，在京周路进京方向狂跑，胡木在救护车上。"

王铁的声音从电话里传来："你绝对不能跟丢，随时汇报你的位置，我马上安排人支援你！"

沈度打完电话，对秦剑问道："车里发生了什么事情？"

秦剑说道："刚才我们在救护车里，我正在和胡科长聊起亨利到底真死假死的话题，然后亨利突然醒了过来，醒过来之后就突袭了我一下，我坐的位置正好靠着车厢门，那个门我们可能没有锁上，亨利一脚就把我踹了出来，还好那个时候，救护车司机已经减速了，不然我肯定会受伤的。"

沈度继续问道："那个司机怎么样了？"

秦剑说："我看到他的胸口插着把手术刀，不敢说情况怎么样……"

沈度说道："你赶紧给110指挥中心说那个救护车司机和医生的位置，要求急救救援！这个亨利，我一定要把他送到刑场！"

秦剑赶紧打电话落实沈度的指令，秦剑打完电话，我们的车跟上了救护车，救护车上了西五环，向南跑去。秦剑赶紧和王铁汇报我们的行踪，方便王铁调动人马堵截救护车。

有好几次，我们的车头都已经快撞到了救护车的车尾，但是就差那么一点，救护车又蹿到了前面。

我们正跟着救护车狂飙，突然听到了警铃声响起，有三辆警车从入口处进来，和我们一起紧追救护车。

这个时候秦剑和沈度说道："王局说，前面大概五公里处有同事拦截。"

就在我们紧追救护车，打算等到拦截处再捉拿亨利的时候，救护车见到一个出口，猛地打轮，从出口开出去了，沈度也跟着打轮，撞到了匝道护栏一角，后面的警车速度太快，变道转弯不及，纷纷紧踩刹车，然后倒车后从出口追了过来。

救护车下了匝道之后，进了辅路，这条辅路周边都是树林，只有不远处有一个废弃的小房子，看起来像是护路人员的工作站。

救护车开到小房子旁边，突然停下来了。沈度拼命踩油门，但是仍然赶不及，亨利已经拽着胡木从救护车上跳了下来，然后踹开小房子的房门，走了进去。

我们最先到达，把车停住，秦剑打开车门，飞似的跳了出去，沈度也以最快的速度下了车，但是叮嘱我先在车上不要下去，毕竟亨利是个身手很好的危险分子。

我只好在车上不动，不大一会儿，后面的三辆警车也都到了，警车停住之

后，车上的警察迅速跳了下来，很有默契地把小房子包围起来。大概过了十分钟，从逆行方向开过来一辆面包车，车辆打开，我看到了郭强和他的特警队员，队员们手持微型冲锋枪，比起其他警员的五四式手枪威风了许多。又过了五分钟，一辆警车开到，车上走下来了王铁。这个时候，那辆警车副驾驶上下来的警员递给王铁一个扩音器。

王铁用扩音器喊道："亨利，你赶紧出来投降，不要伤害人质，你跑不了了！"

我这个时候走下车来，和王铁打了个招呼，王铁看到我点了下头，并没有说话。我透过保卫的特警警察向里面望去，看到沈度和秦剑正紧紧地守在小房子的门口，看来是伺机攻进去。

这个时候，郭强走了过来，对王铁先敬了个礼，然后立正说道："报告王局，这个房子只有正面这一扇窗，一扇门。是否强攻，请指示！"

王铁做了个听他指挥的手势，继续喊话道："亨利，你没有逃路的，我数到三，你要是再不出来投降，我一定强攻进去！"

"一！"

"二！"

王铁稍做停顿，举起了右手，他喊出三来，右手落下，郭强就会下令，让穿着防弹背心和装备冲锋枪的特警队员强攻进去。

郭强喊道："预备！"

这个时候，门猛地开了，胡木的身影出现在了门前，亨利佝偻着身子，把自己藏在了胡木身后，胡木双手应该是被捆住了，但是已经清醒了，亨利用一把锋利的手术刀比画在胡木的颈动脉上，而且已经切开了皮肤，我们都看到了胡木颈动脉上的血迹了，以亨利的身手，只要稍微用力，胡木就被割喉了。

亨利说道："你们退后，给我留下一辆车，不然这个家伙肯定死在我的前面！"

王铁说道："你现在没资格跟我讲条件，只有投降！"

亨利狞笑的声音传来："是吗？那我就先把他的喉咙割开一半。"亨利并不犹豫，手术刀已经开始用力，胡木的脖子被切开了一道口子。

正在大家心急无奈的时候，藏在门边的沈度突然开枪打到了胡木的腿上，子弹正好擦伤胡木的皮，胡木本能地跪了下来，露出了亨利的头，郭强的枪毫不犹豫地响了，嗒嗒嗒嗒的几声枪响过后，亨利倒了下去。

其余警员赶紧冲了过去，按住胡木的伤口，止血，这个时候救护车也到了现场，赶紧给胡木包扎，并且把胡木送去医院。

王铁、沈度、郭强、秦剑走到亨利的尸体前，我也跟了过去观察，亨利的半个脑袋都被打烂了，这回真是一具尸体了。

王铁说道："叫卫红过来验尸，沈度你回去把报告写完整。"

亨利已死，线索断了。王铁让我和楚楚回去休息，有事让沈度、秦剑联系我。

我回去躺在床上睡了两天一夜，给文俊峰老师说了整个过程，文俊峰老师说等他回京再给我解读。

楚楚一时找不到住处，暂时搬到我的小屋里借住。

秦剑终于成了一名真正的刑警。

灵修班销声匿迹，灰衣长老再无踪影，找得到的被害人的钱款都已经发还给了他们的继承人，贾兰挪用的公款也还了回去。

我休整了一个星期，开始准备找地方开我的心理师事务所。

在楚楚的帮忙下，用了两个星期的时间，我的事务所就租好了地方，准备开业。楚楚还给我免费在她的报纸做了四分之一版面的广告，帮我推广。

不过刚开始生意几乎没有，倒是有些快递信件，大多是想匿名咨询心理问题的客户。

我在拆一个EMS快递的时候，里面掉出来一个信封，我突然看见，信封上烫着黑色的火焰……